KB078693

칠마선문(七魔仙門) 6

허담 新무협 판타지 소설

초판 1쇄 찍은 날 § 2023년 4월 21일
초판 1쇄 펴낸 날 § 2023년 4월 28일

지은이 § 허담
펴낸이 § 서경석

총괄팀장 § 황창선
편집책임 § 김우진
디자인 § 스튜디오 이너스

펴낸곳 § 도서출판 청어람
등록번호 § 제387-1999-000006호
등록일자 § 1999. 5. 31
어람번호 § 제2-2918호

본사 § 경기도 부천시 부일로 483번길 40 서경B/D 3F (우) 14640
편집부 § 서울특별시 구로구 디지털로 272 한신IT타워 404호 (우) 08389
전화 § 02-6956-0531 팩스 § 02-6956-0532
http://www.chungeoram.com
E-mail § chungeorambook@daum.net

ⓒ 허담, 2022

ISBN 979-11-04-92485-9 04810
ISBN 979-11-04-92472-9 (세트)

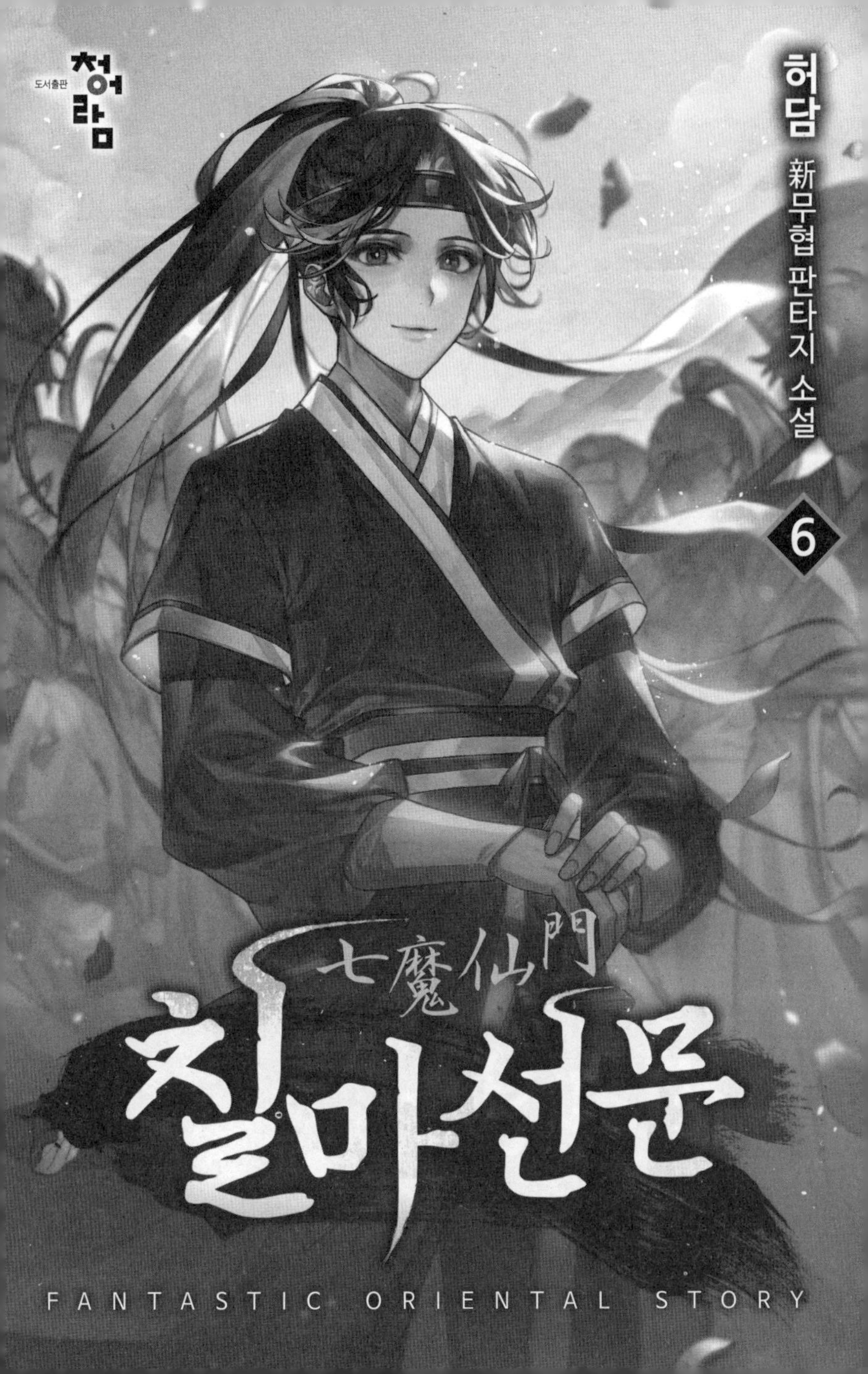
도서출판 청어람
허담
新무협 판타지 소설
6
七魔仙門
칠마선문
FANTASTIC ORIENTAL STORY

목차

제 1장
一
유시무종(有始無終)

시월의 손이 부들거린다. 눈동자가 평소의 그답지 않게 빠르게 흔들렸다.

그의 뒤쪽에서 무광과 이화검 등이 다른 살수들과 싸우고 있었지만, 시월은 정신을 잃고 쓰러진 살수를 두고 일어날 수 없었다.

그렇게 당황하던 시월은 재빨리 살수의 사혈을 가볍게 짚어 살수를 고통 없이 보내주었다.

이미 살수가 살 가능성은 거의 없었다.

시월과의 싸움에서 입은 부상은 화노가 와도 쉽게 치료할 수 없을 만큼 깊었기 때문이었다.

설혹 부상을 이기고 살아남는다 해도 금가장의 사람들이 그를 살려둘 리 없었다. 오히려 갖은 고문을 당하다가 결국 죽게 될 것이다.

그걸 생각하면 시월이 손을 쓴 것은 살수를 위해서도 좋은 일
이었다.

하지만 시월이 살수의 숨을 급히 끊은 것은 그를 위해서가 아니
었다. 그의 입에서 흘러나온 뜻밖의 말, 그 말이 다른 사람들 귀에
들어가는 것을 원천적으로 막기 위해서였다.

"…누님이라니……"

살수의 숨을 끊은 시월이 넋이 나간 사람처럼 중얼거렸다.

물론 그의 말을 들은 사람은 없었다.

"알려지면 안 되는 일이다."

시월이 다시 중얼거렸다.

살수의 입에서 흘러나온 청부자의 정체, 살수는 분명 동별당이
라고 말했다. 그건 곧 이 청부가 월문 동별당에 머물고 있는 설우
담과 관련이 있다는 것을 의미한다.

동기도 충분했다. 설우담으로서는 금가장의 금지옥엽 금송이
월문신룡 백유검과 혼인하는 것을 어떻게든 막고 싶을 것이기 때
문이었다.

설우담이 소후를 배신하고 백유검을 선택한 것은 그에 대한 애
정보다는 자신의 야심 때문이었다.

백유검을 통해 월문의 실질적인 주인이 되겠다는 야심, 그 야심
을 위해 백문보의 멸시와 마음이 멀어진 백유검을 지켜보면서도
줄곧 동별당을 지키고 있는 설우담이었다.

그런데 그런 그녀의 야심은 금송이 백유검의 정실부인이 되어
월문으로 오는 순간 수포로 돌아갈 수밖에 없었다.

금송이 가진 십대천문 금가장이라는 배경은 아무리 설우담이

애를 써도 넘을 수 없는 거대한 벽이었다.

그렇기 때문에 설우담은 이 혼사가 이뤄지기 전에 금송이 죽기를 바랐을 것이다.

"하지만 어떻게?"

시월이 중얼거렸다.

설혹 설우담이 금송을 죽이고 싶다 해도 동별당에 거의 유폐되다시피 하여 살아가는 설우담이 어떻게 이런 뛰어난 살수들을 고용할 수 있었는지, 그리고 그들을 이 먼 산동까지 어떻게 보낼 수 있었는지 이해가 되지 않았다.

강호에서 살수를 찾는 것은 어렵지 않지만, 금가장주의 딸을 죽여 달라는 청부를 받아들일 수 있는 살수는 그리 많지 않기 때문이었다.

천금이 드는 청부일 것이고, 청부자 역시 은밀하게 움직일 수 있는 신분이어야 가능한 일이었다. 그래서 설우담이 이 청부를 직접 하는 것은 거의 불가능한 일이었다.

그런 의구심에도 불구하고 죽은 살수의 입에서 동별당이라는 말이 흘러나온 것은 부정할 수 없는 현실이었다.

"후우!"

시월이 긴 한숨을 내쉬며 몸을 일으켰다.

그리고 이제는 겨우 두 사람만 살아남은, 죽기 일보 직전인 살수들에게 시선을 돌렸다.

"어쩐다……."

시월은 망설였다.

살수들에게 일의 전후 사정을 좀 더 알아보고 싶은 생각은 굴

뚝같았으나, 그렇게 되면 이들이 설우담의 청부를 받았다는 사실이 일행들에게 드러날 가능성도 있었다.

이 살행의 청부자를 자신이 죽인 살수들의 우두머리만 알고 있을 거라 기대하는 것은 너무 위험한 일이었다.

"나중에… 직접 물어보면 되겠지."

시월은 살수들을 사로잡는 것을 포기했다.

그리고 그 순간 무광과 금가장의 일장로 우사공이 남아 있던 두 명의 살수를 거의 동시에 베어버렸다.

쿠쿵!

마지막 살수 두 사람마저 차가운 땅에 쓰러지자 갑자기 사위가 조용해졌다.

은은하게 내리는 달빛과 여전히 타고 있는 모닥불, 잠을 자기 위해 만든 천막까지… 죽은 자들만 없다면 고즈넉한 노숙지의 분위기다.

하지만 어둠에 가려진 피와 죽은 자들의 시신이 방금 전 일어난 혈전이 현실임을 말해주고 있었다.

"시신들을 한곳에 모아서 묻게."

먼저 입을 연 것은 금가장의 일장로 우사공이었다.

그는 살아남은 수하들에게 장내의 시신들을 정리할 것을 명하고 무광 앞으로 다가왔다.

그러고는 정중하게 포권을 했다.

"칠선문 대협들의 명성은 듣고 있었지만, 오늘 내 눈으로 보니 오려 소문이 부족한 것을 알겠소이다. 금가장이 칠선문에 큰 은혜를 입었소이다. 금가장을 대신해 감사드리오."

"아닙니다. 누구라도 당연히 도왔을 일입니다."

무광이 담담하게 우사공의 말을 받았다.

그러자 우사공이 무광의 겸손함에 더욱 감명받았는지 재차 고개를 숙여 보인 후 입을 열었다.

"강호에 기인이사가 많다지만, 마련이 준동한 이후 협사들이 거의 사라진 것이 현실이오. 금가장은 은원이 분명한 문파요. 오늘부터 칠선문은 금가장의 가장 귀한 손님이 될 것이오."

"저희들도 금가장과 좋은 인연을 맺어 무척 기쁩니다."

무광이 흥분하지 않고 침착하게 대답했다.

그러자 우사공이 다시 입을 열었다.

"이 늙은이 역시 칠선문의 대협들과 이렇게 깊은 인연을 맺게 되어 무척 기쁘오. 아! 내 소개를 안 했구려. 난 금가장에서 장로일을 맡고 있는 우사공이라고 하오!"

"장로님의 명성은 익히 듣고 있었습니다. 만나 뵙게 되어 영광입니다. 전, 무광이라 하고, 이쪽은 제 사제와 제수씨입니다."

"시월이라고 합니다."

"이가검문의 이화검이 인사드립니다. 장로님 명성은 검문 어른들께 귀가 따갑게 들었는데 오늘 이렇게 뵙는군요."

이화검이 활달한 목소리로 우사공에게 인사를 했다.

그러자 우사공의 얼굴에 저절로 미소가 지어졌다.

"하하, 명성 자자한 이가검문의 여걸을 여기서 볼 줄을 몰랐군. 예전에 아버님을 여러 번 뵈었는데……."

"말씀 들었어요. 그런데 최근에는 요동으로 상행을 오지 않으신다지요?"

이화검이 친근감 있게 말을 건넸다.

"나이가 들어 기력이 없어서 먼 곳까지 배를 타고 가야 하는 상행은 십여 년 전부터 그만두었네."

우사공이 농담을 하듯 말했다.

이화검이 나서자 장내의 분위기가 한결 밝아졌다. 이화검은 그런 사람이었다.

단지 대화를 하는 것만으로도 주변에 생기를 불어넣는 힘이 이화검에게 있었다.

그 때문일까. 오늘 밤 자신에게 벌어진 일에 놀라 여전히 긴장하고 있던 금가장주의 딸 금송이 갑자기 두 사람 대화에 끼어들었다.

"언니! 일장로님의 말은 다 거짓말이에요. 일장로님은 요즘 온통 남방 항로에 관심이 가 계셔요. 그래서 요동 상행은 다른 사람에 미루시는 거죠."

금송이 나서자 우사공이 얼른 고개를 저으며 말했다.

"그게 무슨 말이냐. 난 정말 나이가 들어서 해동과 요동으로 이어지는 상행을 피한 것뿐이야. 남방 항로라야 남만 초입까지만 해안을 따라가는 건데… 그건 위험하지 않아서 나가는 거고. 장원에서 밥만 축내고 있을 수는 없으니까."

"아무튼 남만을 갈 수 있으면 요동도 갈 수 있죠. 그러니까 늙어서 못 다니신다는 말은 하지 마세요. 오늘도 장로님이 아니었으면 전 이미 죽었을 거예요."

"아니지. 칠선문 협사들의 도움이 우릴 살린 거다. 이자들은 보통 살수들이 아니었어."

우사공이 웃음기를 거두며 말했다.

"알아요. 대협들! 그리고 화검 언니! 정말 고마워요."

"고맙긴요. 누구라도 도왔을 텐데. 그런데 대체 왜 이자들이 금가장 사람들을 공격한 거죠?"

이화검이 물었다.

그러자 금송이 고개를 저었다.

"모르겠어요. 금가장 역시 누군가와 원한 맺은 일이 없다고는 할 수 없지만, 이렇게 살수까지 동원해서 공격한 것은. 그리고 왜 다른 사람이 아니라 제가 목표였는지도요."

"동생이 목표였다고요?"

"예, 살수들은 어떻게든 절 죽이려고 했어요. 절 납치하려 했다면 금자를 요구하기 위해서라고 생각할 수 있는데 이들은 무조건 절 죽이려 했어요."

"…그건 반드시 갚아야 하는 깊은 원한이 있다는 뜻인데……."

이화검이 고개를 갸웃했다.

금가장은 무가이자 상가로 수많은 사람을 상대하니 당연히 원한이 생길 수밖에 없다.

하지만 다른 문도들은 놓아두고 금송 한 사람을 죽이려고 한 것은 금가장에 대한 원한보다는 금송 개인에 대한 원한 때문일 가능성이 컸다.

그런데 금송의 성정을 보았을 때, 누군가에게 그런 원한을 살 일을 했을 것 같지는 않았다.

"저도 이해가 잘 되지 않아요. 제가 누군가에게 크게 잘못한 일이 있어야 하는데… 전 그런 적은 없거든요."

금송 역시 자신이 왜 이런 일을 당했는지 도저히 이해할 수 없다는 듯 고개를 저었다.

그러자 우사공이 신중하게 말했다.

"세상일은 우연처럼 보이는 일도 그 안을 들여다보면 다 그 이유가 있는 법이다. 이 일은 시간을 두고 차근차근 그 내막을 조사해야 할 것이다. 그런데 아쉬운 것은 살수들이 모두 죽어서 그 배후를 캘 수 없게 되었다는 것이지."

우사공이 금가장 문도들이 땅을 파고 묻고 있는 살수들의 시체를 보며 말했다.

금송과 우사공의 말을 듣고 있는 시월은 마음이 무거웠다.

그 자신만이 이 일의 내막을 알고 있기 때문이었다. 그렇다고 설우담이 이 일에 관여되어 있다는 사실을 말할 수는 없었다. 그에게는 적어도 설우담이 금송보다는 중요한 사람이기 때문이었다.

"모두 묻었습니다."

이각이 지나지 않아 금가장의 무사들은 살수들의 시신을 모두 땅에 묻었다.

무공을 수련한 사람들에게 땅을 파고 시신을 묻는 일은 간단한 일이었다.

"수고들 했네. 상처를 치료하며 잠시 쉬고 있게."

"예, 장로님!"

금가장의 무사들이 대답을 하고 뒤로 물러났다.

그러자 우사공이 무광에게 물었다.

"그런데 칠선문의 대협들은 어디로 가시는 길이었소?"

"잠시 제남에 들렀다가 무량포로 가는 길이었습니다."

"무량포에는 무슨 일로?"

대문파의 사람이니 우사공도 무법의 야시장 무량포에게 대해서 잘 알고 있었다.

　"그곳에서 배를 타고 본문으로 돌아갈 생각이었습니다."

　"요동으로 돌아가시려고요?"

　우사공보다 먼저 금송이 물었다.

　"그건 아닙니다. 산동 인근에 본문의 새로운 거처를 만들었습니다."

　"그럼 칠선문의 터전을 완전히 이쪽으로 옮기신 건가요?"

　금송이 다시 물었다.

　그러자 다시 무광이 고개를 저었다.

　"그런 건 아니고, 계절 따라 요동과 중원을 오가면서 지낼 생각입니다."

　"그렇군요. 언제 한번 칠선문에 가보고 싶군요."

　금송이 말하자 이화검이 무광을 대신해 입을 열었다.

　"나중에 기회가 되면 초대하도록 할게요. 그런데 동생이 월문으로 시집을 가면 그럴 기회가 있을지 모르겠네요."

　"음… 아마도 제가 월문으로 갈 일은 없을 것 같아요."

　"그 말은 이 혼사를 거절할 생각이란 건가요?"

　이화검이 놀라 물었다.

　"애초에 제가 원한 혼사가 아니었어요. 그래도 예의상 사람은 한번 만나 봐야 할 것 같아서 제남에 온 건데……."

　"왜요? 월문신룡이 마음에 들지 않아요?"

　이화검이 물었다.

　그러자 금송이 되물었다.

"언니도 그를 거절했잖아요. 그럼 언니도 잘 아실 거예요. 그가 어떤 느낌의 사람인지……."

그 말로 모든 설명이 되었다. 더 이상 물을 것도 없었다.

"알았어요. 아무튼 월문으로 시집을 가지 않는다면 우리 칠선 문에 놀러 올 기회가 있겠네요."

"헤헤, 제가 배 한가득 선물을 가지고 갈게요."

금송이 살수들의 공격을 받은 사실을 벌써 잊은 듯 신이 나서 말했다.

"그건 나중 일이고, 지금은 금가장까지 안전하게 돌아가는 일이 급선무다. 저놈들이 전부가 아닐 수도 있으니까."

우사공이 시신을 묻은 곳을 보며 말했다.

"더 있을까요?"

금송이 갑자기 걱정이 되는지 불안한 표정으로 물었다.

"어쩌면……."

우사공이 말꼬리를 흐렸다.

그러자 금송이 이화검을 보며 말했다.

"언니, 항주까지 같이 가주시면 안 되요?"

"어허, 그런 부탁은 함부로 하는 게 아니다. 이분들도 다 일정이 있는데! 미안하네. 송이가 한 말은 신경 쓰지 마시게."

우사공이 얼른 이화검에게 사과했다.

"아니에요. 당연히 부탁할 수 있는 일이죠. 그런데… 말씀하신 대로 저희도 일정이 있어서……."

이화검이 말꼬리를 흐렸다.

그런데 그때 시월이 나직하게 무광을 불렀다.

"사형!"

"응?"

"잠시 드릴 말씀이……."

"무슨 일인데?"

무광이 의아한 표정으로 시월에게 물었다. 그러자 시월이 다짜고짜 무광을 한쪽으로 데려갔다.

*   *   *

"괜찮으시다면 일단 무량포로 함께 가시지요. 그곳에 저희 사형제들이 더 있으니, 그들과 합류하여 함께 금가장까지 동행하겠습니다. 시월 사제가 가면 좋겠지만, 사제는 따로 할 일이 있어서……."

무광의 말에 우사공과 금송은 반색했지만, 이화검은 의아한 표정을 지었다.

본래 칠선문의 사형제들은 타인의 일에 관여하는 것을 극히 꺼리기 때문이었다. 어려서부터 살아남는 것이 삶의 최우선 목표였던 칠선문의 사형제들이라 특별한 경우가 아니면 타인의 일에 관여하는 법이 없었다.

오늘도 금송과 살수들이 일행의 노숙지로 오지 않았다면 이 싸움에 뛰어들지 않았을 것이다.

그런데 무슨 일인지 무광이 오히려 금가장 사람들과의 동행을 먼저 제의한 것이다.

"정말 동행해 주시겠소?"

우사공이 기쁜 표정으로 되물었다.

"무량포를 거쳐 가실 수 있다면 그렇게 하지요. 중도에 다시 살수들을 만날 수 있으니."

무광이 담담하게 대답했다.

"고맙소. 무량포에 들르는 거야 문제 될 것 없소. 운이 좋으면 배를 구할 수도 있을 테니."

"그럼 그렇게 하시지요. 그리고 오늘 밤 이곳에서 노숙을 하는 것은 아무래도 어려워졌으니 아예 밤길을 가시는 것은 어떨지요?"

사람들의 시신을 묻은 곳에서 노숙하는 것은 누구에게나 꺼려지는 일이다.

당연히 무광의 제안을 거절할 이유가 없는 우사공이었다.

"그렇게 합시다. 죽은 자들 옆에서 잠인들 제대로 자겠소."

"그럼 준비하지요. 사제, 천막을 걷자."

"예, 사형!"

무광의 말에 시월이 얼른 대답한 후 하룻밤 이슬을 피하기 위해 쳐놓은 천막을 걷기 시작했다.

"어떻게 된 일이에요?"

천막을 걷는 시월에게 다가온 이화검이 나직하게 물었다.

그녀는 시월이 무광에게 뭔가 이야기를 한 후, 무광이 금가장 사람들과 항주까지 동행하겠다고 결정했다는 것을 알고 있었다.

그래서 시월이 무광에게 무슨 이야기를 한 것인지 궁금하지 않을 수 없었다.

"나중에 말해줄게요."

"나한테도 말 못 하는 것이 있어요?"

이화검이 서운한 표정으로 되물었다.

"그런 것이 아니라… 사람들이 없을 때 말해줄게요."

시월이 부지런히 손을 움직이며 말했다.

말을 하는 시월의 표정이 여간 심각한 것이 아니었다. 그제야 이화검도 보통 문제가 아니구나 하는 생각이 들었는지 나직하게 물었다.

"위험한 건 아니죠?"

"위험하다기보다… 조금 어려운 문제예요."

"알았어요. 그럼 나중에 말해줘요."

이화검이 대답을 한 후 서둘러 천막을 걷었다.

*   *   *

시월 일행은 제남에서부터 타고 온 말이 있었지만, 이제 말을 타고 가는 사람은 이화검밖에 없었다.

다른 두 필의 말은 금송과 부상당한 금가장의 무사에게 내어주고 시월과 무광은 걸어서 밤길을 걸었다.

금송은 말을 탈 수 없다고 극구 사양했지만, 이화검의 설득에 어쩔 수 없이 말에 올라 이화검과 어깨를 나란히 하고 말을 몰았다.

그렇게 갑작스레 일어난 한밤중의 소란을 뒤로하고 무량포로 향한 지 꼬박 하루 만에 일행은 드디어 무량포가 내려다보이는 해안가 언덕 위에 도착했다.

그리고 그곳에서 시월이 홀로 무량포로 향했다.

시월이 무량포에 남아 있던 부리와 무릉을 데리고 온 것은 날이 저문 후였다.

부리와 무릉은 이미 시월에게 그간 있었던 일을 들었는지 흥분한 상태로 무광 등이 있는 곳으로 급하게 달려왔다.

"어서들 와라!"

무광이 앞으로 나가 사제들을 반겼다.

"사형! 정말 항주로 갑니까?"

부리가 도착하자마자 물었다.

"음, 그래야 할 것 같다. 특히 부리, 네 도움이 필요해."

"저야 뭐! 즐거운 일이죠."

부리는 항주까지 여행할 수 있다는 생각에 기분이 좋은지 신나게 대답했다.

"그냥 여행하는 것이 아니다. 위험할 수도 있어."

"그래 봐야 뭐… 흐흐흐"

부리가 나직하게 실소를 흘렸다.

"배는?"

무광이 시월에게 물었다.

"어제 야시장이 끝나서 지금은 배를 구하기 힘들다고 하더군요. 일단 육로로 이동하시다가 적당한 곳에서 배를 구하는 것이 좋을 것 같습니다."

"아쉽군."

"그래도 부리 사형이 있으니 큰일은 없을 겁니다."

시월이 말했다.

부리라면 혹시라도 다른 살수들이 함정을 파고 기다려도 충분히 그들의 존재를 발견할 수 있을 것이다.

"부리, 부탁한다."

"걱정 마세요. 누구든 내 눈을 피할 수는 없을 테니까."

부리가 주먹을 쥐어 보이며 말했다.

그러자 무광이 고개를 끄떡이고는 부리와 무릉을 금가장 사람들이 있는 곳으로 데려갔다.

"어르신! 이 친구들이 항주까지 동행할 제 사제들입니다. 사제들 금가장의 일장로시다. 인사드려라."

무광의 말에 부리와 무릉이 우사공에게 포권을 해 보였다.

"칠선문의 제자 부리입니다."

"무릉이라고 합니다."

부리와 무릉이 자신들의 이름을 밝혔다.

그러자 우사공이 마주 포권을 하며 입을 열었다.

"어려운 길에 동행해 주시니 고맙소. 이 은혜를 절대 잊지 않겠소."

"은혜랄 것이 뭐 있나요. 저희도 무료하던 차에 항주까지 여행할 일이 생겨서 반가울 뿐입니다."

"하하하! 역시 칠선문의 협사들은 호탕하시구려. 일단 항주에 가면 내가 책임지고 즐거운 시간을 만들어 드리겠소."

"고맙습니다. 어르신! 기대하겠습니다."

부리가 넉살 좋게 우사공의 말을 받았다.

그러자 무광이 말했다.

"어르신, 일단 이곳을 벗어난 후에 오늘 노숙지를 정하지요. 무량포 야시장이 어제 끝났다지만 그래도 이곳은 무량포로 가는 길이라 사람들의 시선을 끌 수 있습니다."

"그렇게 합시다."

우사공이 얼른 무광의 말에 동의했다.

사실 우사공 역시 한시라도 빨리 항주를 향해 출발하고 싶은 생각이었기 때문이었다.

우사공이 동의하자 무광이 이번에는 시월과 이화검을 돌아봤다.

"사제, 우린 바로 출발하겠다. 본문으로 돌아가면 다들 걱정하지 않게 안심하라고 전해줘."

"알았습니다. 사형, 조심해서 다녀오세요."

시월이 대답했다.

"조심하세요."

이화검도 무광에게 당부했다.

"제수씨, 우리 걱정은 마십시오. 우리 셋이나 가는데 무슨 일이 있겠습니까. 자, 모두 출발하시죠!"

무광의 말에 칠선문의 사형제들과 금송 등 금가장 사람들이 일제히 말에 올랐다.

시월이 무량포에서 여러 필의 말을 구해 와서 이제는 모두가 말을 타고 길을 갈 수 있었다.

"사제, 다녀오마!"

"제수씨! 조심해서 돌아가세요!"

부리와 무릉이 시월과 이화검에게 작별을 고한 후 앞장서서 말을 몰고 나갔다.

그러자 무광과 금가장의 사람들이 시월과 이화검에게 눈인사를 하고 어둠 속으로 사라졌다.

사람들이 떠나자 한순간에 장내가 조용해졌다.

그러자 이화검이 시월을 돌아보며 물었다.

"자, 이제 말해줘요. 도대체 무슨 일이 생긴 거죠?"

순간 시월의 표정이 어두워졌다.

"대체 무슨 일인데 그래요? 대사형께서도 알게 모르게 한숨을 쉬시던데……."

이화검이 재차 물었다.

그러자 시월이 어렵게 입을 열었다.

"이 일에… 우담 누이가 관련이 된 것 같아요."

"우담이 누구… 아! 설 언니요?"

"예."

"에이, 설마 그럴 리가요."

이화검이 믿지 못하겠다는 듯 고개를 저었다.

"나도 사실이 아니었으면 좋겠어요. 하지만 살수 우두머리가 죽어가면서 월문 동별당을 언급했어요. 월문 동별당은 곧 우담 누이를 말하는 거죠."

"…대체 왜? 아! 미리 송 동생을 죽여 월문신룡과의 혼사를 막으려고 했던 거군요?"

"사실이라면 그런 목적이겠죠. 우담 누이가 백문보와 혼인을 한 것은 그에 대한 애정보다 월문의 안주인이 되겠다는 욕망 때문이었을 테니까요."

"…그렇다면 내게는 왜 살수를 보내지 않았을까요?"

이화검이 물었다.

"보냈을 수도 있죠. 다만 화검 당신이 그 혼사를 거부했기에 살수들이 그냥 돌아간 것일 수도……."

"그럴 수도 있겠네요. 아, 정말 독한 언니네. 그럼 앞으로도 월문신룡과 혼인하려는 사람은 모두 죽이려 하겠군요. 그런데 그러다 보면 결국 자신이 한 일이라는 것이 드러나고 말 텐데."

이화검이 걱정스러운 표정으로 말했다.

"누이가 다룰 수 있는 여인이라면 살려두겠죠. 하지만 금가장의 딸이라면 누이도 어떻게 할 수 없는 사람이니까 미리 죽이려 했을 거예요. 더군다나 금송 소저가 제남으로 백유검을 만나러 온다는 것을 알았으니 누이에게 좋은 기회였을 겁니다."

"그렇군요. 금가장 안으로 살수를 들여보내는 것은 불가능한 일이니까. 그런데… 그 일을 우리가 망쳤으니……."

이화검이 씁쓸한 표정으로 말했다.

시월과 사형제들은 평소에 설우담을 거의 입에 올리지 않았다. 특히 소후 앞에서 설우담이라는 이름은 금기어나 마찬가지였다.

그러다 가끔 소후가 없을 때 설우담이 거론되면 그들은 격렬하게 설우담을 비난하다가도 결국 대화의 끝은 설우담에 대한 걱정으로 마무리되곤 했다.

비록 소후를 배신하고 월문신룡 백유검의 부인이 되었지만, 그들에게 설우담은 여전히 걱정해야 할 누이였던 것이다.

그런데 그런 설우담이 하려는 일을 시월과 무광이 막았으니 운명이라면 그 또한 우울한 운명이었다.

"무광 대사형이 금송 소저를 호위해 항주로 가기로 한 것은 우담 누이가 한 일에 대한 속죄의 마음 때문이에요. 그렇게라도 우담 누이의 잘못을 금송 소저에게 갚고 싶었던 거죠. 물론 금송 소저는 이 사정을 꿈에도 알지 못하겠지만."

"그것참. 일이 묘하게 되어가네."

이화검이 묘한 눈빛을 보이며 중얼거렸다.

"…일이 묘하게 되다니 무슨 말이에요?"

시월이 이화검이 이해하지 못할 말을 중얼거리자 되물었다.

"무광 아주버님을 보는 송이 동생의 눈빛이 남달랐거든요."

"……?"

시월이 여전히 이화검의 말을 알아듣지 못하겠다는 듯 대답 없이 멀뚱하게 이화검을 바라봤다.

"하여간 남자들이란 이렇게 눈치가 없어! 금송 소저가 무광 대사형께 호감을 갖고 있단 말이에요."

이화검은 무광을 지칭할 때 큰아주버님이라고 부르기도 하고 대사형이라고 부르기도 했다.

"그야 당연히 자신을 구해줬으니 호감이 있겠죠."

"아이구, 그런 뜻이 아니라 무광 대사형께 연심(戀心)을 품은 것 같단 말이에요."

"…에이 설마요. 만난 지 얼마나 되었다고!"

시월이 그럴 리 없다는 듯 고개를 저었다.

"하! 참 무공에 대해서는 그렇게 민감한 감각을 가진 사람이 여자의 마음에는 이토록 둔하다니… 쯔쯔, 내가 어떻게 이런 사람을 사랑했을까. 이것 봐요, 아저씨. 사람은 한순간, 한 번의 조우로도 운명적인 사랑에 빠질 수 있는 존재에요. 나 같은 경우도 그런 경우죠!"

이화검이 투덜대듯 말했다.

"…그럼 정말 금송 소저가 무광 사형에게 마음을 빼앗겼다는 거예요?"

"내 이름을 걸고 장담하죠."

이화검이 단호하게 말했다.

"그럼… 큰일이네."

"큰일은 뭐가 큰일이에요. 이참에 무광 아주버님도 장가를 가면 좋은 거지."

"하지만, 금가장 같은 곳에서 대사형을 받아들이겠어요? 금가장은 철저히 정략적으로 움직이는 사람들인데. 자칫하면 대사형이 곤란해질 수도 있겠어요."

시월이 걱정스러운 표정으로 말했다.

그러자 이화검이 호탕하게 말했다.

"걱정 말아요. 어떤 어려움도 아주버님은 해결할 수 있는 분이니까요. 다만, 아주버님 생각이 어떠실지 그건 모르겠군요."

*   *   *

무량포로 돌아온 시월과 이화검은 초원루 뒤쪽에 있는 칠선문의 거처에서 사흘 동안 머물렀다.

시월이 제남에 가 있는 동안 소삼공은 무량포와 만화도를 오가는 전서구들을 길들이는 일에 집중했는데, 시월과 이화검이 도착했을 즈음에는 만화도에서 무사히 돌아오는 전서구들의 비율이 근 팔 할에 이르러 있었다.

배를 타고 이동하면 삼사일, 용선의 돛을 모두 펼치면 이틀 정도 걸리는 만화도지만 전서구는 하룻낮이면 너끈히 만화도를 오갔다.

그렇게 시월과 이화검이 소삼공이 길들인 전서구들을 다루는 일에 재미를 붙이고 있는 사이 소향로는 초원루주가 마련한 작은 약재방을 돌보는 일에 힘을 쏟고 있었다.

석자부는 약재상을 만들 때 칠십이 넘은 태복이라는 노인을 고용해 약재상을 맡겼었다.

그건 다분히 석자부가 약재상에 금자를 쓰고 싶지 않았기 때문에 일어난 일이었다.

노인 태복은 과거 약방에서 잠시 일한 적이 있다는 것이 경력의 전부였다.

그래서 약재를 다루거나 사람들에게 첩약을 짓는 일과는 거리가 먼 사람이었다.

약재상에서 허드렛일이나 하면서 약재를 배달하는 일 정도가 그가 약재상에서 한 일의 전부였다.

그래서 평범한 약재의 이름은 얼추 알아도, 그 약재가 어떤 병에 쓰이는지는 제대로 알지 못했다.

당연히 소향로가 오기 전까진 태복이 하는 일이란 석자부가 만든 약재상을 청소하는 것 정도가 전부였다.

그런데 소향로가 오고 난 이후에 모든 것이 변했다.

소향로가 만화도를 떠날 때 가지고 온 약재들은 천하 만물이 거래된다는 무량포에서도 쉽게 구할 수 없는, 혹은 아예 구경도 하지 못하는 진귀한 약재들이었다.

소향로는 그 약재들의 특징과 약효를 노인 태복에게 알려주는 데 여러 날을 할애했다.

처음에 노인 태복은 때아닌 약재 공부에 진이 빠져 하루에도 서너 번씩 약재상 일을 그만두겠다고 말하곤 했다.

하지만 그럴 때마다 소향로가 어르고 달래서 지금까지 약재 공부를 시키고 있었다.

그렇게 노력을 기울인 결과, 시월과 이화검이 무량포로 돌아왔을 때는 노인 태복도 제법 약재의 가치를 알고 값을 흥정할 만큼의 지식을 갖출 수 있었다.

그렇다고는 해도 애초에 소향로가 가져온 약재의 양이 많지 않아서 노인 태복이 할 일은 그리 많지 않았다.

늘그막에 약재 공부를 하는 것은 곤욕이었지만, 젊어서 모은 재산이 거의 없어서 늙어서도 남의 집 허드렛일로 연명해야 하는 태복의 처지에서 약재상 일은 어떤 면에서는 행운이랄 수도 있었다.

"좋은 분인 것 같아요."

이화검이 창문으로 얼굴을 내밀고 건너편 약재상에서 열심히 소향로의 말을 듣고 있는 노인 태복을 보며 말했다.

"그렇죠? 향로 동생을 무척 좋아하는 것 같기도 하고……."

시월이 대답했다.

"손녀 같겠죠. 들어보니까 가족이 없으신 것 같더라고요. 약재상에서 일하면 노후도 걱정할 것이 없을 테고. 약재에 대해 배울 때는 그만둘 생각도 했었다고 하시던데, 지금은 늘그막에 인생 대운(大運)이 찾아왔다고 즐거워하신대요."

"이렇게 또 한 명, 칠선문의 식구가 늘어나네요."

시월이 미소를 지으며 말했다.

"태복 어르신도 칠선문의 식구가 되는 건가요?"

"혹시 약재상을 닫아도 갈 곳이 없으실 텐데 어쩔 수 없이 칠선문이 책임을 져야죠."

시월이 말했다.

"그렇게 문도를 늘리다가는 곧 만화도가 좁아질 거예요."

"에이, 그렇지 않아요. 칠선문과 인연을 맺었다고 아무나 다 문도로 들일 수는 없죠. 예를 들어 초원루주 같은 사람은 절대 칠선문도가 될 수 없지요. 하하."

시월이 가볍게 웃음을 흘렸다.

"초원루주 자신도 절대 칠선문에 들어오지 않을 거예요. 착한 사람들 사이에 있으면 도저히 버틸 수 없는 사람이니까."

"그래도 예전 노예상을 할 때보다는 많이 좋아진 거죠. 들어보니까 기녀들도 함부로 대하지 않는다고 하더라고요."

시월이 말했다.

"흥, 그거야 기녀들을 잘 구슬려야 장사가 잘되니까 그러는 거죠. 사람 본성이 어디 가겠어요?"

이화검은 과거 노예상을 했던 석자부에 대해선 아무래도 믿음이 가지 않는 모양이었다.

"두고 보죠. 그가 정말 개과천선할지 아니면 결국 노예상이라는 과거에서 벗어나지 못할지……."

"좋아요. 한번 두고 보죠. 정말 사람이 변할 수 있는지 그를 통해 확인할 수 있겠죠. 그나저나 우리도 이제 가야죠?"

이화검이 물었다.

"음, 그렇게 되었네요. 용선이 이미 도착했을 거예요. 소사공 어르신을 오래 기다리게 할 순 없죠."

시월이 이미 꾸려두었던 짐을 들면서 말했다.

      *   *   *

"명심하시오. 하루에 한 번은 꼭 전서구를 보내야 하오."

소삼공이 초원루주 석자부에게 다시 한번 당부했다.

"글쎄 걱정 마시라니까 그러시네. 제가 성질은 더러워도 해야 할 일은 반드시 하는 사람입니다."

석자부가 영 자신을 믿지 못하는 소삼공이 불만스러운지 투덜대듯 대답했다.

"전서구들은 아무리 길들여도 결국 날짐승이오. 항상 오가던 길도 며칠 오가지 않으면 금세 길을 잃기에 하는 말이오."

"명심하겠습니다. 그리고 내가 이 일을 제대로 하지 않으면 당장 저 친구가 달려와서 내 목을 칠지도 모르는데 일을 허투루 하겠습니까?"

석자부가 시월을 가리키며 말했다.

"하긴 그렇구려. 내 노파심이라고 해둡시다. 저 친구라면 칠선문에 해가 되는 사람을 그냥 둘 리 없으니까."

"흐흐, 그렇게 협박하지 않아도 저 친구의 무서움을 잘 알고 있으니 겁은 그만 주십시오."

석자부가 능글맞은 웃음을 흘리며 말했다.

그때 시월이 소삼공을 불렀다.

"장로님! 그만 가시죠. 향로 동생도 준비가 다 되었답니다."

"음, 알겠네."

소삼공이 대답하고는 시월 있는 곳으로 다가갔다.

"잘 부탁하겠소. 다른 생각하지 마시고……."

떠나려다 말고 시월이 석자부에게 말했다.

"하……! 다들 날 못 믿는 것 같은데, 내가 선한 사람은 아니지만 약속은 반드시 지키니까 걱정 마시오."

석자부가 소삼공에 이어 시월까지 자신을 의심하며 말하자 기분이 상했는지 퉁명스레 대답했다.

"믿고 가겠소. 나오지 마시오. 사람들 이목도 있으니. 가시죠. 장로님!"

시월의 말에 소삼공이 먼저 숙소를 나섰다. 뒤를 이어 칠선문의 문도들이 숙소를 떠나자 석자부가 문 안쪽에서 물었다.

"다음엔 언제 또 오시오?"

"모르겠소. 강호의 사정이 급박해지면 가다가 다시 돌아올 수도 있고, 별일 없으면 한 달쯤 후에나 본문의 사람들이 올 거요."

"알겠소. 조심해서 가시오."

석자부의 인사에 시월이 가볍게 손을 들어 보이고는 포구 아래쪽으로 펼쳐진 백사장을 향해 걸어갔다.

언제나처럼 해안가 남쪽 끝에 그들이 용선까지 타고 갈 소선이 준비되어 있기 때문이었다.

"거참 이상하네. 왜 이렇게 마음이 휑하지?"

시월 일행이 멀어지자 석자부가 고개를 갸웃하며 가슴을 쓸었다.

한동안 같이 지내서인지 칠선문의 문도들이 떠나자 쓸쓸함이 밀려들었던 것이다.

"제길, 그새 정이 들었나? 아서라, 저들과 난 애초에 타고난 성품이 달라. 칠선문의 문도들은 하나같이 선한 사람들이고 난 극악

한 노예상 출신인데 어찌 한 식구처럼 어울릴까. 그냥 서로 필요한 것을 주고받는 사이로 남는 게 좋지."

말을 그렇게 하면서도 석자부의 시선은 쉽게 시월 일행에게서 떨어지지 않았다.

그때 문득 오랜 그의 수하 황평의 목소리가 들렸다.

"칠선문의 사람들은 떠났습니까?"

"음, 떠났네."

"그런데 표정이 왜 그렇습니까?"

"내가 뭘?"

"마치 가족이 떠난 것 같은 표정이지 않습니까?"

"가족은 무슨. 그냥 거래하는 하는 사인데."

"표정은 전혀 그렇지 않은데요?"

황평이 놀리듯 말했다.

"쓸데없는 소리 말고 저녁 장사나 준비하세."

"야시장도 열리지 않는데 천천히 하죠. 손님이라고 해봐야 서너 무리나 올까 싶은데……."

"그래도 이럴 때 단골을 만들어 놔야 해. 그리고 강호의 소식을 모으려면 손님을 끌어와야지."

석자부가 말했다.

"역시 루주께서는 칠선문에 마음을 빼앗기셨군요. 이렇게 열심히 강호의 소식을 모으려는 걸 보니."

"받은 만큼 일해준다. 이게 상인 석자부의 원칙이야. 그게 노예상이든 기루 주인이든 뭐든 간에 변함없는 내 원칙이지. 자네도 내 말 명심해."

석자부가 정색을 하며 충고했다.

"알겠습니다. 명심하겠습니다."

황평이 얼른 대답했다.

그러자 석자부가 주루를 향해 걸음을 옮기다 말고 문득 황평에게 물었다

"그런데 그 일은 어찌 됐어?"

"그 일이라뇨?"

황평이 멀뚱한 표정으로 되물었다.

"단기 말이야."

"그, 그야… 뭐……."

황평이 당황한 듯 말꼬리를 흐렸다.

"사내가 왜 그렇게 쑥맥이야. 마음이 있으면 말을 해야지 마음에만 두고 있으면 상대가 어떻게 자네 마음을 아나?"

"그게… 평생 한 번도 해 보지 않은 일이라. 단기가 어떻게 생각할지도 모르고."

"젠장, 구더기 무서워 장 못 담그나? 답답하다, 답답해. 그래서 언제 장가를 가고 아이를 낳나!"

석자부가 탄식했다.

그러자 황평이 퉁명스럽게 대답했다.

"루주께서도 혼인을 못 하셨잖습니까?"

"나야 애초에 가정을 꾸릴 생각이 없었고. 자네는 다르잖아? 단기와 가정을 꾸리고 싶어 하잖아?"

"……."

석자부의 말에 황평이 대답을 하지 못했다.

그러자 석자부가 다시 말했다.

"서둘수록 좋아. 어차피 자네 사람으로 만들 거면! 기녀 생활 오래 하게 하는 건 서로 좋지 않아. 단기가 혼인을 하겠다면 내가 단기가 모으려는 금자는 내어줌세. 가족들에 대한 부담이 없어야 자네와 혼인도 할 수 있을 테니."

"감사합니다."

"고마워할 것 없어. 나이가 드니까 나도 식구라는 걸 만들고 싶어져서 그래. 피를 나눈 혈육은 아니어도 칠선문의 사람들처럼 함께 살아갈 가족이 있으면 좋겠어. 자네가 장가를 가서 애를 낳으면 그때는 그렇게 살 수 있지 않을까? 내가 자네 아이의 할애비 노릇을 하면서 말이야."

"그, 그렇게까지……."

황평이 감격한 표정을 지었다.

"어찌 됐든 기왕에 노예장사를 그만두고 새 삶을 살자고 했으니까 우리도 제대로 한번 살아 보자고!"

"알겠습니다."

황평이 얼른 대답했다.

"그러니까 지금이라도 얼른 달려가서 단기에게 말을 하게. 단기도 의지할 곳이 생긴다고 생각하면 자넬 거절하지 않을 거야."

"그럴까요?"

"음, 자네 말을 듣고 그동안 단기를 자세히 살펴보았지. 비록 기녀로 있지만 심지가 굳고 똑똑한 아이야. 솔직히 자네에겐 과분하지. 하지만 오히려 그래서 단기가 자네 마음을 받아줄 가능성이 있어."

"어째서 말입니까?"

"단기가 몸은 팔지 않는다 해도 기녀는 기녀… 자신의 허물을 덮어줄 사람이 흔치 않으니까. 자넨 그런 것 신경 쓰지 않고 단기를 아껴줄 거잖아?"

"그야 뭐, 식솔 먹여 살리려고 어쩔 수 없이 한 일인데요."

"그러니까. 얼른 가서 말해봐."

"알았습니다. 그럼… 가보겠습니다."

황평이 석자부의 재촉에 용기가 생겼는지 대답을 하고는 초원루를 향해 부지런히 걸음을 옮겼다.

"젠장! 좋다 이거야. 나도 가족을 한번 만들어보겠다 이거지! 못 할 게 뭐 있어!"

황급히 걸음을 옮기는 황평을 보며 석자부가 중얼거렸다.

제 2장

—

증발(蒸發)

안개가 파도처럼 흐른다.

날 밝은 날이면 멀리 동쪽 끝에 보이는 바다는 이미 여러 날째 보이지 않았다.

그렇다고 비가 오는 것도 아니고, 하늘이 구름으로 가득 찬 것도 아니었다.

어느 날은 맑고 어느 날은 흐렸지만, 안개는 줄곧 산과 산 사이를 가득 메운 채 사방으로 흐르고 있었다.

그럼에도 불구하고 수많은 사람들이 그 안개 속으로 들어갔다.

앞이 제대로 보이지도 않는 안개의 바닷속에 엄청난 양의 황금과 보물들이 잠들어 있다는 소문 때문이었다,

"후우……!"

이가검문의 노고수 이장룡이 길게 한숨을 내쉬었다.

그러자 이가검문의 대공자 이해검이 걱정스러운 표정으로 물었다.

"벌써 삼 일째입니다. 결정을 해야 할 것 같습니다."

"음……."

이장룡이 대답 대신 침음성을 흘렸다.

"제 생각으로는 물러나는 것이 좋을 것 같습니다만……."

이해검이 다시 말했다.

"이대로 물러나면 훗날 그들이 이 일을 본문의 약점으로 잡을 수도 있는 일이다."

"그렇다고 소식 없는 그들을 언제까지 기다리고 있을 수는 없지 않습니까?"

"약속한 기한은 오 일이다. 그때까지는 자리를 지키자."

"…예감이 너무 좋지 않습니다."

이해검이 두려운 빛까지 보였다. 호방한 그의 성정을 생각하면 이례적인 일이었다.

천보밀동의 보물을 찾기 위해 제남을 떠난 북방 무림의 고수들은 순식간에 황하를 넘어 하북으로 건너왔다.

황하를 건넌 후에는 천보밀동이 있다는 북왕산 인근까지 한달음에 달려왔다.

그런데 그곳에서 이가검문의 고수들은 다른 문파의 고수들이 예상치 못한 결정을 내렸다.

이가검문의 고수들은 북방 무림의 고수들을 이끌고 있는 월문신룡과 모용무성에게 북왕산으로 진입하는 문제를 재고해 달라고 요청했다.

그 이유를 묻는 두 사람에게 이가검문의 이장룡은 천보밀동의 보물에 관한 소문이 어쩌면 누군가 파놓은 함정일 수 있다는 생각을 밝혔다.

그런데 사실 북왕산에 함정이 있을 거란 소문은 새삼스러운 것이 아니었다.

북왕산 천보밀동의 장보도를 최초로 소유했던 개방의 노개 토왕개 왕흠이 장보도가 가짜이고 누군가 파놓은 함정이라는 말을 하고 스스로 바다에 몸을 던진 일은 널리 알려져 있었다.

그럼에도 사람들은 애써 그 사실을 외면했다.

그리고 장보도가 가리키는 곳이 북왕산이라는 소문이 퍼지자 토왕개 왕흠의 경고는 완전히 무시되었다.

설혹 그의 말대로 이 일이 누군가의 음모라 할지라도 십대천문의 고수들까지 몰려온 이상 큰 사달이 벌어지지 않을 것이란 게 강호인들의 생각이었다.

그래서 이가검문의 고수 이장룡의 의견 역시 백유검과 모용무성은 가볍게 무시하였다.

백유검과 모용무성은 어떤 함정이 있더라도 자신들의 힘으로 이겨낼 수 있다고 자신하고 있었다.

외려 그들은 내심 북왕산으로 진입하기를 주저하는 이가검문의 문도들을 소심하다고 비웃었다.

하지만 이장룡과 이해검은 이미 시월에게서 확실한 경고를 받았기 때문에 북왕산 진입을 포기했다.

그들은 북왕산 인근에서 만약을 대비하겠다는 의사를 밝힌 후 후방에 남겠다고 선언했다.

그리고 그 결정을 백유검과 모용무성은 기꺼이 받아들였다. 그들로서도 만약을 대비해 후군이 뒤에 남아 있으면 나쁠 것이 없기 때문이었다.

또 보물을 찾았을 때 자신들이 차지할 지분이 좀 더 많아질 것이기도 했다.

그런데 그렇게 후방을 이가검문에게 맡기고 북왕산으로 진입한 북방 무림의 고수들이 벌써 삼 일째 아무런 연락이 없었다.

불길한 징조였다.

그렇다고 북왕산에서 혈사가 벌어졌다는 소식도 들리지 않았다.

드물지만 간간이 북왕산을 빠져나오는 무인들의 이야기에 따르면 북왕산이 생각보다 협곡과 봉우리들이 많아 움직이기 불편할 뿐 아니라, 안개가 너무 짙게 끼어 자칫 길을 잃을까 두려워 돌아나왔다는 말뿐이었다.

그 안에서 누군가 죽었다거나 혹은 공격을 받았다는 말은 없었다.

그 모호한 상태가 삼 일째 이어지고 있었고, 이가검문으로서는 이러지도 저러지도 못하는 상황이었다.

"일단 백 장 정도 뒤로 물러나 다시 숙영지를 꾸리자꾸나."

계속 불안해하는 이해검을 보며 이장룡이 말했다.

"백 장이요?"

"음, 안개가 계속 퍼지고 있어. 이대로라면 오늘 밤 이곳까지 안개에 묻히게 될 거다. 그럼 시야를 확보할 수 없다. 저기 저곳이 좋겠구나. 저곳이라면 안개가 밀려들어도 주변 지형은 대충 확인할 수 있을 테니……."

이장룡이 손을 들어 백여 장 뒤에 있는 작은 산의 능선을 가리켰다.

"알겠습니다."

이해검이 그나마 다행이라는 듯 대답했다. 그러고는 이가검문의 고수들을 향해 다가가며 명을 내렸다.

"백 장 뒤로 이동해 새로 숙영지를 꾸린다. 천막을 걷어라!"

"예, 대공자님!"

이가검문의 고수들이 일제히 대답한 후 서둘러 막사를 걷기 시작했다.

"이상한 일이다. 함정이면 벌써 공격이 있어야 하는데… 공격도 없고, 그렇다고 보물을 찾았다는 사람도 없고. 북왕산으로 들어간 자들이 이미 이백이 훌쩍 넘었는데, 나온 자들은 그 일 할도 되지 않고… 허 참 이게 대체 무슨 일이란 말인가."

등 뒤에서 이가검문의 문도들이 막사를 거두는 소리를 들으며 이장룡이 어두운 표정으로 중얼거렸다.

*   *   *

시간이 흐를수록 상황은 점점 좋지 않게 흘러갔다.

그렇다고 확실하게 큰일이 벌어졌다고 단언할 수도 없었다.

불확실한 두려움 속에서 북왕산 주변에 퍼지기 시작한 안개는 이제 북왕산 주변 산들까지 집어삼켰다.

높은 산에서 보면 사방이 온통 운해(雲海)에 빠져 있는 것처럼 보였다.

이가검문의 고수들이 새로 숙영지를 구축한 능선 주변도 마찬가지였다.

능선 아래로 안개가 강물처럼 흐르고, 먼 거리의 북왕산은 겨우 안개 위쪽으로 머리를 내밀고 있는 봉우리만 보였다.

이쯤 되면 이장룡도 결정을 내려야 한다는 것을 알고 있었다.

벌써 북방 무림의 고수들과 약속한 오 일이 훌쩍 지나 칠 일째로 접어들고 있었다.

기다릴 만큼 기다린 것이고, 그들의 연락이 없는 이상 물러나든 북왕산으로 들어가든 그 결정은 이가검문의 자유였다.

"북왕산으로 갈 수는 없다."

이장룡이 단호하게 말했다.

"당연합니다. 애초에 길이 없는 것이었다지만 지금은 안개로 인해 이삼십 장 앞쪽을 확인할 수도 없는 지경인데 들어갈 수는 없지요. 돌아가야 합니다."

이해검도 이장룡의 의견에 동의했다.

"칠 일을 기다렸으니 나중에라도 그들이 다른 말을 하지는 못할 것이다."

안으로 들어간 북방 무림의 고수들을 두고 하는 말이다.

"우리의 도움이 필요했다면 사람을 내보냈겠지요. 본문으로서는 할 만큼 한 것입니다. 숙영지를 정리하겠습니다."

"그렇게 하자."

이장룡의 허락이 있자 이해검이 문도들을 재촉해 서둘러 두 번째 구축했던 숙영지를 정리했다.

숙영지를 정리한 이가검문의 문도들은 산 능선을 내려가 남쪽으로 길을 잡고 북왕산 근처에서 물러나기 시작했다.

그런데 그들은 단 반 시진도 이동하지 않아 자신들에게 문제가 생겼음을 깨달았다.

강호 경험이 풍부한 인물들로 구성된 이가검문의 문도들이 한순간 안개 속에서 길을 잃어버린 것이다.

그제야 그들은 북왕산에 펼쳐진 함정이 어떤 것임을 깨달았다.

그 함정은 사람을 죽이는 것이 아니라 사람을 가둬두는 함정이었던 것이다.

보물을 찾아 북왕산의 안개 바다로 들어온 사람들은 그렇게 쉽게 벗어날 수 없는 안개와 시간의 감옥 속에 갇혀 버렸다.

*　　　　*　　　　*

세 마리 전서구가 섬과 섬 사이를 갈랐다.

도중에 무인도에라도 날아내릴 만한데 전서구들은 섬들이 사라질 때까지 날더니 망망대해를 향해 거침없이 날갯짓을 했다.

하지만 전서구들이 쉴 수 있는 땅이 완전히 사라진 것은 아니었다.

더 이상 섬이 없을 것 같은 망망대해를 얼마간 날아가자 다시 하나의 바위 섬이 외롭게 나타났다.

전서구는 그 바위섬을 향해 날아갔다.

푸드득!

만화도 서북쪽 위태로운 절벽 위, 바위를 쌓아 벽을 만들고 흙으로 틈을 메워 거친 해풍을 막은 작은 망루가 있었다.

바다를 건너온 전서구들은 그 망루의 작은 창을 통해 안으로 날아들었다.

"어서 와라!"

망루 안에서 날아온 전서구를 팔뚝에 올리며 도원이 말했다.

만화도 정상에 망루를 세운 것은 칠선문의 문도들이 만화도로 들어온 직후였지만, 이렇게 전서구들이 찾아드는 장소가 된 것은 지금은 소삼공이라 불리는 토왕개 왕흠이 칠선문의 장로가 된 이후였다.

전서구를 통해 무량포의 초원루와 연락을 주고받을 수 있게 만든 소삼공 덕분에 만화도의 칠선문 문도들은 매일 강호의 소식을 전해 받을 수 있었다.

물론 덕분에 일이 늘어난 것도 있었다. 문도 중 당번을 정해 한 명은 전서구를 받기 위해 이 망루에 올라와 있어야 했다.

오늘 망루를 지키는 사람은 도원이었다.

"어디 무슨 소식을 가져왔을까?"

부리가 전서구의 발목에 매달려 있는 전통에서 손가락만 한 전서를 꺼내 조심스럽게 펼쳤다.

그런데 전서구를 펼쳐 읽던 도원의 표정이 갑자기 굳어졌다. 얼굴에 늘 달고 살던 웃음기조차 사라졌다.

"이거… 심상치 않네. 사람들이 갑자기 사라지다니. 아니 사라진 것이 아니라 돌아오지 못한 것인가?"

부리가 심각한 목소리로 중얼거리다가 급히 망루를 벗어나 산비탈을 달려 내려가기 시작했다.

　　　　　*　　　　　　*　　　　　　*

　"이상한 일이네. 함정을 파고 기습을 했다면 분명히 큰 싸움이 벌어졌을 텐데 전혀 그런 기색은 없다니. 그런데도 산에 들어갔다가 나온 사람도 거의 없고……."

　곽부가 이해할 수 없다는 듯 중얼거렸다.

　"함정은 분명해. 다만 목적이 뭔지 모르겠다는 거지."

　소후가 말했다.

　"마련이 판 함정이라면 사람들이 죽었어야 하잖아요?"

　곽부가 물었다.

　"모르지. 온통 안개로 가득하다니 그 안에서 사람들이 죽어가고 있을지."

　소후가 대답했다.

　"아무리 안개가 끼었다고 해도 수백 명 무림 고수들을 아무런 소란 없이 죽이는 일이 가능할까요?"

　곽부가 불가능한 일이라는 듯 말했다.

　"뭐, 그렇기는 한데… 하지만 함정이 아니라면 북왕산으로 몰려간 사람들이 벌써 보물을 찾았던지, 보물이 없다면 산에서 물러나 나왔어야 하잖아. 그들이 계속 그 안에 머물고 있다는 건 분명 함정에 빠진 거야. 다만… 그 함정의 목적을 알 수 없을 뿐이지."

　소후가 확신하듯 말했다.

　그러자 사형제들의 말을 듣고 있던 시월이 입을 열었다.

"북왕산에 가봐야 할 것 같습니다."

시월의 말에 사형제들이 일제히 시월을 바라봤다.

"들어간 자들이 아무도 못 나오고 있다는 북왕산에 뭐 하러 가?"

곽부가 의아한 표정으로 시월에게 물었다.

그러자 소후가 혀를 차며 말했다.

"쯔쯔, 그렇게 머리가 안 돌아가냐? 당연히 이가검문 식구들을 찾아보려는 것이지."

"아! 맞다. 그렇구나."

곽부가 그제야 시월이 북왕산으로 가려는 이유를 알아채고는 슬쩍 이화검의 눈치를 살폈다.

이화검은 부리가 전서구를 가져온 순간부터 근심 가득한 얼굴을 하고 있었다.

북왕산에서 나오지 못한 사람 중에는 당연히 이가검문의 문도들도 포함되어 있을 것이기 때문이었다.

"대사형이 없으니 사형이 허락해 줘요."

시월이 소후에게 말했다.

"허락하고 말고가 어딨어! 이가검문 사람들은 네게는 가족인데. 가족이 위험하면 당장 달려가 봐야지. 그런데, 제수씨도 함께 가실 겁니까?"

소후가 걱정스러운 표정으로 물었다.

하지만 이화검은 얼른 고개를 끄떡였다.

"당연히 저도 가야지요."

"위험할 수도 있는데, 시월과 제가 가는 것이 어떨지……?"

소후의 말에 이화검이 고개를 저었다.

"아니에요. 무광 아주버님이 언제 돌아오실지 모르는데 다른 분들은 만화도를 지키셔야죠. 이번에는 우리 둘이 가요."

이화검이 시월을 보며 말했다.

그러자 시월이 천천히 고개를 끄떡였다.

*   *   *

용선이 급하게 출항 준비를 마쳤다.

용선에는 시월과 이화검을 비롯해 배를 몰 소사공뿐 아니라 소삼공과 곽부까지 함께 올랐다.

북왕산에 가는 것은 시월과 이화검 둘이지만, 두 사람을 북왕산과 가까운 황하 하구에 내려주기 위해서는 처음 가는 뱃길을 가야 했다.

가는 도중에 예상치 못한 일이 생길 수도 있다는 걱정에 소삼공과 곽부가 용선을 타고 황하 하구까지 동행하기로 한 것이다.

그렇게 다섯 사람에 배에 오르고 용선이 접안대를 떠나려는데 갑자기 소향로가 시월을 불렀다.

"오라버니!"

"왜? 할 말이 있어?"

시월이 배 위에서 물었다.

"혹시 이가검문의 대협들을 만나게 되면 즉시 요동으로 돌아가라고 하세요."

"왜?"

"곰곰이 생각해 보니 사람을 죽이지도 않으면서 북왕산에 강호 고수들을 붙잡아 둔다는 것은 음모자들이 무림의 관심을 북왕산에 돌려놓고 다른 곳에서 일을 벌이려는 계책일 수도 있다는 생각이 들어서요. 만약 음모자들이 마련이라면 더더욱 그럴 것 같아요."

"아! 그럴 수도 있겠구나!"

시월의 눈을 크게 뜨며 말했다.

"일월문이 홍안령 산속으로 물러갔다고는 하나 비무를 통해 승패가 결정된 것이라 일월문의 전력은 그대로 남아 있다고 하셨잖아요. 북왕산에 이가검문의 사람들이 와 있는 것을 알면 그 틈을 노려 이가검문을 공격할 수도 있어요. 다른 문파에서 구원을 오기도 어려운 상황이고."

"무슨 말인지 알겠어. 그런데 그렇게 보면 천하 각지의 의천무맹 문파들이 모두 위험한 상태인 것 같네. 의천무맹의 이름있는 문파들은 모두 북왕산으로 고수를 보냈으니까. 그런데다 처음 들어간 고수들이 나오지 못하고 있다는 소식을 듣고 더 많은 고수들을 파견하고 있는 실정이니까."

시월이 걱정스러운 표정으로 말했다.

그러자 그의 뒤에서 소삼공이 무거운 음성으로 말했다.

"듣고 보니 정말 이 음모의 목적이 그것일 수도 있겠군. 그래서 북왕산에 온 무인들을 오히려 죽이지 않고 가두어만 두는 거지. 처음부터 북왕산에서 무림인들을 공격할 만큼의 사람이 없었을 거야. 다른 곳에서 일을 벌여야 하니까."

"그런데 그럼 왜 북왕산에 모인 사람들은 그곳을 벗어나지 못하는 걸까요? 아무리 안개가 시야를 막았다고 해도……."

막 배를 출발시키려던 소사공이 물었다.

그러자 시월이 대답했다.

"세상에서 오직 한 사람만이 그 일을 할 수 있습니다. 만계지만 중산! 그의 구갑진이라면 적은 수의 사람으로도 충분히 북왕산에 들어온 무림인들을 가두어 둘 수 있지요. 청림에서 그랬던 것처럼."

"정말 그렇다면… 이거 일이 커지는데. 갑자기 정사대전이 일어날 수도 있겠군."

소사공이 어두운 표정으로 말했다.

"서둘러야겠어요. 일단 최대한 빨리 북왕산에 도착해야겠습니다."

시월이 소사공에게 말했다.

그러자 소사공이 무겁게 고개를 끄떡였다.

"알겠네. 이번에야말로 용선의 진면목을 볼 수 있을 걸세. 다섯 개의 돛대를 모두 세우고 달릴 테니까."

소사공이 다부진 표정으로 말했다.

*   *   *

소사공은 자신의 말대로 용선이 세울 수 있는 최대한의 돛대, 다섯 개를 모두 세웠다.

다섯 개의 돛대에 돛을 달자 용선이 마치 거대한 풍선처럼 돛에 파묻혔다.

다섯 개의 돛이 만들어내는 바람의 추진력은 강력했다. 나선형의 선체를 가진 용선은 나는 듯이 바다를 달렸다.

가끔 큰 파도가 일어나면 배의 밑바닥이 수면 위로 떠 오르는 듯한 느낌이 들기도 했다.

그런 만큼 용선의 질주는 위태로웠다. 방향을 틀 때는 배의 난간이 수면에 닿을 정도로 기울어지기도 했다.

하지만 그럼에도 불구하고 노련한 뱃사람 소사공은 용선의 중심을 잃지 않고 전진했다.

그렇게 믿을 수 없는 속도로 바다를 가른 용선은 만화도를 떠난 지 삼 일째 되던 날 벌써 황하의 하구에 들어서고 있었다.

"저곳이 좋겠군."

소사공이 손을 들어 하구의 다른 지역과 달리 숲이 강변까지 이어진 곳을 가리켰다.

다른 곳은 상류로부터 밀려 내려온 퇴적물로 인해 너른 벌이 형성되어 있어 배를 대기도, 또 배에서 내려 육지로 들어가기도 어려웠다.

"그럼 저곳에 내려주세요."

시월이 소사공의 말에 동의했다.

"알겠네."

대답한 소사공이 강변을 향해 용선을 몰아갔다.

"조심하게. 마련(魔聯)의 함정이라면 결국 언젠가는 살수를 쓸 걸세."

내릴 준비를 하는 시월에게 소삼공이 당부했다.

"걱정 마세요. 살아남는 게 제 특기니까요."

시월이 씩 미소를 지으며 대답했다.

"자네 실력이면 당할 리는 없지."

소삼공이 고개를 끄떡였다.

"사제, 내가 함께 갈까?"

동행한 곽부가 아무래도 안심이 되지 않는지 시월에게 물었다.

그러자 시월이 고개를 저었다.

"아뇨. 사형은 만화도를 지켜야죠."

"만화도야 뭐, 걱정할 일이 있겠어?"

"그래도 소후, 도원 두 사형에게만 맡겨 놓을 수는 없잖아요."

"하긴… 그렇긴 하지."

"제 걱정은 마세요. 제가 어떤 놈인지 아시잖아요."

"알지. 세상에서 가장 명이 길 사람이지. 알았어. 그런 얼른 다녀와."

곽부가 손짓을 하며 말했다.

"자. 이쯤에서 내리게. 뛰어내릴 수 있지?"

강변 가까이 배를 댄 소사공이 소리쳤다.

"가요!"

시월이 이화검에게 말했다. 그러자 이화검이 고개를 끄떡이고는 먼저 강변 숲으로 뛰어내렸다.

그 뒤를 따라 시월도 가볍게 이화검 옆에 내려섰다.

"혹시 용선의 도움이 필요할지 모르니까 준비를 좀 해주세요. 검문의 식구들을 만나면 무량포로 가겠습니다."

땅에 내려선 시월이 소리쳤다.

그러자 소사공이 얼른 대답했다.

"알겠네. 언제라도 출발할 수 있게 준비해 두지."

"다녀오겠습니다!"

시월이 용선 위의 사람들에게 손을 흔들어 보이고는 이화검과 함께 숲속으로 사라졌다.

*　　　　*　　　　*

시월과 이화검은 북왕산을 향해 쉬지 않고 달렸다.

시월은 시간을 두고 접근하고 싶었지만, 이화검은 시월이 그런 말을 꺼낼 수 없을 만큼 다급한 모습이었다.

그래서 시월은 이화검이 지칠 것을 우려하면서도, 그녀에게 쉬어 가자는 말을 하지 못했다.

하지만 아무리 내공을 가진 무인이라도 종일 달릴 수는 없었다.

어떤 사람에게도 잠은 필요하기 때문이었다.

"이쯤에서 쉬어요."

달빛이 내리는 시간까지 쉴 생각을 하지 않는 이화검에게 드디어 시월이 말을 건넸다.

그러자 이화검이 시월을 돌아보며 물었다.

"힘들어요?"

"나야 괜찮지만 화검 당신이 힘들까 봐 그러죠."

"난 괜찮은데……."

조금이라도 빨리 북왕산에 가고 싶은 이화검이 어깨를 으쓱하며 말했다.

하지만 이번에는 시월도 양보하지 않았다.

"이제 곧 자정이에요. 무인도 잠은 자야죠. 북왕산에서 어떤 일이 기다리고 있을지 모르는데. 두 시진만 눈을 붙여요. 저쪽으로 가요."

시월이 쉬어 가기를 고집하자 이화검이 망설이다가 결국 고개를 끄떡였다.

"알았어요. 당신이 결심한 이상 반드시 쉬어갈 테니까."

이화검이 뒤늦게 미소를 지었다.

"북왕산에 도착하면 생각보다 쉴 시간이 없을지 몰라요. 어쩌면 며칠 동안 잠을 자지 못할지도 모르죠. 그러니까 쉴 수 있을 때 쉬어두는 것이 좋아요."

"알았어요. 잔소리 그만하시죠. 낭군님! 나도 내가 너무 서둔다는 것을 알고 있으니까."

이화검이 입을 삐죽하며 말했다.

"검문의 식구들에 대해선 너무 걱정 말아요. 북왕산에 함정이 있을 거라는 걸 알고 갔으니 큰일은 없을 거예요. 숙부님은 신중하신 분이잖아요."

"그렇긴 하죠. 지금으로선 숙부님의 경험을 믿는 수밖에 없는 것 같아요."

이화검이 고개를 끄떡였다.

"자, 이제 그만 쉬자고요."

시월이 이화검을 이끌고 작은 바위 옆에 서 있는 소나무 아래로 이동했다. 마른 솔잎이 떨어져 있어 잠깐 잠을 청하기에 좋은 장소였다.

푸드득!

갑자기 날아오는 밤새 소리에 시월이 눈을 떴다.

쉬지 않고 북왕산으로 달려가려는 이화검을 애써 불러 세워 소나무 아래서 잠을 청한 지 채 두 시진이 되기 전이었다.

시월은 눈을 떴지만 이화검은 여전히 깊은 잠에 빠져 있었다.

괜찮다고 했지만 종일 달린 몸이 역시나 피곤했던 것이다.

눈을 뜬 시월이 조용히 몸을 일으켰다. 그리고 소리를 내고 날아간 밤새처럼 가볍게 도약해 바위 위로 올라섰다.

바위 위에 올라선 시월이 사방을 향해 몸의 감각을 열었다. 그러자 멀지 않은 곳에서 인기척이 느껴졌다.

'둘⋯ 셋?'

미미하게 느껴지는 인기척으로는 사람의 숫자를 완전히 헤아리기 힘들다. 그러나 적어도 다섯은 넘지 않는 것이 분명했다.

시월이 다시 몸을 날려 이화검 옆에 조용히 내려섰다.

그러고는 얇은 모포를 덮고 잠이 든 이화검을 조용히 깨웠다.

"⋯⋯?"

시월이 어깨를 흔들자 잠에서 깬 이화검이 시월을 바라보다 금세 긴장한 표정을 지었다.

시월이 손가락으로 입술을 가리고 있기 때문이었다.

위험이 닥쳐왔다는 뜻이다.

이화검이 재빨리 자리를 털고 일어났다.

그러자 시월이 이화검의 귀에 대고 나직하게 속삭였다.

"누군가 오고 있어요.":

"누가요?"

이화검이 속삭이듯 되물었다.

"그건 아직 모르겠어요. 하지만 아무튼 몸을 피해야겠어요."

시월의 말에 이화검이 얼른 고개를 끄떡였다.

시월이 그런 이화검을 데리고 다시 바위 위로 올라가 몸을 숨겼다.

스스슥!

시월과 이화검이 몸을 숨긴 지 채 일각이 되지 않아 검은 그림자들이 두 사람이 잠을 청했던 곳에 나타났다.

세 명 모두 도검을 들고 있는 것을 보니 무인이 분명하다. 하지만 그 행색은 강호 무인이랄 수 없을 만큼 곤궁해 보였다.

지친 몸짓은 그렇다고 해도 몸에 걸친 옷들이 여기저기 찢겨나가 자세히 보지 않으면 저잣거리의 거지라고 착각할 지경이었다.

"이제 좀 쉬어 가세."

세 명의 무인 중 한 명이 말했다.

세 사람의 눈에도 시월과 이화검이 잠을 청했던 소나무 아래가 아늑해 보이는 모양이었다.

"그렇게 하세. 이젠 완전히 벗어난 것 같으니까."

다른 사람이 안도의 한숨을 내쉬며 말했다.

"그래도 조금 더 가는 게 낫지 않을까?"

다른 사람이 걱정이 되는지 자신들이 온 길을 돌아보며 말했다.

"괜찮을 걸세. 그 망할 놈의 진을 벗어난 것도 오래전이고, 살수들도 더 이상 쫓아 오지 않는 것 같으니. 그 빌어먹을 살수 놈들도 북왕산에서 멀리 벗어나지는 않는 것 같네."

처음 쉬어 가자는 말을 꺼냈던 사내가 동료를 안심시켰다.

그런데 그 순간 갑자기 그들이 지나온 어두운 숲속에서 한 줄기 차가운 목소리가 들려왔다.

"안타깝게도 너희들의 생각은 틀렸다. 너흰 머리를 내놓아야 편히 쉴 수 있다."

*　　　*　　　*

"웬 놈이냐?"

북왕산에서 벗어난 것에 안도하던 세 사람이 놀란 메뚜기 떼처럼 몸을 일으키며 목소리가 흘러나온 숲을 향해 소리쳤다.

그러자 어둠 속에서 검은 무복을 입은 자가 모습을 드러냈다.

달도 지고 겨우 별빛만 남아 있는 깊은 밤, 어둠 속에서 그 어둠보다도 더 짙은 묵빛 무복을 입은 불청객의 모습은 소름이 돋을 만큼 살기가 넘쳤다.

"이 거대한 그물에서 너희들이 벗어날 수 있다고 생각했느냐?"

검은 옷의 사내가 세 명의 무인에게 물었다.

"겨우 한 놈이냐?"

세 무인의 얼굴에 안도의 기색이 흘렀다. 그리고 그중 한 명이 차가운 어투로 검은 옷의 사내에게 물었다. 그러면서도 재빨리 눈동자를 움직여 상대의 뒤쪽에 또 다른 적이 없는지 살폈다.

"너희들 따위 상대하는 것은 나 하나로도 충분하다."

"…살수 주제에 오만하구나."

"살수… 그렇지. 강호에선 우리를 살수라고 부르지. 하지만 살

수도 다 같은 살수가 아니다."

자신이 살수로 취급되는 것이 불만인지 검은 무복의 사내가 차갑게 말했다.

"홍, 살수면 살수지 다를 게 뭐가 있단 말이냐? 금자를 받고 사람 목숨이나 취하는 살인광들은 것은 다 똑같지!"

상대가 한 명뿐이라는 사실에 자신감을 얻은 사내가 상대를 비웃었다. 그러자 검은 무복의 입은 살수가 잠시 세 사람을 노려보다가 얼음처럼 차가운 목소리로 입을 열었다.

"난 사혈문의 천급 살수 반명이라고 한다. 자, 다시 묻겠다. 내가 누군지 알고도 네가 조금 전에 내뱉은 말을 다시 할 수 있겠느냐?"

"헉! 사혈문의 반명!"

"정말 당신이……?"

세 명의 무인이 마치 저승사자라도 만난 듯 두려움에 떨며 주춤주춤 뒤로 물러났다.

그도 그럴 것이 강호에서 가장 만나지 않기를 바라는 인물이 천인혈마 공후가 이끄는 사혈문의 살수들이다.

그리고 그중에서 사혈문에서도 겨우 십여 명밖에 없는 천급 살수의 경우, 한 명이 다른 살수 열을 대신할 만큼 잔혹하고 뛰어난 살수 중의 살수들이었다.

그 어떤 청부도 거절하지 않고, 세상의 어떤 상대도 죽이지 못할 자가 없다는 사혈문의 천급 살수들. 그래서 그들은 살수임에도 살수 이상의 존재로서 강호에서 절정고수로 인정받는 자들이었다.

반명은 바로 그 천급 살수 중에서 강호에 이름이 알려진 몇 안 되는 인물 중 하나였다. 그런 살수를 만났으니 세 사람이 당황하는 것은 당연한 일이었다. 그들로서는 강호에서 가장 최악의 상대를 만난 것이다.

"이제 너희들의 운명을 알겠느냐?"

　사혈문의 천급 살수 반명이 상대의 두려움이 만족스러운지 실소를 지으며 물었다.

"대체 당신 같은 사람이 왜 우리를……?"

　삼 인 중 한 명이 이해할 수 없다는 듯 물었다. 북왕산에 들어온 수많은 무인 중에서 세 사람은 중간에도 이르지 못하는 인물들이었다. 그런 자신들을 사혈문 천급 살수가 추격해 왔다는 것을 도저히 이해할 수가 없었다.

"너희들에게는 운이 없게도, 우린 북왕산에서 벗어나는 자들은 모두 죽이라는 명을 받았다. 덕분에 지금까지 북왕산을 벗어나 살아난 사람은 손에 꼽을 것이다. 너희들은 그 운 좋은 사람들 축에 들지 않는 것이고."

"대체 왜 북왕산 안에서는 무인들을 죽이지 않더니 왜 북왕산을 벗어나면 죽이는 것이오? 북왕산에 보물이 있다면 떠나는 사람을 죽일 필요가 없지 않소?"

　사내가 다시 물었다. 그의 얼굴에서 어떻게 해서든 이 자리를 벗어나야 한다는 절박감이 묻어났다.

"그건… 너희들이 알 필요 없다. 너희들은 다만 오늘 내 손에 죽으면 된다. 반항하지 않겠다면 고통 없이 보내주마!"

"젠장, 아무리 당신이라 해도 우릴 쉽게 죽일 수는 없어! 우릴 죽이려면 당신도 팔다리 하나쯤은 내놓아야 할 것이다."

반명이 살의를 드러내자 삼 인의 무인이 검을 들어 올려 반명을 상대할 준비를 하며 소리쳤다. 비록 상대가 최고의 살수라 해도 순순히 목숨을 내놓을 무인은 강호에 없었다.

"좋아. 그래야 나도 재미가 있지. 하지만 그 반항이 얼마나 무모한 것인지, 그래서 네놈들을 얼마나 고통스럽게 죽어야 하는 지 알게 되었을 때는 이미 후회해도 소용없을 것이다. 각오들 해라!"

파파팟!

한순간 날카로운 파공음이 일어나며 세 줄기 빛이 반명으로부터 뻗어 나왔다. 경고를 한 반명이 눈 깜짝할 사이에 비도 세 자루를 연달아 날린 것이다.

"엇?"

갑작스러운 비도 공격에 놀란 세 사람이 비도를 피해 사방으로 흩어졌다.

그러자 살수 반명이 기다렸다는 듯이 그중 한 명을 향해 야수처럼 달려들었다.

그가 비도를 던진 것은 세 사람을 흩어놓기 위해서였던 것이다.

쐐애액!

반명의 검이 푸른 검기를 뿜어내며 우측으로 몸을 날린 무인의 심장을 향해 뻗어갔다.

"헉!"

워낙 빠른 반명의 검에 놀란 사내가 급히 몸을 틀어 보았지만, 반명의 검세에서 벗어날 가능성은 없어 보였다.

그런데 사내의 가슴에 반명의 검기가 꽂히려는 순간 갑자기 허공에 한 줄기 빛이 나타나더니 반명의 머리를 향해 내리꽂혔다.

"흡!"

반명이 다급한 음성을 토해내며 검로를 바꿔 자신에게 떨어지는 빛줄기를 막았다.

캉!

반명의 검에 닿은 빛줄기가 허공으로 튕겨 나갔다.

빛줄기를 만들어 낸 것은 한 자루 비도였는데, 비도에 실린 힘이 대단해서 비도를 막아낸 살수 반명이 서너 걸음 뒤로 물러날 정도였다.

"웬 놈이냐?"

뒤로 물러난 반명이 비도가 날아온 방향을 보며 소리쳤다,

그러자 북쪽 바위 위에서 한 사람이 날아오르더니 삼 인의 무인과 살수 반명 사이에 떨어져 내렸다.

"누구냐?"

살수 반명이 재차 물었다.

그러자 반명을 막아선 시월이 차갑게 대답했다.

"그건 알 것 없소. 그리고, 앞으로 질문은 내가 하는 것으로 하겠소."

시월의 무심한 말에 한순간 반명이 당황한 모습을 보이다가 이내 어이없다는 듯 실소를 흘렸다.

"후후, 이제 보니 새파란 애송이군. 어디서 작은 재주를 배운 모양인데. 그따위 재주는 나에게 통하지 않는다. 계속 숨어 있었으면 살 수 있었을 텐데 아쉽군."

살수 반명이 목을 한 번 꺾어 어깨의 긴장을 풀더니 그대로 시

월을 향해 달려들었다.

차차창!

살수 반명의 검기가 화살처럼 시월의 전신을 파고들었다. 하지만 시월은 가벼운 움직임으로 반명의 모든 초식을 막아냈다.

"놈!"

자신의 모든 공격을 막아내는 시월에게 놀란 반명이 당황한 듯 욕설을 내뱉었다.

시월이 그런 반명의 머리 위로 도약하며 반격을 시작했다.

카캉!

시월의 검이 반명의 검을 연속해서 때려댔다. 곽부에게 배운 부술을 검으로 바꾼 것인데, 정말 도끼로 내리찍듯 강렬한 내공을 내포하고 있어서 살벌하기 이를 데 없었다.

그 강렬함은 반명이 예상치 못했던 것이어서 그는 시월의 공격에 밀려 연이어 뒤로 물러났다.

그러다가 한순간 시월이 갑자기 초식을 바꿔 벼락처럼 빠른 속도로 검을 찔러 댔다.

퍽!

시월의 검이 여지없이 반명의 어깨를 찔렀다.

"윽!"

반명이 시월의 검에 어깨를 찔린 채 신음을 토했다.

순간 시월이 그대로 검을 위로 그어 올렸다.

삭!

"악!"

날카로운 절단음과 함께 반명의 입에서 비명이 터져 나왔다.

툭!

뒤를 이어 여전히 검을 들고 있는 살수 반명의 한쪽 팔이 땅에 떨어졌다.

팟!

시월은 한쪽 팔이 잘린 반명을 향해 재차 검을 휘둘렀다.

그러자 그의 검이 한순간에 반명의 다리를 베었다.

"억!"

쿵!

반명이 다시 한번 비명을 토하며 한쪽 무릎을 땅에 꿇었다. 검에 베인 그의 다리는 깊은 검상을 입어 더 이상 정상적으로 움직일 수 없을 것처럼 보였다.

그렇게 싸움은 끝이 났다.

강호를 공포에 떨게 하는 사혈문의 천급 살수 반명의 싸움이라고는 믿을 수 없게 허무한 결과였다.

"이리들 오시겠습니까?"

반명을 무릎 꿇린 시월이 반명에게 쫓기던 세 명의 무인을 불렀다.

그러자 세 무인이 자신들을 구해준 시월임에도 불구하고 두려운 표정을 지으며 주춤주춤 시월 앞으로 다가왔다.

그리고 그중 한 명이 불안한 표정으로 입을 열었다.

"도와주셔서 고맙소. 대협······!"

잔뜩 긴장한 사내의 말에 시월이 담담한 목소리로 되물었다.

"몸들은 괜찮습니까?"

"괘, 괜찮소."

사내가 얼른 대답했다.

"북왕산에서 오시는 길인가요?"

시월이 계속 질문을 던졌다.

"그렇소."

사내가 얼른 고개를 끄떡였다.

"북왕산에서 대체 어떤 일이 벌어진 겁니까? 북왕산으로 간 강호의 고수들이 모두 증발한 듯 사라져 돌아오지 않고 있는데……."

시월이 물었다.

"그것이… 북왕산은 천보밀동의 보물이 있는 것이 아니라 상상할 수 없을 만큼 크고 괴이한 기진이 펼쳐진 함정이었소. 북왕산 인근 수십 리를 안개가 덮었고, 그 안개 속으로 들어간 사람들은 한순간에 길을 잃고 진(陣) 속에 갇히게 되오. 그 진법이 어찌나 대단한지 갇힌 사람들 대부분이 북왕산 밖으로 나오지 못하고 있소."

사내가 다시 생각해도 두려운 듯 몸을 떨며 말했다.

"강호에는 수많은 기인이사가 있고, 이번에 북왕산으로 천보밀동을 찾아간 고수 중에는 십대천문의 고수들도 적지 않은데 그 진을 깨지 못했다는 겁니까?"

시월이 믿을 수 없다는 표정으로 물었다.

그러자 사내가 얼른 대답했다.

"나도 제법 강호 경험이 있다고 생각했는데, 그런 진은 본 적이 없소. 안개가 마치 그물처럼 움직이며 풍경을 바꾸고, 생로를 막아 사람들을 잡아두는 괴진이었소."

사내의 말에 시월이 잠시 생각에 잠겼다가 피를 너무 많이 흘려 정신을 잃기 직전인 살수 반명에게 물었다.

"누가 그 진을 만들었소?"

"…죽여라!"

살수 반명이 말하기 싫다는 듯 뇌까렸다.

"만계지마 중산의 작품이오?"

시월이 다시 물었다.

순간 반명이 흠칫한 표정으로 시월을 바라봤다.

"맞는 모양이군."

"……."

시월의 말에 반명은 침묵을 지켰다. 그러나 그의 표정이 시월의 말대로 북왕산의 괴진이 만계지마 중산이 만든 것임을 말해주고 있었다.

"조금 전에 진 안에서는 살수들이 활동하지 않는다고 들었습니다만……."

반명의 입을 열기 어렵다고 생각한 시월이 다시 세 명의 무인에게 물었다.

"그렇소이다. 진 안에서는 놈들이 무림인들을 공격하지 않았소. 그런데 운 좋게 진 밖으로 나오는 사람들은 여지없이 공격해 목숨을 빼앗았소. 마치 그들의 목적이 사람들을 북왕산에 잡아두려는 것인 것처럼 말이오."

사내가 지금도 이해할 수 없다는 듯 말했다.

"그런데 세 분은 어떻게 여기까지 오실 수 있었습니까?"

시월이 물었다. 살수 반명을 상대하던 모습을 보면 세 사람의 무공은 그리 강하지 않기 때문이었다.

그런데 시월의 질문에 사내가 그동안 시월이 듣고 싶었던 말을 꺼냈다.

"당연히 우리 실력으로는 어려웠을 것이오. 다만 운 좋게 진 안에서 요동 이가검문 고수들을 만나 진 밖까지 동행할 수 있었소. 그런데 진을 벗어나자마자 살수들을 만났소. 살수들 대부분이 이가검문의 사람들을 추격한 덕에, 우리는 다른 방향으로 도주한 것인데, 저자가 우리를 쫓을 거라고는 생각도 못 했소.

제3장

—

선택

더 이상 살수 반명을 데리고 실랑이하거나 휴식할 여유가 없었다.

세 무인의 말에 따르면 이가검문의 고수들은 서남쪽 길을 따라 이동하고 있을 것이었다.

물론 만계지마가 진 밖에 숨겨둔 살수들의 공격에서 무사하다면.

그래서 시월과 이화검의 마음은 어느 때보다 다급했다.

그들은 북왕산이 아니라 이가검문 문도들이 이동하고 있을 것으로 생각되는 방향을 향해 달렸다.

그들이 만났던 무인들의 이야기로 추측하면, 이가검문의 고수들과 두 사람의 거리는 반나절 안팎이었다.

운이 좋으면 몇 시진 안에 만날 수 있는 거리다. 하지만 방향을 잘못 잡으면 아예 길이 엇갈릴 수도 있었다.

그래서 시월은 사형 부리가 없는 것이 못내 아쉬웠다. 부리가 있었다면 어떻게든 이가검문과 추격자들의 흔적을 찾아냈을 것이기 때문이었다.

그러나 사형 부리는 지금 항주 금가장에 가 있었다.

그래서 이제 그가 믿을 것은 부리에 미치지는 못하지만 그래도 사형제 중에서 부리 다음으로 육감이 뛰어나다는 자신의 감각밖에 없었다.

파팟!

시월이 검을 들어 앞을 막는 나뭇가지를 베어냈다. 시월은 어떤 상황에서도 일정한 속도를 유지했다. 방해물을 만나면 손쉽게 제거했고, 산을 오르거나 계곡을 넘을 때도 속도가 변하지 않았다. 그러면서도 그는 전혀 지친 기색을 보이지 않았다.

하지만 그의 뒤를 따르고 있는 이화검은 사정이 달랐다. 그녀의 입에서는 언제부턴가 거친 숨소리가 흘러나오고 있었다.

항상 이화검에게 신경을 쓰고 있는 시월이 그녀가 지쳤다는 것을 모를 리 없었다.

하지만 지금은 지친 그녀를 위해 쉴 여유가 없었다. 일각이라도 빨리 이가검문의 문도들을 만나야 하기 때문이었다.

그리고 그런 마음은 시월보다도 이화검이 더 강했으므로 그녀 역시 쉬지 않는 시월에 대한 원망은 전혀 없었다.

오히려 마음 같아서는 자신을 놓아두고 시월 혼자라도 더 빨리 이가검문의 고수들에게 달려갔으면 하는 생각이었다.

하지만 아무리 급한 상황이라도 시월이 자신을 홀로 두고 갈 리 없다는 것을 알고 있기에 이화검은 아예 그런 부탁은 입에 올리지도 않았다.

시월은 이가검문이 멸문하더라도 이화검 한 명을 지키는 쪽을 선택할 사람이기 때문이었다.

툭!

작은 야산을 산짐승처럼 달려 오른 후 다시 서쪽 비탈을 따라 달려 내려가려던 시월이 갑자기 걸음을 멈췄다.

시간은 벌써 새벽을 지나고 있었다. 해가 뜬 것은 아니지만 사방이 밝아오고 있었고, 안개를 일으키는 아침 공기 속에서 풀냄새가 묻어나고 있었다.

"왜요?"

갑자기 걸음을 멈춘 시월에게 이화검이 물었다. 묻는 이화검의 표정에는 기대와 우려가 뒤섞여 있었다.

그러자 시월이 손을 들어 산 아래 무성한 숲의 한 지점을 가리켰다.

하지만 그가 가리킨 곳에서 이화검은 특별한 것을 발견하지 못했다.

"저기가 왜요?"

이화검이 시월에게 물었다.

"숲에 흔들림이 있어요."

"…흔들린다고요?"

이화검이 되묻자 시월이 고개를 끄떡였다.

하지만 이화검으로서는 다른 숲과의 차이점을 발견하지 못했다.

"아침 바람에 흔들리는 것 아닌가요?"

"달라요. 좌우로 흔들리는 것뿐 아니라 마치 지진이 난 것처럼 아래위로도 흔들려요. 그건 고수들의 싸움이 있다는 뜻이에요."

시월이 잘게 떨리고 있는 숲의 움직임을 살피며 말했다.

"그걸 어떻게……?"

이화검으로서는 이해할 수 없었다. 수백 장 밖에서 일어나는 일이고, 그녀의 눈에는 그저 아침 바람에 숲의 나무들이 흔들리는 것으로만 보였기 때문이었다.

"눈으로 보이는 게 전부는 아니에요. 육감으로 느껴지는 진동이 있어요."

시월이 말했다.

그러자 이화검이 시월을 돌아보며 물었다.

"그게 가능해요?"

"초원에서는 그렇게 사람과 사냥감의 움직임을 읽는 경우가 많아요. 그런데 사실 제 재주는 부리 사형에 비하면 아무것도 아니죠. 사형이라면 벌써 이가검문 식구들의 흔적을 찾았을 거예요. 아무튼! 부디 저 흔적이 이가검문 식구들의 것임을 바라야겠죠. 가요!"

시월이 잠시 멈췄던 걸음을 다시 움직이기 시작했다.

*   *   *

카카캉!

"후욱, 후욱!"

이장룡과 이해검 그리고 다른 세 명의 이가검문 문도들이 서로 등을 맞대고 둥글게 원진을 형성한 채 검은 무복의 살수들과 대치하고 있었다.

그들이 입은 옷은 넝마처럼 찢어져 있었고, 머리는 봉두난발이
었다.

그들이 어떤 길을 달려왔는지 묻지 않아도 알 수 있는 행색이
었다.

그나마도 그들과 함께 왔던 이가검문의 문도 중 몇은 아예 보이
지 않았다. 그건 곧 그들이 죽었다는 것을 의미한다.

"대단하군. 정말 대단해! 혼천마께서 이가검문을 공격했다 곤
경에 처하신 것이 결코 운이 나빠서가 아니었어."

검은 무복을 입은 살수들 십여 명 앞에서 초로의 인물이 이가
검문의 문도들을 보며 탄복했다.

"정체가 뭐냐?"

이장룡이 지친 모습에도 날카로운 눈빛을 번쩍이며 물었다.

"본래 살수는 자신의 정체를 밝히지 않지. 하지만 이장룡! 그대
와 이가검문 무인들의 놀라운 투지에 감동해서 특별히 말해주겠
다. 난 사혈문 천급 살수 이모사라 한다."

"사혈문 천급 살수! 어쩐지… 우릴 곤경에 처하게 할 만한 자
군."

이장룡이 자신들이 처한 곤경을 인정할 수 있다는 듯 고개를
끄떡였다.

삼십육마의 일인인 천인혈마 공후가 이끄는 사혈문의 살수들은
누구 하나 강호 일류 고수의 수준에 버금가지 않은 자가 없다.

그중에서도 천급 살수들은 하나면 중소 문파의 문주를, 둘이면
무림 명가의 문주를, 셋이면 십대천문의 문주를 죽일 수 있다고

알려진 자들이었다.

그런 천급 살수가 이끄는 사혈문의 살수들이라면 충분히 지금의 곤경을 이해할 수 있었다.

"그대들의 실력과 투지를 인정한다. 살수로서가 아니라 무인으로서. 그래서 특별히 그대들에게 고통스럽지 않은 죽음을 선택할수 있게 해주겠다. 검을 버린다면 고통 없이 보내주마. 비록 그대들이 사혈문의 형제들을 죽였다고 해도 말이다."

사혈문 천급 살수 이모사가 배려하듯 말했다.

"후후후, 살수 주제에 무인 흉내를 내겠다는 것이냐? 그렇다면그대는 죽었다 깨어나도 진정한 무인이 될 수 없을 것 같구나. 무인이라면 어찌 검을 버리고 편한 죽음을 택하겠느냐? 무인은 최후의 순간까지 손에서 검을 놓지 않는 법이다."

이장룡이 비웃듯 말했다.

그러자 이모사의 표정이 차갑게 굳어졌다. 듣고 보니 이장룡의말이 틀리지 않기 때문이었다. 그리고 뒤를 이어 수치심이 찾아들었고, 그 수치심이 살기로 이어졌다.

"후후, 맞아. 나 같은 살수가 무인의 멋을 내려는 것은 어울리지 않지. 좋아, 원하는 대로 해주겠다. 모두 죽여라. 목을 잘라 혼천마께 선물로 보내겠다."

이모사가 살수다운 잔혹함을 드러냈다.

그런데 이모사의 명을 받은 사혈문의 살수들이 이가검문의 문도들을 향해 달려들려는 순간 갑자기 어둠 속에서 두 줄기 빛이뻗어 오더니 벼락처럼 사혈문 살수들의 급소를 파고들었다.

퍼퍽!

"억!"

"큭!"

두 줄기 빛에 사혈을 관통당한 살수들이 짧은 신음과 함께 즉사했다.

"웬 놈이냐?"

한순간에 두 명의 수하를 잃은 이모사가 경악하며 신형을 돌렸다.

그러자 어두운 숲에서 인기척이 느껴지더니 시월과 이화검이 모습을 드러냈다.

"화검!"

"자네……!"

이화검과 이장룡의 입에서 거의 동시에 반가움과 놀란 음성이 터져 나왔다.

기습을 당해 두 명의 동료를 잃은 사혈문의 살수들보다 오히려 두 사람이 더 놀란 것 같았다.

"괜찮으세요?"

화검이 두 사람에게 급히 물었다.

"우린… 괜찮다. 다만 희생이 적지 않구나."

이장룡이 대답했다.

"이제 걱정 마세요. 이 사람이 왔으니까요."

이화검이 시월의 팔을 잡으며 두 사람을 안심시켰다.

"어서 오게. 이렇게 반가울 수가 없군."

이장룡이 시월을 반겼다.

그러자 시월이 두 사람을 안심시켰다.

"이제 걱정 마십시오. 이 싸움은 지금부터 제가 맡지요."

"아닐세. 그자만 맡아주게. 다른 자들은 우리 손으로 처리하지. 죽은 문도들을 위해서라도……"

이장룡이 다부진 말투로 말했다.

"알겠습니다. 그렇게 하지요."

시월이 대답한 후 이모사에게로 시선을 돌렸다.

순간 이모사가 피식 실소를 흘렸다.

"후후! 난 또 잠시 긴장했군. 대 이가검문의 노고수가 이렇게 반가워하는 사람이라면 대단한 인물일 거라 생각해서 말이야. 그런데 겨우 이런 애송이라니."

기습적인 비도 공격으로 두 명의 수하가 죽었지만 이모사는 시월과 같은 애송이가 지금의 상황을 변화시킬 수 있을 거라 생각지 않는 듯 보였다.

겨우 젊은 애송이 한 사람에 의해 무너질 자신과 수하들이 아니기 때문이었다.

"당신 친구도 그런 말을 하더군. 그러다 결국 죽었지만."

"내 친구……? 무슨 소리를 하는 거냐? 강호에 내 친구라 할 수 있는 사람은 없다."

"아! 내가 오해했군. 당신 친구가 아니라 당신 동료라고 해야 하는데. 사혈문의 천급 살수 반명이라는 자, 당연히 알고 있겠지? 당신도 천살문 천급 살수라고 하니."

"…설마 대형을 죽였다는 거냐?"

"대형? 살수들은 호형호제를 하지 않는 줄 알았는데… 아무튼 그도 당신처럼 내가 어리다고 방심하다가 죽었지. 그러니까 당신은 그런 실수를 하지 말길 바란다. 물론 최선을 다해도 살기 힘들 테지만!"

스릉!

경고를 한 시월이 천천히 검을 뽑았다.

그러자 막 뜨기 시작한 햇살이 검신에 반사되어 눈부시게 번쩍였다.

"정말 네놈이 대형을 죽였느냐?"

이모사가 다시 물었다.

"그렇지 않다면 내가 그의 이름을 알 리 없지."

시월이 검으로 이모사를 겨누며 말했다.

"…죽이겠다!"

이모사가 살의를 끌어올렸다.

아마도 죽은 반명과 이모사의 관계가 동료 이상이었던 것 같았다.

"물론 우리 둘 중 하나는 죽게 될 거다. 그게 당신일 테지만."

"놈!"

이모사가 시월을 향해 달려들었다.

순간 시월이 살짝 발을 움직여 이모사와 그의 검을 옆으로 흘려보냈다.

그런데 그 순간 이모사가 몸을 비틀며 왼손을 시월을 향해 흩뿌렸다.

촤악!

이모사의 왼손에서 뿌려진 작은 표침들이 시월을 향해 빗방울처럼 날아들었다.

순간 시월이 재빨리 몸을 뒤로 빼며 검을 휘둘렀다.

따다당!

검에 모래알이 부딪히듯 요란한 소리를 내며 이모사가 던진 표침들이 시월의 검에 막혀 사방으로 흩어졌다.

그런데 표침 중 하나가 검이 허공을 가른 이후에 시월을 향해 날아들었다.

아마도 이모사가 시월이 앞선 표침들을 막아낼 것을 예상하고 은밀하게 또 하나의 표침을 뒤늦게 던진 것 같았다.

그런 이모사의 간교한 손놀림을 미처 파악하지 못한 시월의 허벅지에 결국 뒤늦게 날아든 표침이 꽂혔다.

팟!

표침은 의원들이 쓰는 침보다도 작아서 아주 작은 통증만 일으켰다.

시월이 재빨리 서너 걸음 뒤로 물러났다.

그런데 그런 시월을 보고도 이모사가 즉시 시월에게 달려들지 않았다.

대신 그는 느리게 걸음을 옮기며 경고했다.

"이제 곧 네 다리는 굳게 될 것이다. 이후에는 허리가 굳고 끝내는 손도 쓸 수 없게 되겠지. 표침에 묻은 독이 네 몸에 모두 퍼지면 그때 네놈의 머리 가죽을 벗겨 반명 형님의 원한을 갚겠다."

*　　　　*　　　　*

이모사의 검이 살기로 번뜩인다. 그의 눈에 지울 수 없는 살육의 욕망이 보였다.

보통 무인이라면 독에 중독되어 움직일 수 없는 적을 베는 것에 약간의 주저함을 느낄 테지만 이모사는 아니었다.

그는 이가검문 문도들에게는 무인으로서의 면모를 과시하려 했었지만, 시월에게는 살수의 본성을 여실히 드러냈다.

오랜 살수 생활을 한 자들은 대체로 두 부류로 나누어진다. 한쪽은 누군가를 죽이는 것에 대한 죄의식으로 더 이상 살행을 할 수 없는 자들, 그리고 다른 쪽은 살인에 중독되어 더 많을 피를 갈구하는 자들이다.

이모사는 후자의 사람이었다.

이모사 같은 자들은 반항할 수 없는 사람을 죽일 때 더 큰 쾌감을 느낀다. 그것이 자신을 능가하는 고수라면 더더욱 흥분할 수밖에 없었다.

"비겁한 놈!"

이모사가 시월을 향해 다가오자 이화검이 재빨리 시월 앞을 가로막았다.

"계집, 서둘지 않아도 네 차례가 곧 온다. 죽지 않으려면 물러나 있거라. 네게는 특별히 다른 기회를 한 번 더 줄 테니까."

이미 이 싸움을 완벽하게 장악했다고 생각한 이모사가 이화검을 보며 탐욕의 눈빛까지 흘렸다.

"네놈 따위를 내가 상대하지 못할 것 같으냐?"

이화검이 진기를 끌어 올리며 냉갈했다.

그런데 그때 문득 그녀의 등 뒤에서 시월이 입을 열었다.

"화검, 물러나요. 이건 내 싸움이잖아요."

순간 이화검이 뒤도 돌아보지 않고 소리쳤다.

"지금 누구 싸움인지 다투게 생겼어요? 독에 중독되었잖아요! 걱정 말아요. 저 살마는 내가 상대할 테니."

이화검이 물러날 생각이 없다는 듯 소리쳤다. 그러자 시월의 웃음기가 담긴 목소리가 다시 들렸다.

"화검, 당신은 화노 어르신을 너무 무시하는군요."

"갑자기 그게 무슨 말… 응? 설마 해독되었어요?"

"목숨을 끊는 극독이 아니라 몸을 마비시키는 독이어서 화노 어르신이 준비해 준 해약을 먹으니까 금세 독기운이 사라졌어요. 그러니까 걱정하지 말고 물러나 있어요."

시월의 말에 이화검이 잠시 머뭇거리다가 훌쩍 뒤로 물러났다.

그러면서 차갑게 말했다.

"저 악독한 자는 절대 살려두지 말아요."

"물론 그래야죠. 독을 쓴 것은 괜찮지만, 화검 당신을 모욕한 것은 용서할 수 없으니까."

"좋아요. 역시 내 낭군이에요."

시월이 괜찮아지자 이화검이 여유를 되찾고 농담까지 했다.

그렇게 두 사람이 농담을 주고받자 살수 이모사는 당황할 수밖에 없었다.

두 사람의 행동을 봐서는 시월이 해독을 한 것이 분명해 보였기 때문이었다.

"어떻게……? 본문의 독은 결코 쉽게 해독할 수 없는 것인데……."

이모사가 믿지 못하겠다는 듯 중얼거렸다.

그러자 시월이 두 팔을 들어 올리며 말했다.

"세상에 해약이 없는 독은 없지. 그리고 나에게는 세상의 그 어떤 독도 해독할 수 있는 뛰어난 의원이 계시고. 그분이 이럴 때를 대비해서 만들어주신 해약이 다행히 사혈문의 독에 효과가 있군."

"믿을 수 없다. 지금까지 이렇게 빨리 본문의 독을 해독한 사람은 없었다."

"의심스럽다면 말보다 검으로 확인해 보면 되지 않을까? 와서 날 베어 보면 알 것 아닌가!"

시월이 두 팔을 벌리며 이모사를 도발했다.

그러자 이모사가 좀 더 신중해졌다. 시월의 태도로 보아 그가 확실히 해독된 듯 보이기 때문이었다.

하지만 또한 여전히 정말 해독이 되었나 하는 의심도 여전했다.

그가 표침에 발라놓은 독은 만지는 것도 위험해서 표침을 던지기 전 미리 준비한 작은 가죽 주머니에 넣어 놓았다가 손을 대지 않고 가죽 주머니째로 적을 향해 던지는 것이었다.

그래서 표침이 한 번에 하나가 아니라 모래알처럼 한 뭉텅이씩 적을 향해 날아갔다. 그런 독을 이렇게 빨리 해독할 수 있다는 것은 여전히 믿기 어려운 사실이었다.

"뭘 망설이지? 어서 공격해 보라니까?"

시월이 미소를 지으며 다시 한번 이모사를 자극했다. 검을 들지 않은 손을 까딱여 이모사를 도발하는 여유를 부리기까지 했다.

그런 모습을 보면 확실히 독에 중독되었던 다른 사람들과는 달랐다.

해독된 것이 아니라면 지금쯤이면 다리는 물론 팔도 움직일 수 없고, 얼굴도 굳어서 말도 어눌해야 하기 때문이었다.

그런데 시월의 모습은 너무도 자연스러웠다.

"대체 네놈은 누구냐?"

해독이 되었는지 확신하지 못한 이모사가 조금 더 시간을 가져 보려는 듯 질문을 던졌다.

내공이 높은 고수의 경우 공력으로 독이 퍼지는 시간을 늦출 수도 있기 때문이었다.

"칠선문이라고 들어봤나?"

시월이 되물었다.

순간 이모사의 눈이 커졌다.

"칠선문! 이가검문을 도와 일원문을 물리쳤다는……!"

"그때 화중마 백우양을 비무에서 꺾은 사람이 바로 나지."

시월이 엷은 미소를 지으며 대답했다.

"네, 네가… 설마……."

"다들 그 사실을 들으면 의심부터 하지. 백우양을 꺾기에는 내가 너무 어리다고 생각하니까. 하지만 내가 바로 그를 꺾은 칠선문의 시월이다."

"……."

시월이 거짓말을 하고 있지 않다는 것은 이모사도 알고 있었다. 시월의 눈빛과 표정은 절대 거짓말을 하는 사람의 그것이 아니었다.

정말 앞의 애송이가 화중마 백우양을 베었다는 그 칠선문의 고수가 확실한 것 같았다.

그렇다면 자신의 표침에 발라져 있던 극독을 해독시켰다는 말도 사실일 가능성이 컸다.

거기에 생각이 미치지 이모사는 이 싸움을 더 이상 끌고 가고 싶은 생각이 사라졌다.

자칫하면 상황이 역전되어 자신과 수하들이 몰살당할 수도 있었다.

"오늘은 그냥 돌아가마. 하지만 나중에 반드시 사혈문의 일을 방해한 대가를 치르게 될 것이다!"

이모사가 검을 든 채 조금씩 뒤로 물러나며 말했다.

순간 시월이 갑자기 큰 소리로 웃음을 터뜨렸다.

"하하하! 당신은 결코 이곳을 떠날 수 없다. 떠나려면 좀 더 일찍 물러나야 했어. 왜냐하면 이제야 내가 당신의 독에서 완전히 해독되었거든."

말을 하면서 시월이 표침을 맞은 이후 단 한 번도 움직이지 않았던 발을 앞으로 내디뎠다. 그리고 천천히 이모사를 향해 다가가기 시작했다.

"이… 놈!"

이모사는 순간 자신이 속았다는 것을 깨달았다.

그동안 시월이 움직이지 않았던 것은 내공으로 독이 다리 이외 부위로 퍼지는 것을 막으면서 화노의 해독약이 다리에 들어온 독을 완전히 해독하는 데 시간이 필요했기 때문이었다.

두 팔은 자유롭게 움직일 수 있었지만, 표침을 맞은 한쪽 다리는 조금 전까지도 마비되어 있었다.

그런데 이모사가 시월의 해독 여부를 확신하지 못하고 망설이는 동안 시월은 다리의 독을 완전히 해독할 시간을 벌 수 있었던 것이다.

이모사의 실수는 세상에서 아무리 뛰어난 해독약이라도 복용 즉시 독을 해독할 수는 없다는 걸 간과했다는 것이었다.

물론 그만큼 시월의 연기가 그럴듯했기에 가능한 일이었지만.

시월에게 속았다는 걸 안 이모사는 머리끝까지 화가 났지만 상황은 그가 도주하기로 결정했을 때 보다 훨씬 나빠져 있었다.

그를 향해 다가오는 시월에게서 지금까지와는 차원이 다른 기도를 느꼈기 때문이었다.

"놈!"

이모사가 노성을 터뜨리며 재차 표침을 담은 가죽 주머니 두 개를 내던졌다.

파팟!

이모사의 손을 떠난 가죽 주머니가 열리면서 수십 개의 표침이 시월을 향해 날아들었다.

순간 시월이 반월을 그리듯 허공에 검을 휘저었다. 그러자 그의 검을 따라 푸르스름한 검기의 막이 형성되었다.

따다당!

표침들이 검기와 충돌하는 순간, 시월의 몸이 사람들의 시야에서 사라졌다.

"헛?"

갑자기 시월의 모습을 잃어버린 이모사의 입에서 당황한 목소리가 흘러나왔다. 이모사가 재빨리 몸을 돌려 달아나기 시작했다.

자신의 눈으로 잡을 수 없는 적을 상대하는 것은 가장 어리석은 선택이다.

오랜 세월 살수로 살아온 이모사가 가장 상대하기 힘들었던 자는 바로 지금처럼 시야에 잡아 놓을 수 없는 청부 대상이었다. 이런 경우는 살행을 포기하는 것이 목숨을 건질 수 있는 가장 좋은 방법이란 것도 알고 있는 이모사였다.

하지만 시월은 이모사가 장내를 떠나는 것을 결코 허락하지 않았다.

"흡!"

한순간 이모사가 뒤통수에서 느껴지는 싸늘한 기운에 놀라 급히 목을 틀었다.

팟!

한 자루 비도가 아슬아슬하게 이모사의 목을 스치고 지나갔다.

퍽!

이모사의 목을 스치고 지나간 비도가 아름드리나무 기둥에 깊이 꽂혔다.

순간 이모사가 대여섯 걸음 옆으로 이동하면서 한 손을 자신의 목에 가져다 대었다.

끈적한 액체가 손가락 사이로 흐른다. 이모사 자신의 피다.

이모사가 좀 더 강하게 목을 눌러 지혈을 시도했다.

순간 시월이 이모사에게 충고하듯 말했다.

"지혈이 문제가 아닐 텐데?"

자신을 공격하는 대신 멀찍이 떨어져 자신을 바라보고 있는 시월에게 이모사가 시선을 돌렸다.

"무슨… 소리를 지껄이고 싶은 거냐?"

이모사가 두려움과 분노가 뒤섞인 말투로 물었다.

"말 그대로 지혈이 문제가 아니란 거지. 설마 독은 당신만 쓸 수 있다고 생각하는 건 아니겠지?"

"비도에 독이 묻어 있었단 뜻이냐?"

"그건 두고 보면 알겠지."

시월이 담담하게 말했다.

"다, 당장 해약을 내놔라!"

이모사가 한순간에 죽음의 공포에 휩싸이며 소리쳤다. 그러고 보니 온몸에 힘이 빠지는 것 같기도 했다.

"큰소리칠 상황이 아닌 것 같은데. 실수도 당황하면 냉정함을 잃는 모양이군."

"뭘… 원하느냐?"

결국 이모사가 거래를 시도했다.

그러자 시월이 물었다.

"대체 북왕산에서 벌어지고 있는 일이 정확히 뭐지? 왜 마련에서 그런 함정을 판 것이냐? 들어보니 북왕산 안에서는 무림인들을 공격하지 않고 있다던데… 단지 빠져나가는 사람만 막고 있는 이유가 뭐냐?"

시월이 차분하면서도 날카롭게 물었다.

시월의 질문에 이모사가 대답을 망설였다. 그러자 시월이 다시 입을 열었다.

"당신이 사혈문에 대한, 아니 마련에 대한 의리를 지키겠다면 그 또한 인정하겠다. 무인으로서 그것도 나쁜 최후는 아니니까. 하지만 한 사람으로서 그 선택이 옳은 건지는 모르겠군. 마련이나 사혈문이 목숨을 걸고 충성할 대상이라고는 생각지 않으니까. 아무튼… 대답을 하지 않겠다면 그만 가도 좋다. 물론 반 시진이 지나기 전에 독으로 인해 잠자듯 죽을 테지만. 아! 해약 같은 것을 찾는 수고는 하지 말고. 그 독은 앞서 말한 세상에서 가장 뛰어난 의원이 만든 독이라서 해약이 없는 것이니까."

"…의원이란 자가 어찌 이런 악독한 독을 만든단 말이냐!"

이모사가 화를 이기지 못하고 소리쳤다.

"그분이 그 독을 만든 것은 환자를 치료하기 위한 것이었다. 고칠 수 없는 중병이나 부상으로 고통 속에 죽어가는 환자들에게 편히 죽을 수 있는 기회를 주기 위해 만드신 거지. 그런 의미에서 당신에게도 고마운 일 아닌가. 고통 없이 잠자듯 죽게 될 테니까. 이제 그만 가도 좋다."

시월이 몸을 돌리며 말했다.

그러고는 정말 더 이상 이모사를 공격하지 않고 이가검문의 고수들이 상대하고 있는 다른 살수들을 향해 달려갔다.

싸움은 순식간에 정리됐다.

가뜩이나 이모사의 패배로 전의를 상실한 사혈문의 살수들은 시월까지 가세하자 더 이상 버티지 못하고 사방으로 달아났다.

물론 살아서 도주한 자는 겨우 서넛에 지나지 않았지만.

하지만 이모사는 수하들을 따라갈 수 없었다. 이곳을 떠나는 순간 독에 중독된 자신이 살 수 있는 기회가 완전히 사라질 것이기 때문이었다.

*　　　　　*　　　　　*

"살려주시오."

이모사가 시월 앞에 무릎을 꿇었다.

마련을 구성하는 마문들 중 가장 두려운 존재로 알려진 사혈문의 천급 살수로서는 상상할 수 없는 모습이다.

이가검문의 고수들을 그런 이모사를 향해 경멸의 시선을 던졌다.

하지만 시월은 이모사의 부탁을 진지하게 받아들였다.

"내가 말한 조건은 유효하오. 아마 지금쯤이면 몸에 힘이 많이 빠졌을 것이오. 시간이 이제 이각이나 남았을까. 본래는 죽는 줄도 모르고 잠들 듯 죽는 독인데… 보통 이 독을 쓸 때는 병자가 모르게 쓴다오. 그래야 편하게 죽을 수 있으니까. 그런 면에서 당신의 불행은 독에 중독되었다는 것을 알고 있다는 사실일 것이오. 몰랐다면 편하게 죽었을 텐데."

시월의 말투까지 변했다.

그의 말투는 이제 더 이상 반항할 수도 없고, 목숨을 구걸해야 하는 이모사가 측은한 지 제법 이모사를 존중하는 말투로 변해 있었다.

그럴수록 이모사에게는 일말의 희망이라는 것이 생겼다.

싸울 때와 달리 이렇게 유한 성정의 사람이라면 해약을 얻어낼 수도 있을 거라는 생각이 끈질기게 그에게 희망을 갖게 만들었다.

"정말 해약이 있소?"

결심이 선 듯 이모사가 물었다.

그러자 시월이 망설이지 않고 품속에서 작은 환약을 꺼내 들었다.

"난 적에게라도 거짓말을 하지 않소."

시월이 말하자 이모사가 침을 꿀꺽 삼킨 후 입을 열었다.

"사실… 북왕산에는 마련의 고수가 그리 많지 않소."

이모사의 말에 시월이 고개를 끄떡였다.

"그럴 거라 생각했소. 그렇지 않다면 대부분 의천무맹의 무림인들인 그들을 살려둘 리가 없으니까. 그럼에도 불구하고 무림인들을 북왕산에 잡아두려는 것은 역시… 성동격서의 계를 쓰려는 것 아니오?"

시월의 말에 이모사가 놀란 표정으로 시월을 바라봤다.

"…그걸 어떻게?"

"누군가 생각해낸 계책이라면 그걸 알아볼 사람도 있지 않겠소?"

만화도를 떠나기 전 소향로가 한 말이 사실로 드러났다.

북왕산의 함정은 무림인을 죽이기 위한 것이 아니라 의천무맹의 시선과 전력을 북왕산에 잡아두기 위한 것이었다.

"……."

시월의 말에 이모사가 더 이상 할 말이 없는 사람처럼 입을 닫고 시월을 바라봤다.

북왕산의 함정이 성동격서의 계책임을 알고 있다면 사실 그가 더 이상 할 말도 없는 것이나 마찬가지기 때문이었다.

하지만 이모사의 생각과 달리 시월은 아직 알고 싶은 것이 있었다.

"음모를 꾸민 자는 역시 만계지요?"

"…그렇소. 그분이 아니라면 단지 진법만으로 북왕산에 들어온 수백의 무인을 어찌 가두어 둘 수 있겠소."

이모사가 대답했다.

"북왕산에 동원된 마련 무인들의 숫자는?"

시월이 다시 물었다.

그러자 이모사가 고개를 저었다.

"그건 나도 정확히 모르겠소. 나야 혈마님의 명을 받아 본문의
살수들을 이끌고 일정한 지역을 지키고 있을 뿐이었으니까. 다만…
아무리 많아도 이백은 넘지 않을 것이오. 애초에 목적이 다른 곳에
있었으니까 말이오. 명을 받기로도 위험하면 물러나라 했소."

이모사가 담담하게 대답했다.

그러자 시월이 잠시 생각에 잠겼다가 손에 든 환약을 내보이며
말했다.

"이제 마지막 질문을 하겠소. 이 질문에 제대로 대답하느냐에
따라 당신의 생사가 결정될 것이오."

"무엇이오?"

이모사가 침을 꿀꺽 삼키며 되물었다.

"대체 북왕산에 무림인들을 잡아 놓고 마련이 공격하려는 곳이
어디요?"

시월의 질문에 이모사가 절망적인 표정을 지었다.

"그, 그걸 내가 어찌 알겠소?"

아무리 사혈문의 천급 살수가 대단해도 마련 수뇌부의 계획을
완전히 알 수는 없었다.

시월이 물은 것은 이 계책의 가장 중요한 부분이었다. 그건 아
마도 만계지마 외에 마련의 주요 문파 수장들만이 알고 있을 것이
다.

"잘 생각해 보시오. 단서가 될 만한 말을 들어야 해약을 줄 수

있소. 예를 들면 북왕산에 오지 않은 마련 세력들의 움직임 같은 것 말이오."

시월이 물었다.

그러자 이모사가 머릿속에 있는 모든 기억을 짜내는 듯 인상을 쓰더니 문득 한 가지 사실이 떠오른 듯 눈을 반짝이며 말했다.

"아, 한 가지 이상한 일이 있기는 했소."

"무엇이오?"

시월이 물었다.

"북왕산에 마련의 형제들이 많이 동원되지는 않았지만, 특히 장성 이북의 마련 세력은 한 곳도 오지 않았소. 사천에서조차 몇몇 마인들이 왔는데 말이오."

이모사가 이게 과연 해약을 얻을 만한 정보일까 싶은 표정으로 시월을 바라봤다.

그러자 시월이 다시 물었다.

"장성 이북의 마련 세력이라면 누굴 말하는 것이오?"

"그야 뭐… 일월문이나 흑사회, 그리고 천마궁 같은 곳을 말하는 것이오. 또… 홀로 활동하는 거마들도 오지 않았고……."

"목표가 어디인지 정말 모르느냐?"

장성 이북의 문파라면 이가검문도 대상이 된다. 이장룡이 달려들 듯 이모사에게 다가와 검을 들이대며 물었다.

"모, 모르오. 그건 마련의 수뇌들만 아는 사실인데 내가 알 리가 없지 않소?"

이모사가 이장룡의 검날이 자신의 목을 벨까 두려운 듯 몸을 뒤로 물리며 대답했다.

그러자 이장룡이 노기를 참지 못하고 그대로 이모사의 목을 치려 하는데 시월이 그를 말렸다.

"숙부님 아무리 죽을죄를 지었어도 제가 그자와 한 약속이 있으니 화를 참아주십시오."

시월의 만류에 이장룡이 분노로 부들부들 떨리는 검을 애써 거두며 뒤로 물러났다.

"이런 마귀 놈들 따위와의 약속 뭐가 중요하겠냐만, 자네가 그리 말하니 참지. 놈! 운 좋은 줄 알아라."

이장룡이 이모사를 한 번 쏘아보고는 뒤로 물러났다.

그러자 시월이 이장룡을 대신해 이모사 앞으로 다가섰다.

"정말 더 이상 할 말이 없소?"

시월이 물었다. 그의 손에는 여전히 해약이 들려 있었다.

"이젠 정말… 말할 게 없소. 제발 해약을 주시오."

이모사가 애원했다.

수없이 많은 사람을 죽여 온 그가, 자신의 목숨을 살리기 위해 모든 것을 내려놓은 듯 보였다.

그러자 시월이 한숨을 쉬며 말했다.

"당신은 지금까지 수많은 사람을 죽였소. 그들 대부분은 당신과 아무런 원한이 없는 사람들이었고, 또 죽을 만큼의 잘못을 한 사람들도 아니었소. 그렇게 많은 사람을 죽이고도 당신은 살고 싶소?"

"…설마 약속을 지키지 않겠다는 것이오?"

이모사가 숨겨 두었던 분노의 일면을 드러냈다.

그러자 시월이 그런 이모사를 바라보며 차갑게 말했다.

"아니 약속은 지키겠소."

툭!

시월이 이모사 앞에 환약을 떨어뜨렸다.

그러자 이모사가 세상에서 가장 귀중한 보물을 받은 듯 재빨리 환약을 집어 들고 환약에 묻은 흙을 털어냈다.

그러자 시월이 몸을 돌려 이모사에게서 멀어지면서 말했다.

"그동안 당신이 쌓은 악업이 너무 크니 쉽게 살려줄 수는 없고, 당신 스스로 운명을 결정하시오. 당신이 정말 독에 중독되었고, 내가 준 그 약이 해약일지! 아니면 사실 당신은 독에 중독되지 않았고, 오히려 그 환약이 당신을 죽일 수 있는 극독일지 당신 스스로 판단하시오. 어느 쪽을 선택하느냐에 따라 당신의 삶과 죽음이 결정될 것이오. 행운을 빌겠소."

"이… 이 빌어먹을 놈!"

이모사의 입에서 참았던 욕설이 흘러나왔다.

그러자 시월이 몸을 돌려 이모사를 보며 말했다.

"물론, 지금 당장 당신 목을 벨 수도 있지. 그러니까… 말을 조심해서 하시오."

시월의 경고에 이모사가 분노를 참기 위해 이를 악물면서도 더 이상 시월에게 욕설을 퍼붓지 못했다.

"이제 그만 떠나도록 하지요. 서둘러 요동으로 돌아가셔야 할 것 같습니다. 마련의 공격 대상이 이가검문이 아니라고 확신할 수 없으니……."

이모사의 목숨을 그 스스로의 손에 맡겨둔 시월이 이장룡과 이해검을 보며 말했다.

그러자 이장룡이 대답했다.

"그렇게 하세. 얼른 떠나세. 그런데 자네도 참 독하군. 가장 고통스러운 벌을 저 자에게 주었으니."

이장룡이 환약을 손에 든 채 부들부들 떨고 있는 이모사를 보며 말했다.

"그가 저지른 악업을 생각하면 약한 벌이죠. 죽고 살 확률이 반반이니……"

"그렇긴 하지. 하긴 강호의 삶이 늘 그렇지. 자신의 목숨을 검날 위에 올려놓고 사는 것이 무인이니까. 가세!"

이장룡이 말을 하고는 먼저 걸음을 옮기기 시작했다.

그 뒤를 따라 시월과 이화검 그리고 이가검문의 생존자들이 남쪽 숲으로 사라졌다.

"야! 이 빌어먹을 새끼야!"

이가검문의 고수들이 떠난 지 얼마 되지 않아 이모사의 절망적인 노성이 숲을 뒤흔들었다.

*   *   *

"그는 살았을까요? 죽었을까요?"

한참 동안 남쪽을 향해 달리다가 속도를 늦춘 후에야 이화검이 시월에게 물었다.

그녀는 내내 사혈문의 살수 이모사가 살았을지 죽었을지 궁금했던 모양이었다.

이화검의 질문에 이가검문의 사람들도 시월을 바라봤다.

그들 역시 이모사의 선택이, 아니 정말 이모사가 독에 중독되었던 것인지, 혹은 시월이 준 환약이 오히려 독이었을지 무척 궁금했던 것이다.

"죽었을 거예요."

시월이 대답했다.

"환약을 먹지 않았을 거란 뜻인가요?"

"그건 의미가 없어요."

"…무슨 뜻이에요?"

이화검이 시월의 말을 이해하지 못한 듯 다시 물었다.

"애초에 독이나 해약은 그의 생사와 아무 상관이 없었다는 뜻이에요."

"그럼… 그가 독에 중독된 것이 아니군요?"

"제 비도에 독이 묻어 있을 리가 없잖아요?"

시월이 말했다.

"하긴 당신은 독을 쓰지 않으니까."

이화검이 고개를 끄떡였다.

"그럼 그에게 준 환약이 독약이란 뜻인가?"

듣고 있던 이해검이 물었다.

"아닙니다. 그 해약 역시 독과는 아무 상관 없는 환약입니다. 그냥 뭐… 원기를 북돋아 주는 보약이죠. 화노께서 지칠 때 먹으라고 만들어주신 것이죠."

"그럼 그가 해약을 먹든 안 먹든 독으로 죽을 일이 없는데, 왜 죽었을 거라고 확신하는 건가?"

이해검이 이해가 되지 않는다는 듯 물었다.

그러자 시월이 대답했다.

"그가 서둘러서 자신의 목에 입은 부상을 치료했다면 그는 무사했을 겁니다. 하지만 그는 독에 대한 두려움 때문에 목의 상처를 치료할 시간을 놓쳤지요. 우리가 떠난 후에도 그는 환약을 먹을지 말지 고민하느라 자신의 목에서 흐르는 피 때문에 자신이 죽어가고 있다는 사실을 모를 겁니다. 피를 너무 흘려 정신이 아득해져도 그걸 독 때문이라고 생각하겠지요. 그럼 최후에는 결국 해약을 먹을 텐데… 그 해약이 목에서 흐르는 피를 멈추게 하지는 않을 테니 결국, 죽고 말겠지요."

"아! 자네는 참……."

이해검이 생각보다 독한 시월의 심성에 놀란 듯 말을 흐렸다.

"살아서 아무 원한이 없는 수백 명의 목숨을 빼앗은 자라면 그정도 벌은 당연히 받아야지요. 그리고 사실 그에게 살 수 있는 기회가 아주 없었던 것도 아니고요. 인과응보! 결국 자신이 쌓은 업(業)이그의 운명을 결정한 거지요."

시월이 담담하게 대답했다.

제 4장
—
폭풍처럼

  시월과 이가검문의 고수들은 강을 건넌 이후에는 말을 구해 타고 쉬지 않고 무량포를 향해 달렸다.

  편한 길로 가려면 제남을 거쳐 관도를 따라 달리는 것이 나았지만, 하루빨리 이가검문으로 돌아가야 한다는 생각에 조금 험하더라도 무량포까지 직선으로 달릴 수 있는 작은 길과 숲도 마다치 않은 일행이었다.

  그렇게 닷새를 쉬지 않고 달린 끝에 일행은 드디어 무량포에 닿았다.

  마침 야시장이 열릴 때여서 그런지 무량포는 사람들로 가득했다.

  시월 일행은 밤이 오기를 기다려 무량포로 들어갔다.

  검을 감추고 무복 대신 장삼을 입어 그들은 마치 무량포의 야시장을 찾은 장사치 같았다.

하지만 그들을 눈여겨 본 사람이 있다면 이들이 결코 평범한 상인들이 아님을 금세 눈치챘을 것이다.

그들의 걸음걸이와 의도하지 않게 흘러나오는 서늘한 기운은 오직 무공을 수련한 사람만이 만들어낼 수 있기 때문이었다.

하지만 혼란스러운 무량포 야시장에서만큼은 옷을 갈아입는 것만으로도 시월 등은 자신들의 신분을 감출 수 있었다.

"어서 오… 어?"

한창 손님을 끌어모으고 있던 초원루의 총관 황평이 시월을 발견하고는 놀란 얼굴을 했다.

시월의 갑작스러운 등장도 그렇지만, 시월 주위에 그가 보지 못했던 사람들이 서 있었기 때문에 더 놀라는 황평이었다.

하지만 놀람도 잠시 황평이 얼른 시월 앞으로 다가왔다.

"어서 오십시오. 대협!"

"그동안 무량포에는 별일 없었소?"

"우리야 뭐 그렇지요. 그런데 하루에 한 번 칠선문에 전서로 소식을 전했는데……"

만화도와 초원루 간에는 하루에 한 번씩 전서구가 오간다. 특별히 전할 말이 없어도 전서구들을 길들이기 위해 항상 그 일을 빼먹지 않고 있는 초원루주였다.

그래서 무량포의 사정을 모를 리 없는 시월인데, 안부를 물으니 황평으로선 의아할 수밖에 없었다.

그런 황평의 마음을 알아챈 시월이 입을 열었다.

"다른 곳에 다녀오는 길이라서 이곳 소식을 알지 못하오."

"아, 그러셨군요. 여긴 뭐 별일 없습니다. 다만 북왕산으로 들어간 무인들이 돌아오지 않아서 그 일로 다들 시끄럽지요."

황평이 대답했다.

"그렇구려. 우린 일단 칠선문의 거처에 가 있을 테니 루주께 내가 왔다고 알려주시오."

"알겠습니다."

황평이 얼른 대답하고는 서둘러 초원루 안으로 들어갔다.

"무량포에 칠선문의 거처가 따로 있으니 절 따라오십시오."

황평을 들여보낸 시월이 이장룡 등을 초원루 뒤쪽에 있는 칠선문의 거처로 안내했다.

*   *   *

"칠선문이 주루를 가지고 있을 줄은 몰랐구나."

칠선문의 거처로 들어온 이장룡이 뜻밖이라는 듯 이화검에게 말했다.

본래 무림 문파들도 재물을 얻기 위해 이런저런 활동을 하지만, 주루를 운영하는 경우는 드물다.

그 일이 문파의 체면을 깎는 일이라도 생각하기 때문이었다.

"초원루는 칠선문이 운영하는 곳이 아니에요. 다만, 초원루주가 칠선문과 약간의 인연이 있어서, 이곳에서 강호의 소식을 모아 칠선문에 전하고 있어요. 대신 칠선문은 그가 초원루를 여는데 얼마간 금자를 보탰어요."

"음, 많은 문파들이 그렇게 강호의 소식을 얻기는 하지. 그런데 어떻게 알게 된 사람이냐? 그런 거래라면 서로 신뢰할 수 있는 사이여야 할텐데……."

"이야기하자면 길어요. 간단하게 말하면 이 사람에게 큰 빚을 진 사람인데, 그 빚을 이런 식으로 갚고 있는 거죠."

이화검이 시월을 가리키며 말했다.

"빚?"

이장룡이 되물었다.

그러자 시월이 숨김없이 대답했다.

"어릴 때 절 사막 노예시장에 팔려 했던 노예상이었습니다."

"뭐? 그런 놈을 죽이지 않고 살려두고 주루를 차리게 도와줬단 말인가?"

이장룡이 이해할 수 없다는 듯 물었다.

은원이 분명한 이가검문의 문도들에게는 이해할 수 없는 일이 기는 했다.

"처음에는 과거의 빚을 받아내려고 사막으로 찾아갔었는데, 노예상 일을 접겠다고 해서 약속을 받고 살려주었지요. 그런데 우연이 이곳에서 다시 만나게 된 겁니다. 약속을 지키고 있는 것 같아서 거래를 하게 된 거지요. 장사치로서는 믿을 만한 사람입니다."

"음… 그래도 그게 참……."

이장룡은 여전히 노예상이었던 자는 믿지 못하겠다는 듯 얼굴을 찌푸렸다.

그런데 그때 문득 방문 밖에 인기척이 들리더니 석자부가 문을 열면서 대청으로 들어섰다.

"어서 오세요."

석자부가 들어서자 시월이 먼저 나서서 석자부를 맞아들였다.

석자부와 거래를 한 이후 그를 대하는 시월의 태도는 예전과는 많이 변해 있었다.

"무슨 일이 있소이까? 연락도 없이 왔다기에 놀라서 달려왔소 만……."

석자부가 정말 걱정이 되는 표정으로 시월에게 물었다.

"그런 건 아니고, 북왕산에 다녀오는 길이어서 연락을 할 수 없 었지요."

"아! 북왕산을 다녀오셨소? 그 북왕산 때문에 다들 난리인 것 같던데. 들어간 사람들이 나오지 않고 있다고 해서. 그런데 북왕 산에 무슨 일이 있소이까?"

석자부가 물었다.

"북왕산에 괴진(怪陣)이 펼쳐져 있어서 들어간 사람들이 생로를 찾지 못해 갇혀 있는 것 같더군요."

"누가 그런 어마어마한 일을……?"

석자부가 믿을 수 없다는 표정으로 물었다.

"아마도 마련에서 파놓은 함정 같더군요. 아무튼 그건 그렇고 급히 칠선문에 전서를 보냈으면 합니다."

"그야 지금이라도 당장 보낼 수 있소이다."

석자부가 얼른 고개를 끄떡였다.

"그럼 내가 급히 배를 보내달라고 한다고 하시오. 요동으로 갈 준비를 하고 와달라고 말이오."

"요동으로! 알겠소이다."

석자부가 더 이상 자세한 사정을 묻지 않고 자리를 떠났다. 눈치 빠른 사람이라 그 이유를 물어 볼 수 없는 상황이란 걸 알아챈 것이다.

"노예상처럼 보이지 않은데?"

석자부가 나가자 이해검이 시월에게 물었다.

"주루를 운영하다 보니 사람이 변한 겁니다. 예전에는 참 악독한 노예상이었습니다."

시월이 미소를 지으며 말했다.

"음, 본래 사람의 천성은 변하지 않는 것인데……"

이장룡이 여전히 석자부에 대한 불신을 드러냈다.

"그의 심성을 믿는 것은 아닙니다. 다만 상인으로서의 그의 성격을 믿는 거죠. 또 배신이 어떤 결과를 가져올지 그가 가장 잘 알고 있으니 위험한 일은 없을 겁니다. 사실 그에게 맡긴 일이 그리 중요한 일도 아니고요."

시월이 다시금 석자부를 안심시켰다.

"알겠네. 하긴 칠선문에서 허투루 일을 맡기지는 않았겠지."

이장룡이 대답했다. 그 역시 칠선문에 대한 정확하게 알지는 못하지만, 시월에 대한 믿음은 칠선문에 대한 신뢰로 이어졌다.

"그런데 정말 칠선문의 배를 타면 보름 안에 본문에 도착할 수 있을까?"

이해검이 믿기 어렵다는 듯 이화검에게 물었다.

"갈 수 있을 거예요."

이화검이 별 망설임 없이 대답했다.

"대상들의 상선들도 그렇게 빨리 가지는 못하는데… 요하 하구라면 모를까."

"걱정 마세요. 칠선문의 배는 대상들의 배보다 훨씬 빠르니까요. 더군다나 지금은 바람의 방향이 좋잖아요."

"그렇긴 하지."

이해검은 여전히 요동 끝자락에 있는 이가검문까지 보름 안에 도착할 수 있다는 말을 믿기 힘든 모양이었다.

"중간에 날씨가 변해도 보름 안에는 도착할 수 있을 겁니다."

시월도 이해검을 안심시켰다.

"음… 물론 자네와 화검 말을 못 믿는 것은 아니지만……."

이해검이 말꼬리를 흐렸다. 시월과 이화검에 대한 신뢰는 두터웠지만, 그래도 그의 생각에 요동 이가검문까지의 거리를 생각하면 의구심이 생길 수밖에 없었다.

*   *   *

무량포 시장은 상인들의 흥정 소리로 요란했지만, 시월 등은 시전 구경조차 나가지 않았다.

초원루 건너편에 있는 칠선문의 작은 약재상조차 들리지 않은 시월이었다.

자칫 이곳에서 누군가에게 발목을 잡히면 요동 이가검문으로 가는 길이 늦어질 수밖에 없기 때문이었다.

그렇게 지루한 하루를 보내고 다시 무량포에 밤이 찾아오자 시월 일행을 무량포를 떠날 준비를 했다.

무량포의 야시장은 자정이 넘어도 흥청거림을 멈추지 않았다. 그래서 오히려 사람들의 눈을 피해 움직이는 것이 어렵지 않았다.

술 취한 사람들은 시월 일행이 무량포 남쪽으로 이어진 백사장을 걸어도 누구 하나 관심을 두지 않았다.

그렇게 해안가를 따라 걸은 시월 일행이 백사장 끝자락에 도달했을 때 작은 배 한 척이 바다 위에서 일행을 마중했다.

"사제!"

무량포의 화려한 불빛이 아니라면 형제를 알아보기 힘든 어두운 바다 위에서 곽부가 손을 흔들었다.

"사형!"

시월도 마주 손을 흔들자 곽부가 서둘러 작은 쪽배를 몰아 해안가로 다가왔다.

시월이 망설이지 않고 바다로 들어가 곽부가 몰고 온 배를 모래사장으로 끌어올렸다.

"안녕들 하십니까? 저, 곽부입니다!"

배에서 뛰어 내린 곽부가 이장룡과 이해검에게 큰 소리로 인사를 했다.

이가검문과 일월문의 싸움 때 곽부는 시월과 함께 이가검문 동죽헌에 머물렀기에 이장룡 등과 이미 안면이 있었다.

"아! 곽 소협이 오셨군. 이렇게 다시 보니 반갑네."

"하하, 곽 형은 언제나 활달하시구려."

이장룡과 이해검이 곽부를 보는 것만으로도 기분이 좋은지 웃으며 곽부를 맞았다.

"하하, 저야 뭐 늘 그렇죠. 그나저나 바로 떠나야 하는 거야?"

곽부가 시월에게 물었다.

"예, 최대한 빨리 요동으로 가야 해요. 그래서 용선을 부른 겁니다."

"음… 만화도에 들릴 시간은 없겠군."

"아무래도 그건 힘들겠어요."

시월이 대답했다.

"만화도에 있는 사람들이 서운해하겠다. 모두 이가검문의 귀빈들을 맞을 준비를 하느라 분주하게 움직이고 있는데."

"그래도 어쩔 수 없어요. 마련에서 이가검문을 공격할 수도 있어서요."

"그 이야기는 들었어. 만계지마 그 빌어먹을 작자는 확실히 고약한 음모를 꾸미는 데 탁월한 재주가 있는 것 같아. 예전에 청림에서도 그렇고……."

곽부가 만계지마 중산에 대한 적의를 드러냈다. 청림에서 그가 만든 함정 때문에 많은 무림인이 잔마 일당에게 죽임을 당했었다. 물론 그 잔마를 칠랑이 베기는 했지만.

"배에 오르시죠. 용선까지는 이 배로 가야 합니다."

시월이 이장룡에게 말했다.

그러자 이장룡이 고개를 끄떡이고는 이가검문의 문도들과 함께 곽부가 타고 온 작은 소선에 올랐다.

사람들이 배에 타자 시월이 배를 다시 바다에 밀어 넣었다. 사람이 여럿 탄 소선이었지만, 시월이 공력을 쓰자 쉽게 바다로 밀려들어 갔다.

배를 띄운 시월이 배 위로 훌쩍 날아올랐다. 그러자 곽부가 기다렸다는 듯 노를 젓기 시작했다.

소선을 타고 큰 바다로 나간 지 이각여, 배가 큰 파도에 가랑잎처럼 흔들리기 시작했을 때, 사람들 눈에 거대한 용이 웅크리고 있는 듯한 모습의 용선이 보였다.

전체적으로 검은색 일색인 용선이어서 가까이 다가가기 전에는 그게 배인지, 바다에서 솟아오른 바위인지, 아니면 거대한 짐승인지 구별이 되질 않았다.

"어서 오게!"

파도를 타고 위태롭게 용선으로 다가오는 시월 등을 보며 소사공이 용선 위에서 손을 흔들었다.

"죄송합니다. 이렇게 급하게 부탁드려서!"

"죄송은 무슨! 어서 오르게!"

소사공이 갑판에서 줄사다리를 내려뜨리며 말했다.

시월과 일행은 소사공의 내린 줄사다리를 타고 얼른 용선 위로 올랐다.

"어서 오십시오. 검문의 대협들을 뵙게 되어 반갑습니다."

이장룡과 이해검이 배에 오르자 소사공이 두 사람에게 포권을 하며 인사를 했다.

그러자 두 사람이 마주 포권을 하며 입을 열었다.

"번거롭게 해드려 죄송합니다. 저는 화검의 숙부인 이장룡이라 합니다. 그리고 이 아이는 화검의 오라비인 해검입니다."

"이해검입니다. 칠선문의 어른께 인사드립니다."

이해검이 가볍게 고개를 숙여 보였다.

"용선에 오신 것을 환영합니다. 이제부터는 아무 걱정 마십시오. 제가 보름 안에 반드시 요동에 모셔다드리지요."

소사공이 미소를 지으며 말했다.

*　　　　*　　　　*

다섯 개의 돛이 펼쳐졌다.

바람은 북동쪽을 향해 불었다. 한껏 바람을 품은 돛이 용선을 강하게 밀어붙였다.

용선은 그 힘을 온전히 받아 바다를 미끄러지듯 달리기 시작했다.

콰아아!

거친 파도를 가르는 용선의 위용은 경험하지 못한 사람은 알수 없는 강렬함이 있었다.

천군만마의 적진을 단기필마로 뚫고 가는 장수처럼, 하늘을 향해 승천하려는 흑룡처럼, 그렇게 용선이 검은 바다를 가르면 전진했다.

다섯 개의 돛이 품은 바람은 용선의 균형을 무너뜨릴 듯 강렬했지만, 노련한 뱃사람 소사공의 능력은 그 위험을 오히려 용선의 속도를 높이는 데 이용했다.

"이건 정말 놀라운 배군."

배의 선수에서 새벽바람을 고스란히 맞고 있던 이장룡이 감탄사를 흘렸다.

"세상에서 오직 한 척뿐인 배죠."

시월이 대답했다.

"어떻게 이런 배를 구했나? 칠선문에 본래부터 있던 배인가?"

"아닙니다. 소 장로께서 칠선문의 문도가 되시면서 가지고 오신

폭풍처럼 113

배입니다."

"아! 소 장로께선 원래 칠선문의 문도가 아니었나?"

이장룡이 놀란 듯 되물었다.

"칠선문에 들어오신 지 얼마 되지 않으셨지요. 그 전에는 따님과 함께 배를 수리하는 목수로 지내셨고요. 요하 하구에서 배를 구하다가 우연히 만나게 되었습니다."

"무공을 아시는 것 같던데?"

"오래전 잠깐 무림 문파에서 배 수리하는 일을 맡으셨다고 하더군요."

시월은 군이 소사공이 해룡마궁 출신임을 말하고 싶지는 않았다.

정통의 정파 일문인 이가검문의 사람들에게 대마문인 해룡마궁 출신 인물에 대한 선입견이 있을 수 있기 때문이었다.

"그렇군. 하긴 무공을 수련한 것 같지만 자네 사형제들에 비해 무공 수위는 많이 낮은 것 같아서 이상하다 생각하긴 했지."

이장룡이 말했다.

"사실 무공보다 더 중요한 것을 칠선문에 주고 계시죠. 배를 다루는 것 말고도, 토목 기술에도 뛰어난 능력을 가지고 계세요. 덕분에 칠선문의 새로운 거처를 만드는 게 한결 수월했지요."

"그런데 요동은 왜 떠난 건가? 형님께서 무척 서운해하셨다네."

요동 만화원을 떠나기 전, 시월은 이가검문에 서신을 보내 칠선문이 요동을 떠나 중원으로 간다는 사실을 알렸었다.

그 서신을 받은 이가검문주 이장춘은 딸 이화검이 멀리 떠났다는 사실에 무척 쓸쓸해 했었다고 한다.

"특별한 이유는 없습니다. 사형들이 한곳에 머무는 걸 답답해

하셨고, 또 월문과 마련의 마인들을 상대하는 것도 불편했지요. 요동에 남아 있었다면 분명히 그들이 우릴 찾으려 했을 겁니다."

"하긴 그렇긴 하지. 검문에서 알아본 바에 의하면 월문의 고수들이 간혹 검문의 권역에 모습을 드러내곤 했었다네. 그건 아마도 자네들을 찾기 위함일 테지. 그는 워낙 집착이 강한 인물이라서……."

월문주 백문보를 말하는 것이다.

이장룡 역시 월문주 백유검의 야심과 독함을 잘 알고 있었다.

"두려운 것은 아니지만 가능한 한 마주치지 않는 게 좋다는 것이 사형들의 생각이었습니다. 사형들은… 워낙 고된 시절을 보내서 마음 편하게 쉴 곳이 필요하기도 했고요."

"그렇겠지. 생각해 보니 잘 결정한 일인 것 같네. 그래서 자네 사형들은 이제 완전히 회복한 건가?"

"예. 더는 걱정할 일이 없을 것 같습니다."

"무공은?"

"예전 칠랑으로 살 때 이상으로 강해지셨지요."

"음, 역시 화노라는 그 노의원 덕분인가?"

"몸을 회복하는 데는 화노 어르신의 도움이 컸습니다. 무공의 경우는 공천보 그자에게 잡혀 있는 팔 년 동안, 몸으로 익히지는 못해도 끊임없이 각자의 무공을 참구하고 토론하셨나 봅니다. 그래서 몸이 회복되자마자 그 팔 년의 깨달음이 힘을 내 단숨에 몇 단계 이상의 무공 성취가 이뤄진 것이죠."

"허허… 그것참, 전화위복이라는 말이 있기는 하지만 일이 되려고 하니 그렇게도 복이 찾아오는군."

이장룡이 나직하게 웃음을 흘렸다.

"뭐 사형들 말로는 팔 년 동안 폐관 수련한 것이나 마찬가지라고 하시더라고요."

"후후, 그 말도 맞는 것 같군. 그게 강제로 그리된 것이라 문제지만."

"아무튼 사형들이 회복되고 나니까 저도 좀 여유가 생겼습니다. 마음 놓고 이렇게 이가검문으로 갈 수도 있고요."

"다행일세. 자네가 가면 큰 도움이 될 거야."

이장룡이 믿음직한 눈으로 시월을 보며 말했다.

"제가 도울 일이 없어야 할 텐데요."

"그러게 말일세. 하지만… 일월문의 존재는 늘 발바닥에 박힌 가시 같은 존재였지. 아마 반드시 다시 도발해 왔을 것 같네. 문제는 다른 마문(魔門)들이 일월문을 돕기 위해 왔느냐하는 것이지. 그렇지 않다면 문주께서 충분히 검문을 지키실 수 있을 걸세."

"너무 걱정 마십시오. 만계지마가 북왕산에 그물을 친 이유가 멀리 있는 요동의 이가검문을 치기 위해서는 아닐 테니까요."

"하긴 그러기에는 너무 큰 판을 벌인 거지. 그럼 어딜 노리는 걸까?"

이장룡이 고개를 갸웃거렸다.

"이 정도 큰 판을 벌였다는 것은 적어도 십대천문 중 한 곳을 도모하려는 것 아닐까요?"

"그중 장성 이북이라면… 월문이나 모용세가?"

"그런 예감이 듭니다."

"…그렇게 된다면 결국 무림은 본격적인 정사대전에 돌입하게 되겠군. 마련이 출현한 지 제법 오래되었지만 그동안은 간헐적인 충돌은 있어도 정사대전이라 할 만큼 큰 싸움은 없었는데……."

"어차피 한 번은 불어야 할 혈풍이 아니겠습니까?"

시월이 담담하게 말했다.

"하긴 그렇긴 하지……."

이장룡도 고개를 끄떡였다.

그때 선실 쪽에서 이화검의 목소리가 들렸다.

"그만 들어와서 아침들 드세요!"

*　　　　*　　　　*

소사공의 능력은 시간이 갈수록 더 놀라운 위력을 발휘했다.

다섯 개의 돛을 이용해 강력한 풍력으로 배를 모는 능력 외에도, 정확하게 해류를 읽고 최단 거리로 요동에 닿을 수 있는 항로를 찾아내는 것 역시 소사공의 능력 중 하나였다.

과거 해룡마궁을 떠나 용선을 몰고 황해 곳곳을 떠돌아다니면서 익힌 황해의 해류 흐름이 그의 머릿속에 지도를 그려 놓은 것처럼 선명했다.

그래서 보통의 상선보다 두세 배나 빠른 속도로 용선을 몰아댄 소사공은 열흘이 막 지났을 때 시월 일행을 요동의 작은 포구까지 데려갔다.

"정말 기다리지 않아도 되겠나?"

용선에 매달고 다니는 소선을 내려 뭍으로 나갈 준비를 끝낸 시월에게 소사공이 물었다.

그는 만약을 대비해 만화도로 돌아가지 않고 용선에서 시월을 기다릴 생각도 하는 모양이었다.

"괜찮습니다. 일단 만화도로 돌아가 계세요. 북왕산 일이 어떻게 변할지 모르고, 대사형께서 금가장에 가신 동안 어떠한 설명도 없이 용선을 끌고 왔으니 걱정하실 겁니다. 아마 지금쯤이면 대사형도 만화도로 돌아오셨을 거예요. 일단 돌아가신 후에 향후의 일은 대사형과 상의해 주세요."

"음, 알겠네. 하긴 그쪽 일도 마음 놓을 수 없지. 배는 만화도에 더 필요할지도 모르고."

소사공이 고개를 끄떡였다.

"나라도 남을까?"

곽부도 걱정이 되는 듯 물었다.

"아니에요. 제 걱정 마시고 소장로님을 모시고 만화도로 돌아가세요. 소장로님 혼자 돌아가시게 할 수는 없잖아요?"

"그건 그렇지."

"난 혼자서도 괜찮네."

소사공이 얼른 말했다.

하지만 이번에는 곽부가 고개를 저었다.

"그건 제가 괜찮지 않습니다. 사제야 이가검문의 대협들도 계시니까 걱정할 게 없지만 바다는 다르지요. 같이 돌아가지요."

"알겠네. 그렇게 하세."

소사공도 순순히 곽부의 말에 수긍했다.

생각해 보면 만화도로 돌아가다가 어떤 일이 벌어질지 아무도 장담할 수 없었다.

배를 몰아야 하는 소사공으로서는 곽부라도 있어야 만일의 일
에 대비할 수 있었다.

"그럼 이만 가보겠습니다."

시월이 두 사람에게 작별 인사를 한 후 훌쩍 소선으로 뛰어내
렸다.

소선에는 이미 이화검과 이가검문의 문도들이 타고 있었는데,
시월이 내려섰음에도 배는 거의 흔들리지 않았다.

시월의 무공이 그만큼 뛰어나다는 의미여서 이장룡 등이 새삼
스럽게 이 젊은 무인의 무공에 감탄하는 표정을 지었다.

"조심해서 돌아가세요!"

소선에 내려선 시월이 용선 위 두 사람을 보며 소리쳤다.

"우리 걱정은 말고 사제나 조심해! 별일 없으면 바로 돌아오
고⋯⋯."

곽부가 말했다.

"알았어요. 그래도 서너 달은 걸릴 겁니다. 갈 때는 육로로 갈
생각이니까요."

"알았어. 대사형께 그렇게 말씀드릴게. 어서 가봐!"

곽부가 손짓을 하자 이가검문의 문도들이 소선의 노를 젓기 시
작했다.

그러자 시월과 이가검문의 문도들을 태운 소선이 빠르게 뭍을
향해 움직였다.

　　　*　　　　　*　　　　　*

시월 일행은 처음에는 해안가 포구의 객잔에서 하루 정도 휴식의 취할 생각이었다.

십여 일간 용선을 타고 오면서 이가검문에 혹시 무슨 일이 벌어지지 않았을까 걱정하느라 잠을 제대로 자지 못했기 때문이었다.

또 애써 잠을 청하려 해도 무섭게 바다를 가르는 용선의 움직임 때문에도 편하게 잠을 청할 수 없었던 일행이었다.

그래서 일단 포구에서 하루 정도 푹 쉰 후에 이가검문까지 한달음에 달려갈 생각을 했던것이다.

그러나 포구에 도착해 요기를 하려고 반점에 들어간 일행은 하루 쉬어가는 것을 포기할 수밖에 없었다.

반점에 들어가 처음 들은 소식이 그들을 쉴 수 없게 만들었던 것이다.

"그래서 이가검문으로 주변 중소 문파들이 급히 모여들고 있다더군. 그러니까 환무산 근처로는 아예 가지 말게."

시월 등이 반점에 들어가 음식을 주문한 후 잠시 숨을 돌리고 있는데, 장사치 몇 명이 소리를 낮춘 채 떠드는 소리가 귀에 들어왔다.

그 대화 내용이 이가검문에 대한 것이었으므로 일행은 자연스레 그들의 이야기에 귀를 기울일 수밖에 없었다.

"그런데 이번에도 이가검문이 일월문의 마인들을 막아낼까?"

상인 중 한 명이 입을 열었다.

"모르지. 지난번에 당한 것이 있으니 일월문도 단단히 준비했을 테니까. 홍안령 서쪽으로 숨어들었다고 해서 요동에서는 완전히 떠난 줄 알았는데, 다시 올 줄 누가 알았겠나."

"제길, 이번 장사는 공치게 생겼군. 이런 와중에 장이 제대로 서겠어?"

"그나마 다행이라고 생각하게. 물건을 구하러 이곳으로 온 덕에 그 혼란을 피할 수 있었으니. 남아 있었다면 장사는커녕 목숨 걱정할 뻔하지 않았나. 마련의 마인 놈들이 장사치라고 봐주겠나? 벌써 곳곳에서 상인들이 약탈을 당했다는 소문이 퍼지고 있네."

"후우… 하여간 이 빌어먹을 싸움이 얼른 끝나야지, 마련이 세상에 나온 게 벌써 몇 년째냐 말이야. 의천무맹은 왜 그놈들을 소탕하지 못하는 거야?"

"아마 쉽지 않을걸?"

투덜대는 동료에게 다른 장사치가 말했다.

"왜? 그만큼 마련이 강하다는 건가?"

"그게 아니라. 의천무맹 내부의 권력다툼 때문에 정파가 힘을 모으지 못하고 있지 않은가. 힘을 모아도 쉽게 끝나지 않을 싸움인데……."

"후, 무림인들이란… 평소에는 강호의 정의를 지킨다고 그렇게 거들먹거리다가 정작 일이 터지면 자신들이 이득만 챙기니 원……."

"사람 사는 게 다 그렇지 뭐. 그들이라고 사람 아니던가. 아무튼 이 싸움이 끝날 때까지 잠시 상행을 접고 이곳에서 쉬자고! 자자, 한 잔 들어!"

장사치들이 대화 끝에 술을 마시기 시작했다.

"바로 검문으로 가지죠."

시월이 나직하게 이장룡에게 말했다.

그러자 이장룡이 무겁게 고개를 끄떡였다.

"그렇게 하세. 쉴 여유가 없군."

*   *   *

일월문의 공격은 일차 공세 때와는 완전히 다른 방식으로 전개됐다.

대흥안령 서쪽 깊은 곳으로 물러났다고 알려졌던 혼천마의 일원문은 뜬금없이 서압록 인근에서 불쑥 모습을 나타냈다.

그들은 서압록에 산재한 이가검문의 방계 가문들을 먼저 공격했다.

그 가문들은 서압록 인근에 거주하면서 해동을 오가며 상행을 해오던 가문이었다. 그로부터 얻어지는 막대한 재물은 이가검문의 든든한 재원이 되었다.

일월문의 마인들은 그런 그들을 공격해 거의 전멸에 가까운 타격을 주었다.

살아남은 사람들은 급히 말을 달려 환무산 이가검문으로 도주했는데 그 숫자가 겨우 삼 할도 되지 않았다.

동쪽에서부터 공격을 시작한 혼천마는 이후 다시 한번 이가검문이 예상치 못한 행보를 보였다.

이가검문과 거리가 있는 동쪽 서압록 방계 문파들을 공격했을 때는 요동에 산재한 이가검문의 우군들을 공격해 팔다리를 자르겠다는 의도로 보였다. 그런데 예상과는 달리 일단 서압록의 방계 문파를 공격한 이후에는 그들의 퇴각로를 따라 그대로 이가검문이 있는 환무산으로 진격했던 것이다.

때문에 이가검문은 환무산 외곽에서 일월문을 막을 시간을 확보하지 못했다.

이가검문으로선 어쩔 수 없이 본가인 환무산의 장원에서 일월문의 마인들을 상대할 수밖에 없었다.

환무산 자락에 도착한 혼천마는 일월문의 마인들을 이용해 외부에서 이가검문으로 향하는 길목을 차단했다.

그 때문에 이가검문은 외부의 조력을 기대하기 힘든 상황에 처했다.

월문이나 모용세가 같은 대문파라면 일월문의 마인들을 깨뜨리고 이가검문으로 진입할 수 있겠지만, 다른 중소 문파들은 감히 일월문의 포위망을 뚫고 이가검문으로 들어갈 엄두조차 내지 못했다.

그렇게 이가검문은 갑자기 환무산에 고립되었다.

스스스!

환무산에 가을이 깊어가고 있었다. 북방의 가을은 짧다. 곧 겨울이 올 것이다.

그리고 그런 기후의 변화가 그나마 이가검문주 이장춘의 마음을 위로했다.

환무산에 겨울이 오면 그 맹추위 속에서 일월문의 포위망은 결코 오래갈 수 없었다.

반면에 이가검문은 장원 안에 일 년 이상 버틸 수 있는 양식을 비축하고 있었다.

일 년여 전, 일월문의 일차 공격 때 수곡원을 닫고 그곳에 비축하던 양식과 재물들을 검문 본가에 비축하기 시작한 덕을 보게 된 것이다.

더군다나 이가검문 장원 주변의 방어막은 일월문이 쉽게 뚫을 수 없을 만큼 단단했다.

그래서 싸움이 장기전으로 이어진다면 충분히 승산이 있다고 생각하는 이장춘이었다.

다만 고민인 것은 이 싸움을 오롯이 이가검문 홀로 해내야 한다는 것이었다.

천보밀동의 보물을 찾아 북왕산으로 모여든 강호 고수들이 북왕산에 고립되었다는 소식은 이장춘도 듣고 있었다.

그런 상황에서 월문이든 모용세가든 의천무맹의 대문파들이 먼 요동으로 구원군을 보내는 것은 기대할 수 없었다.

"후……."

장원 밖으로 나와 주변의 상황을 둘러보던 이장춘이 길게 한숨을 내쉬었다.

"너무 걱정 마십시오. 곧 겨울입니다. 놈들은 결코 환무산에서 겨울을 나지 못할 것입니다."

이가검문의 오랜 가신이자 이장춘이 가장 신뢰하는 무인 한풍검 화총이 말했다.

"물론 패배는 생각지 않네. 겨우 혼천마 따위에게 패할 이가검문이 아니지. 다만, 외부의 지원을 기대할 수 없으니 적을 막아낸다 해도 본문의 손실이 만만치 않을 걸세."

"그렇긴 하지요."

"싸움에는 이겨도 전쟁에서 패하는 경우가 종종 있는데, 혹 그런 일이 벌어질까 우려가 되는군. 일월문을 막아낸 이후 또 다른 마련의 마인들이 본문을 공격하지 않을 거란 보장이 없으니까. 그때는……."

이장춘이 말꼬리를 흐렸다.

"그때가 되면 의천무맹이 구원대를 보낼 수 있지 않겠습니까?"

"그럴 수도 있지만, 왠지 모르게 북왕산의 일이 정사대전의 시작을 알리는 신호인 것 같아서 말일세. 그 일을 꾸민 자가 의천무맹 세력의 분산을 노린 거라면 이 전쟁은 결코 쉽게 끝나지 않을 걸세."

이장춘이 굳은 표정으로 말했다.

"…저로서는 미래의 큰일은 생각지 못하겠습니다. 다만, 이번에는 일월문의 마인들을 완전히 궤멸시켜야 한다는 생각뿐입니다. 지난번에는 비무에서 진 후 전력의 손실 없이 놈들이 물러가는 바람에 이런 위기가 다시 온 것이니까요."

"그건 맞아. 기왕에 싸우려면 어떻게든 혼천마를 베어야겠지. 기회만 만들면 검옹께서 충분히 그자의 목을 벨 수 있을 걸세. 다만… 그 기회를 어떻게 만드냐가 문제인데……."

이장춘이 시선을 돌려 단풍으로 물든 환무산을 바라봤다.

당장은 혼천마를 공격할 기회를 만들 방법이 떠오르지 않기 때문이었다.

그런데 그때 갑자기 산 아래쪽으로 이어진 길을 따라 한 필의 말이 무서운 속도로 달려왔다.

두두두!

지축을 울리는 말발굽 소리에 장원 안에서 경계를 서던 문도들이 고개를 내밀어 말을 타고 달려오는 사람을 바라봤다.

"문주님!"

말을 달려 단숨에 이장춘 앞에 도착한 사람은 장원 오 리 밖에서 적의 동태를 살피던 문도였다.

"무슨 일인가?"

한풍검 화총이 앞으로 나서며 물었다.

"놈들이 움직이고 있습니다."

"어디로?"

화총이 급히 물었다.

"전력을 모아 본문을 향해 전진하고 있습니다."

"그자들이 전면전을 벌이려는 것일까요?"

화총이 걱정스러운 표정으로 이장춘을 돌아봤다.

그러자 이장춘이 고개를 끄떡였다.

"그럴 모양이군. 놈들도 이대로 겨울을 맞을 수는 없다고 생각한 것 같군."

"어찌 상대하실 생각이십니까? 장원 안에서 싸우면 문도들의 피해는 줄일 수 있지만, 장원이 적지 않게 파괴될 것입니다. 화공이라도 한다면 날이 건조해서 더더욱 피해가 클 것 같습니다만……."

화총이 장원 밖에서 적을 상대하는 것이 낫지 않겠냐는 듯 물었다.

"그렇게 하세. 장원 안에서 싸우면 자칫 아이들이 다칠 수도 있으니까. 저기, 개울을 경계로 서둘러 방책을 세우게. 싸움에 나설 문도들도 소집하고."

"예. 문주님!"

화총이 대답을 하고는 급히 장원으로 달려갔다.

*   *   *

징징징징!

요란한 징소리가 사람들의 귀를 따갑게 파고들었다. 그 소리를 들은 사람들은 자연스레 얼굴을 일그러뜨렸다.

징소리가 듣기 좋은 깊은 울림이 아니라 사람의 신경을 긁어대는 소음 같기 때문이었다.

일월문의 일차 공격 때 구하변 비무에 나타날 때와 같은 모습의 혼천마였다.

싸움에 나서는 자가 가마에 올라 술과 안주를 즐기며 다가오는 모습은 이가검문의 문도들에게 묘한 긴장감을 안겨 주었다.

하지만 지난번 비무를 통해 검옹 천복이 충분히 혼천마를 꺾을 수 있다는 것을 알게 된 문도들에게 큰 두려움 없는 듯 보였다.

그렇게 요란하게 이가검문의 문도들이 세운 방어선 오십여 장 앞까지 다가온 혼천마 모융이 가볍게 손을 들었다.

그러자 요란한 징소리가 멈추고 가마가 땅에 내려졌다.

혼천마 모융은 가마가 땅에 내려진 이후에도 가마에서 내리지 않고 오히려 술을 한 잔 훌쩍 마시더니, 그 이후에야 가마에서 몸을 일으켰다.

그러고는 지금까지와 달리 쾌속한 신법을 발휘해 이가검문의 방어선 앞으로 달려왔다.

그의 갑작스러운 행동에 놀란 호위무사들이 급히 그를 따라왔으나 그와 십 여장이나 거리가 벌어지는 것은 어쩔 수 없었다.

혼천마 모용은 마치 혼자서도 이가검문을 무너뜨릴 수 있다는 듯 그렇게 홀로 이가검문주 이장춘 앞에 섰다.

"이렇게 다시 보는구려. 그간 잘 지냈소?"

혼천마 모용이 마치 오랜 지인을 만나러 온 사람처럼 천연덕스럽게 물었다.

"몸은 회복했소?"

이장춘이 반문했다.

순간 혼천마 모용의 유들거리던 얼굴이 차갑게 굳었다. 몸 상태를 물은 것은 지난번 비무에서 검웅 천복에게 패한 일을 두고 자신을 모욕하려는 의도라는 걸 알기 때문이었다.

"그리 대단치 않은 상처였소."

모용이 애써 여유를 찾으며 덤덤하게 대답했다.

"다행이구려. 그런데… 비무에서 패하면 물러나기로 했던 약속은 거짓이었소?"

이장춘이 차갑게 물었다.

"후후후… 무림에서의 약속을 믿을 만큼 순진한 문주는 아니지 않소?"

모용이 되물었다.

"그래도 자신의 입으로 한 약속을 이렇게 쉽게 깰 줄은 몰랐구려. 그래서… 이번에는 자신이 있소?"

이장춘이 다시 물었다.

그러자 모용의 날카로운 눈으로 이장춘을 응시하다가 입을 열었다.

"듣자 하니… 그 젊은 녀석들이 요동을 떠났다고 하더구려?"

칠선문을 말하는 것이다.

그 말을 듣는 순간 이장춘은 등골이 서늘해짐을 느꼈다.

칠선문의 문도들이 요동을 떠난 것은 이가검문 내에서도 일부만 알고 있는 사실이었다. 그런데 그 사실을 혼천마 모용이 알고 있다. 그렇다는 것은 그가 보낸 간자(間者)가 이가검문 깊은 곳에서 활동하고 있다는 뜻이었다.

"그 친구들이 없으니 이번에는 이길 수 있을 것 같소?"

이장춘이 당황한 마음을 드러내지 않고 덤덤하게 물었다.

"아니, 그 녀석들이 있어도 이번 싸움은 내가 이길 거요. 왜냐하면 이가검문은 더 이상 의천무맹의 도움을 받을 수 없기 때문이오. 반면 난 이가검문을 무너뜨리기에 충분한 전력을 마련의 형제들로부터 지원받았오. 그래서… 다시 한번 기회를 드리겠소. 도검을 버리고 항복하면 아름다운 이가검문의 장원은 불타지 않을 것이오. 또한 이가검문 역시 멸문을 피할 수 있음은 물론 위대한 역사를 나와 함께 써나갈 수 있을 것이오."

이 싸움에 절대적인 자신이 있는 혼천마 모용이 항복을 권했다.

이장춘의 그의 자신감이 결코 과장된 것이 아님을 알고 있었다. 의천무맹의 도움을 받을 수 없는 이가검문에 비해 일월문이 마련의 지원을 받고 있다면 충분히 이런 자신감을 가질 만했다.

하지만 이장춘 역시 이 싸움에서 패할 거라고는 생각지 않았다.

이가검문의 힘은 무인의 숫자가 아니라 수백년 내려온 이가검문의 정신, 강호인들이 항상 두려워하는 강렬한 투혼에서 나오는 것이기 때문이었다.

"혼천마, 당신은 이가검문을 정말 모르는군. 내가 두려운 것은 싸움에 패하는 것이 아니오. 본문이 이 싸움에서 절대 패할 리는 없으니까. 다만, 안타까운 것은 본문의 문도가 적지 않은 피를 흘려야 한다는 것뿐이오. 그래서… 이번에는 반드시 혼천마 당신의 목을 벨 생각이오. 그래야 이 싸움에서 희생될 형제들의 죽음을 가치 있게 만들 테니까!"

이장춘이 요동의 호랑이라는 명성에 어울리는 강렬한 기운을 드러내며 모용에게 경고했다.

그러자 모용이 잠시 이장춘을 바라보다 내뱉듯이 말을 뱉었다.

"그럼 이가검문을 시산혈해로 만들 수밖에!"

제 5장

시산혈해

까딱!

혼천마 모용이 한 팔을 들어 올리더니 가볍게 손목을 꺾어 앞을 가리켰다.

그러자 사방에서 수백 명의 마인들이 이가검문의 문도들을 향해 달려갔다.

"캬앗!"

"모두 죽여 버렷!"

"전리품과 여자는 차지하는 자가 주인이다!"

이가검문의 문도들을 향해 달려드는 일월문의 마인들 입에서 기괴한 고함 소리와 싸움을 독려하는 목소리가 함께 터져 나왔다.

순간 이가검문주 이장춘의 입에서 호랑이의 포효 같은 소리가 터져 나왔다.

"쏴라!"

파파팟!

앞줄에 늘어선 무사들 뒤에 몸을 숨기고 있던 이가검문의 궁수들 수십 명이 달려드는 적을 향해 화살을 날렸다.

퍼퍼픽!

"악!"

"크윽!"

일월문의 마인들 몇몇이 화살에 맞아 고꾸라졌다.

하지만 다른 자들은 동료가 쓰러졌음에도 불구하고 전진을 멈추지 않았다.

화살이 무서워 물러나면 일월문주 혼천마 모용에게 죽임을 당한다는 것을 알고 있기 때문이었다. 그럴 바에는 전리품이 가득한 이가검문을 공격하다 죽는 것이 더 나은 선택이었다.

더군다나 일월문 마인들의 선두에 선 자들은 하나같이 강력한 무공을 자랑하는 마인들이어서 날아오는 화살에 전혀 구애받지 않고 길을 열었다.

나머지 마인들을 그들을 따라 죽은 동료들의 시신을 넘어 앞으로 전진했다.

그렇게 일월문 마인들이 화살 공격을 감수하며 앞으로 전진하기를 일각여, 드디어 그 선두가 이가검문이 만들어 놓은 방책 앞에 도착했다.

"이따위 방책으로 감히 강력한 일월문 전사들의 공격을 막을 수 있을 것 같으냐!"

번쩍!

마인들의 선두에서 길을 열던 일월문 고수들이 노성을 토하며 검을 휘둘렀다.

　그러자 나무를 깎아 급조한 방책들이 순식간에 무너져 내렸다.

　곳곳에서 방책을 파괴하고 앞으로 전진해 오는 일월문 마인들의 공세가 이어졌다.

　그런 마인들을 향해 재차 화살이 비 오듯 쏟아졌고, 또다시 적지 않은 숫자의 마인들이 땅에 쓰러졌다.

　하지만 이번에도 일월문 마인들은 희생을 무릅쓰고 이가검문의 방어막을 뚫고 앞으로 전진했다.

　"이젠 어쩔 수 없군."

　이장춘이 방어선을 뚫고 들어오는 일월문 마인들을 보며 검을 들어 올렸다.

　"문주께선 뒤에서 문도들을 지휘하시지요. 내가 앞에 나가 싸우겠소."

　이장춘 곁에 서 있던 검옹 천복이 말했다.

　그러자 이장춘이 고개를 저었다.

　"그럴 수는 없지요. 제가 앞에 서지 않으면 문도들의 사기가 꺾일 겁니다. 그리고 검옹님께는 따로 부탁할 일이 있습니다."

　"뭘 하면 되겠소?"

　검옹 천복이 물었다. 이장춘이 부탁하는 그 어떤 일도 할 준비가 되어 있는 검옹이었다.

　"기회를 보아 놈을 죽여주십시오."

　이장춘이 말했다.

　"머리를 벤다! 알겠소. 그런데 쉽지는 않을 것 같구려. 저자가 싸움에 뛰어들 생각이 없는 것 같으니 말이오. 어쩌면 수하들이 모두 죽어도 나서지 않을지도 모르오. 마인이란 자들은 본래 그러니까."

"어떻게든 놈을 흔들어 보겠습니다. 그 기회를 노려주십시오. 결국 놈을 죽여야 이 싸움은 끝날 겁니다."

"알았소이다. 한 번 해봅시다."

검옹 천복이 고개를 끄떡였다.

그러자 이장춘이 한 걸음 앞으로 나서 검을 들어 올리며 소리쳤다.

"검문의 형제들! 죽을 각오로 싸우라! 내가 앞장서겠다! 우리가 물러나면 우리의 가족이 죽는다. 두려워 말고 싸우라!"

"옛! 문주님!"

이가검문의 문도들이 일제히 대답했다.

"좋다. 이가검문의 위대한 투혼을 놈들에게 알려주자!"

큰 소리로 다시 한번 문도들을 독려한 이장춘이 산비탈을 치달아 오르는 일월문의 마인들을 향해 몸을 날렸다.

*   *   *

두두두두!

일곱 필의 말이 초원을 가로질러 달렸다.

가을이 깊어진 북방의 초원은 누렇게 마른 풀들로 가득했다.

그래도 다행인 것은 마른 풀들이 이미 땅에 눕혀져서 말이 달리는 것을 방해하지 않는다는 것이었다.

일곱 필의 말이 만들어내는 일곱 갈래의 길, 그렇게 시월과 일행이 마른 초원에 일곱 줄기의 길을 만들어내며 환무산을 향해 내달리고 있었다.

히히힝!

한순간 말들이 걸음을 멈추며 다급한 울음을 토했다.

일행 앞에 십여 장 넓이의 개울이 나타났다. 말들이 건너지 못할 것은 아니지만, 이미 몇 시진째 쉬지 않고 달린 말들에게 물은 그냥 지나칠 수 없는 유혹이었다.

"잠시 쉬어가지."

말들의 상태를 알고 있는 이장룡이 말했다.

"알겠습니다. 이 산만 넘으면 바로 환무산이니까 다 온 거나 마찬가지지요."

이해검이 대답을 하며 말에서 내렸다.

그러고는 말고삐를 끌고 개울로 가 말에게 물을 먹이기 시작했다.

시월과 다른 사람들도 말이 물 마실 시간을 주고는 한쪽 바위에 앉아 잠시 휴식을 취했다.

용선에서 내린 후 일행은 하루에 단 두 시진도 자지 않고 환무산을 향해 달려가는 중이었다.

푸우!

이화검이 차가운 개울물에 얼굴을 씻었다. 늦가을로 접어드는 계절이라 물이 얼음처럼 차다. 하지만 이화검은 오히려 시원함을 느끼는지 여러 번 얼굴을 씻었다.

시월이 앉아 있던 바위에서 일어나 이화검 곁으로 다가갔다. 그러고는 그녀가 세수를 마치자 품속에서 깨끗한 천을 꺼내 그녀에게 건넸다.

"힛! 고마워요!"

이화검이 세심한 시월의 행동에 감동했는지 미소를 지으며 천을 받아 얼굴을 닦았다.

그러자 시월도 이화검 옆에 쪼그려 앉아 차가운 물에 손을 담갔다.

냉기가 손끝을 통해 들어오자 잠시 무뎌졌던 감각과 정신이 한순간에 본래의 기능을 되찾았다.

그런데 그 순간 시월의 눈빛이 번쩍였다. 시월이 물에 손을 담근 채 개울 한쪽에 흐르지 못하고 고여 있는 작은 물웅덩이를 바라봤다.

이화검이 시월이 건넨 천으로 얼굴을 닦은 후 시월의 손을 닦아주려고 기다리고 있었지만 시월은 좀체로 물에서 손을 빼지 않았다.

그렇다고 손을 씻거나 세수를 하는 것도 아니어서 어느 순간 이화검은 시월의 행동이 이상하다는 것을 깨달았다.

"왜 그래요?"

이화검이 조심스럽게 물었다.

그러자 시월이 되물었다.

"이 산을 넘으면 환무산이라고 했죠?"

시월의 시선이 물웅덩이를 떠나 눈앞에 있는 작은 야산으로 향했다.

환무산에 비할 수 없는 작은 산이다. 동산이라고 할 수는 없지만, 그래도 무인이라면 한달음에 치달아 오를 수 있는 산이었다.

"맞아요. 산을 넘으면 환무산이 있어요. 그 사이 평지에 마을과 농지가 있지만, 달리 걸리는 것은 없죠. 그런데 왜 그래요?"

이화검이 걱정스러운 표정으로 물었다.

그러자 시월이 벌떡 일어났다. 그러고는 이화검의 손에서 천을 받아 물 묻은 손을 닦으며 말했다.

"서둘러야겠어요."

"갑자기 왜요?"

이화검이 되물었다.

휴식을 취하던 다른 사람들도 갑작스러운 시월의 행동에 놀라 그를 바라봤다.

"큰 싸움이 일어난 것 같아요. 일월문이 검문의 장원을 공격하고 있는 듯 해요."

"확실해요? 그걸 어떻게 알죠?"

이화검이 되물었다.

"웅덩이에 고인 물이 땅의 진동으로 흔들리고 있어요. 혹시나 해서 잠시 신경을 집중해 보니까 희미하게나마 병장기 소리도 들리는 것 같고요. 산을 넘어 이런 소리가 들린다는 것은 큰 싸움이 일어났다는 뜻이에요."

시월은 벌써 말고삐를 잡아 올리고 있었다.

그러자 이장룡과 이해검이 깜짝 놀라 시월 옆으로 다가왔다.

"정말 싸우는 소리가 들리는가?"

이장룡이 급히 물었다.

"들린다기보다는 느껴지는 것입니다. 어려서 수련할 때 이런 느낌들이 무슨 의미인지 알 수 있는 수련을 했지요. 단지 소리뿐만 아니라 땅의 진동이 함께 오고 있으니까 확실할 겁니다."

"음… 그럼 서둘러야겠군."

이장룡이 심각한 표정으로 말했다.

시월이 느낀 것에 대해 의구심을 갖는 것은 사치였다.

실제로 싸움이 일어났는지 아닌지는 확신할 수 없지만, 그래도 최악의 경우를 생각해 움직여야 했다.

무림의 싸움은 결국 고수의 숫자로 결정되는 경우가 많다.

아무리 큰 무림 세력 간 싸움도 동원되는 인원은 일천을 넘기는 일은 거의 없다.

이가검문과 일월문의 싸움은 그에 비하면 규모가 훨씬 작을 것이다.

많아야 이삼백, 그 정도 규모의 싸움에서 시월 정도의 고수는 단번에 전세를 급변시킬 수 있었다.

당연히 서둘 수밖에 없는 상황이었다.

"가시지요!"

어느새 말에 오른 이해검이 소리쳤다. 그러고는 급한 마음에 먼저 야산을 치달아 오르기 시작했다.

그 뒤를 따라 시월과 이화검이 아직 회복되지 않은 말들을 몰아댔다.

*   *   *

와아아!

산에 오르자 조금 더 확연하게 전장의 함성 소리가 들려왔다.

불행하게도 혹은 다행스럽게도 시월의 예상은 틀리지 않았다.

아스라이 먼 곳이지만, 뿌연 먼지를 일으키며 싸움을 벌이는 사람들은 분명히 이가검문의 무인들과 일월문 마인들이었다.

"망할 놈들! 감히 장원을 공격하다니!"

본문이 공격당하는 것을 본 이해검이 화를 참지 못하고 욕설을 내뱉었다.

"다행히 아직은 장원에 접근하지 못한 것 같군. 문주께서 장원 앞에서 적을 상대하기로 결정하신 것 같구나."

이장룡이 말했다.

"그럼 더더욱 문도들이 피해가 클 겁니다."

이해검이 걱정스럽게 말했다. 장원의 담장과 방책을 이용하지 않고 장원 밖에서 적을 상대하면 당연히 문도들의 손실이 커질 수밖에 없었다.

"장원이 불타거나 하면 아이들과 식솔들이 위험해질 수 있으니 그렇게 선택하신 걸 거다. 어서 가자. 가서 한 놈이라도 더 죽여야겠다."

이장룡이 살기를 드러냈다.

그러자 다른 쪽에서 두 사람의 대화를 듣고 있던 시월이 다른 사람보다 먼저 말을 몰아 산비탈을 달려 내려가기 시작했다.

"같이 가요!"

시월의 갑작스러운 출발에 놀란 이화검이 서둘러 시월을 따라갔다.

그러자 이장룡이 두 사람을 보며 입을 열었다.

"시월이 함께 와서 정말 다행이야. 저 아이라면 이 싸움에서 결정적인 변수를 만들어 줄 수 있을 거다. 천운이 따랐다고 해야 하나⋯⋯."

"맞습니다. 결국 하늘은 본문 편이라는 거죠."

"그런 것 같구나. 하지만 그렇다고 시월에게 의지하고 있을 수만은 없다. 누가 뭐래도 이가검문을 지키는 것은 우리 몫이니까."

"당연하지요. 먼저 가겠습니다!"

이해검이 대답을 하고는 재빨리 말을 몰아 시월과 이화검을 따라갔다.

"후우⋯ 젊음이 좋구나! 아마도 이번 싸움이 끝나면 본문은 저 아이들이 주도하게 되겠어. 이젠 나도 늙은이가 된 건가! 저 기백이 부럽군."

이장룡이 기대와 쓸쓸함이 함께 묻어나는 목소리로 중얼거렸다.

그러면서 시월 등에 비해 한결 느린 속도로 산비탈 아래로 말을 몰기 시작했다.

*　　　　*　　　　*

차차창!

전세는 우열을 가릴 수 없을 정도로 치열했다.

방어하는 이가검문의 문도 숫자는 적의 수에 비해 절반에도 미치지 못했지만, 그들이 구축한 방어선은 쉽게 무너지지 않았다.

물론 혼천마 모용이 자신이 데려온 전력 전부를 싸움에 투입하지 않은 것도 한 이유였다.

하지만 그것보다는 이가검문이 장원으로 향하는 길목에 단단하게 진형을 구축한 것과, 이가검문 문도들의 투지가 일월문의 마인들을 압도하고 있기 때문이었다.

그들의 놀라운 투지는 수적 열세에도 불구하고 이가검문이 일월문의 공격을 단단하게 막아내게 만들었다.

그런데 그런 강렬한 투지는 검웅 천복이 있었기에 가능한 일이었는지도 몰랐다.

검웅 천복의 무공은 이가검문이나 일월문을 통틀어서도 단연 눈에 띄었다.

군계일학, 그의 무공은 다른 사람들과는 차원이 달라서 그가 향하는 곳에서는 일월문의 마인들이 메뚜기떼처럼 흩어졌다.

일월문 입장에서는 검웅 천복을 넘지 않고는 절대 이 싸움을 승리로 이끌 수 없었다.

그런데 일월문에서 검웅 천복을 상대할 수 있는 사람은 오직 혼천마 모용밖에 없었다.

물론 그가 지난번 비무에서 검웅 천복에게 패했다고는 해도 수하들의 도움을 받으면 충분히 검웅 천복을 잡아둘 수는 있을 터였다.

하지만 모용은 수하들이 적지 않게 죽어가고 있음에도 불구하고 전혀 싸움에 뛰어들 생각을 하지 않았다.

그는 전장에서 수십 장 떨어진 후방에서 자신이 타고 온 가마에 앉아 술잔을 기울이며 싸움 구경을 하고 있었다.

그의 행동은 마치 이 싸움이 자신과는 아무런 상관이 없는 싸움인 듯 보였다.

하지만 사실 그는 누구보다 이 싸움에서 승리하길 바라고 있었다. 또한 그 승리를 위해 끈질긴 인내심을 발휘하는 중이었다.

그는 자신이 싸움에 뛰어드는 순간 싸움의 승패가 자신과 검웅천복의 대결에서 결정 날 거란 걸 누구보다 잘 알고 있었다.

그렇다는 것은 자신이 싸움에 뛰어들지 않는 이상, 이 싸움은 결국 세력이 강한 쪽이 승리하게 될 거란 것이 그의 판단이었다.

싸움에서 죽는 자는 일월문 쪽 마인이 훨씬 많았지만, 애초에 세력 면에서 크게 앞서 있던 일월문이어서 피해를 감수하고서라도 이가검문의 문도들 숫자를 줄여나가면 결국에는 이 싸움의 승자는 일월문이 될 것이기 때문이었다.

그래서 모용은 스스로 싸움에 뛰어들어 변수를 만드는 것보다, 수하들이 이가검문의 문도들과 양패구상에 가까운 싸움을 벌이는 것을 끈질기게 지켜보고 있었던 것이다.

"이대로… 두고 보실 생각이십니까?"

문득 가마 옆에 서 있던 초로의 검객이 혼천마에게 물었다.

장검을 든 그는 한눈에 보아도 뛰어난 검객임이 분명했다. 그뿐 아니었다. 그의 옆에는 그와 비슷한 기도를 가진 자들이 십여 명 더 서 있었다.

다른 일월문의 마인들과는 확연히 다른 느낌의 마인들이었다.

"아직은 기다리시게."

모용이 검객의 질문에 대답했다.

"이대로면… 너무 피해가 크지 않습니까?"

검객이 다시 물었다.

"이가 쪽 놈들도 죽어가고 있지 않은가?"

모용이 되물었다.

"…선봉을 양패구상시키실 생각이십니까?"

검객이 놀란 표정으로 물었다.

"안 될 것도 없지. 그게 확실하게 승리하는 방법이라면……."

"하지만 그래서는……."

"일월문 따위… 다시 만들면 그만이네."

혼천마 모용이 냉혹한 대답을 내놨다.

그러자 검객이 그런 혼천마를 두려운 시선으로 바라봤다.

승리를 위해 수하들쯤 얼마든지 희생시킬 수 있다는 혼천마의 독심은 과연 그가 강호를 두려움에 떨게 하는 삼십육마 중 한 명이라는 사실을 새삼스럽게 떠올리게 만들었다.

"저자만 죽이면 싸움이 끝날 것도 같습니다만……."

검객이 양 떼들 사이에서 호랑이처럼 움직이고 있는 검웅 천복을 가리키며 말했다.

혼천마의 방식이 확실한 승리를 보장할 수 있지만, 그럼에도 불구하고 지나치게 소극적인 방식이라고 생각한 모양이었다.

"그렇겠지. 하지만 누가 저 늙은이를 죽일 수 있겠나. 나중에… 이가 놈들이 모두 죽으면 그때 호랑이 사냥을 하는 게 맞아."

혼천마는 자신의 전략을 바꿀 생각이 없는 듯 보였다.

"허락하신다면… 저희들이 저자를 상대해 보고 싶습니다만……."

검객이 검웅 천복과의 싸움을 자청했다.

그러나 혼천마 모용이 즉시 고개를 저었다.

"허락할 수 없네."

"…저희가 패할 거라 생각하시는군요."

검객이 자존심이 상한 표정으로 말했다.

"그래서가 아니야. 마검림의 일백 검객 중 열 명이 저 늙은이 하나 상대하지 못할까. 하지만, 저 늙은이를 죽이려면 자네들 중 두어 명은 함께 죽어야 할 걸세. 그렇게 되면 내가 무슨 낯으로 마검림주를 볼 수 있겠는가."

"죽고 사는 거야 전장의 다반사지요."

"그래도 자네들은 죽으면 안 돼. 이가검문 따위 상대하는 데 마련 형제들의 도움을 받는 것도 창피한 일인데, 자네들 중 누가 죽기라도 하면 내가 어찌 마련에서 얼굴을 들고 살 수 있겠는가. 지루해도 좀 참게. 얼마 지나지 않아 마음껏 피를 볼 시간이 올 테니까."

혼천마가 단호하게 검객들의 싸움을 허락지 않았다.

그리고 싸움은 서서히 혼천마의 예상대로 흘러가고 있었다.

시체가 산처럼 쌓이고 피가 바다처럼 흐른다.

비탈진 전장터는 어느새 시체를 밟지 않으면 움직일 수 없을 정도로 처참하게 변해 있었다.

이가검문의 문도 중 죽은 자의 숫자가 서른을 넘어가고 있었다.

당연히 일월문의 피해는 더 컸다.

근 백여 명에 이르는 일월문 마인들이 목숨을 잃은 상태였다.

하지만 그럼에도 불구하고 일월문의 마인들을 끊임없이 밀려들었다.

혼천마 모용은 죽은 자들 자리를 뒤에 남아 있던 마인들을 보내 보충했다.

이가검문에서도 장원을 지키던 몇몇 무인들이 전장으로 달려왔지만, 그 숫자는 일월문의 마인들에 비하면 턱없이 부족했다.

전세가 서서히 이가검문에 불리하게 흐르기 시작했다.

분명 각자 적과의 싸움에서는 이기고 있는데, 전력은 점점 약해지고 있었다.

이런 식으로 문도들이 줄어들다가 혼천마가 남은 전력을 일거에 투입하는 순간이 오면 그때는 한순간에 방어선이 무너질 수도 있었다.

검옹 천복, 장주 이장춘과 그의 형제들이 아무리 뛰어난 무공을 가지고 있어도, 다른 변수가 없다면 마지막에는 결국 이가검문의 무너지고 말 것이 분명했다.

"좋지 않습니다."

온몸이 피에 젖은 아우 이장종이 장주 이장춘 옆으로 다가오며 소리쳤다.

"알고 있네."

이장춘이 어두운 표정으로 대답했다.

그러면서도 그는 쉬지 않고 검을 휘둘렀다.

서걱!

"악!"

그를 향해 달려들던 마인 한 명이 가슴에서 피 분수를 터뜨리며 쓰러졌다.

"다른 방법을 강구해야 합니다."

이장종이 다급하게 말했다.

"…후일을 도모해야 하는가!"

이장춘이 탄식을 흘렸다.

"식솔들을 데리고 떠나십시오. 적들은 저와 아우가 막겠습니다. 이대로라면 전멸을 면치 못할 겁니다."

"그럴 수는 없지. 장주인 내가 어찌 장원을 버린단 말인가. 자네가 봉검과 광검이를 데리고 후일을 도모하게. 난 갈 수 없으니!"

"형님! 형님 한 명의 명예보다 가문의 미래를 생각하십시오! 얼른 가세요."

이장종이 화를 내며 말했다.

"가문의 미래를 생각해도 내가 남는 게 좋아. 문도를 버린 문주가 이끄는 문파와, 문도와 함께 죽어간 문주를 가진 문파! 어떤 문파의 앞날이 밝겠는가? 내가 죽으면 이가검문은 잠시 어렵겠지만 강호의 존경을 받으며 금세 세력을 회복할 걸세. 하지만 내가 살면… 우린 강호의 비웃음거리가 될 뿐이야. 그러니 자네가 가는 것이 옳은 일이네."

"제가 어찌 형님 두고 간단 말입니까?"

이장종이 있을 수 없는 일이라는 듯 고개를 저었다.

그러자 갑자기 이장춘이 강압적인 표정으로 입을 열었다.

"이가검문의 문도 이장종은 문주의 명을 받으라! 지금 즉시 장원으로 돌아가 식솔들을 데리고 환무산을 떠나라! 문파의 존망이 그대에게 달렸으니 명을 수행치 못하면 스스로 죽음으로써 벌을 받으라!"

이장춘의 단호한 명에 이장종이 아무런 말도 하지 못하고 이장춘을 바라봤다.

그때 멀리서 또 다른 아우 이장한의 목소리가 들렸다.

"장종 형님! 문주님의 명을 따르세요! 문주님은 이 아우가 반드시 지키겠습니다!"

이장한의 외침에 이장종이 침통한 표정을 짓다가 결국 이장춘에게 고개를 숙여 보였다.

"문도 장종! 문주님의 명을 한 치의 실수도 없이 이행하겠습니다! 그러니 문주 형님께서도 부디 몸을 보존하십시오!"

그 말을 남기고 이장종이 눈물을 뿌리며 장원을 향해 달려가기 시작했다.

＊　　　　＊　　　　＊

"이놈들! 모두 죽여주마!"

이장종이 가문의 식솔들을 피신시키기 위해 장원을 돌아가자 남은 이가검문의 문도들이 혼신의 힘을 다해 일월문의 마인들을 공격하기 시작했다.

특히 이장한은 죽기 위해 싸우는 사람들처럼 적진에 뛰어들어 검기를 뿌려댔다.

그런데 그때 갑자기 한마디 노성과 함께 마인들에게 어울리지 않는 화려한 무복을 입은 자가 이장한을 향해 달려들었다.

"일전에 진 빚을 받아야겠다! 그 애송이 놈이 없다니 너라도 목을 내봐라!"

파파팟!

이장한을 향해 달려든 백의인의 검에서 세 줄기의 검기가 날카롭게 뻗어나갔다.

"흡!"

무서운 기세로 일월문의 마인을 베어가던 이장한이 섬뜩한 기세에 놀라 황급히 뒤로 물러났다.

차차창!

뒤로 물러나며 휘두른 이장한의 검을 백의인의 검이 무서운 힘으로 때려댔다.

주르륵!

백의인의 공격에 밀린 이장한은 대여섯 걸음 뒤로 물러나 겨우 몸을 세웠다.

그러고는 자신을 공격한 마인(魔人)을 바라봤다.

"화중마!"

이장한의 입에서 놀란 음성이 흘러나왔다.

자신을 공격한 자가 삼십육마의 일인 화중마 백우양이었던 것이다.

"지난 일 년간 그 애송이 놈에게 당한 상처를 치료하느라 애를 먹었지. 그래서 이번에 반드시 그놈의 목을 베려 했는데 그놈이 이곳을 떠났다더군. 그러니 어쩌겠느냐? 다른 놈들의 목이라도 베어화를 풀어야지. 이장한! 네가 이가검문주의 세 동생 중 한 놈이라들었다. 네 목을 베면 내 화가 어느 정도는 풀릴 것 같구나! 목을 늘여라!"

화중마 백우양이 노성을 터뜨리며 다시 이장한을 향해 달려들었다.

"사악한 색마 따위에게 당할 내가 아니다!"

이장한도 상대가 삼십육마임에도 불구하고 두려움 없이 백우양을 향해 마주 달려 나갔다.

카카캉!

순식간에 이장한과 백우양이 엉켜 들었다.

두 사람은 반드시 상대를 죽이겠다는 듯 자신의 몸을 돌보지 않고 적을 공격했다.

그들은 자신의 몸이 적의 검에 베이는 것을 아랑곳하지 않고 살기 충만한 검기를 적의 급소에 꽂아 넣었다.

하지만 두 사람의 우열은 금세 드러났다. 순식간에 이장한의 몸이 피투성이로 변했다.

그럼에도 불구하고 이장한은 백우양을 향한 공격을 멈추지 않았다.

"놈! 일단 네놈 다리를 자르겠다!"

지난번 비무에서 시월에게 어깨를 찔려 한동안 고생한 것에 대해 복수를 하듯 백우양이 벼락처럼 이장한의 오른쪽 다리를 베었다.

서걱!

"욱!"

한순간에 오른 허벅지 깊이 검상을 입은 이장한이 비틀거리며 뒤로 물러났다.

"이번에는 네 목이다. 이자치고는 비싸구나. 하하하!"

비틀거리는 이장한의 목을 베기 위해 백우양이 허공으로 떠올랐다.

그런데 그때 갑자기 남쪽에서 사자후가 터져 나왔다.

"화중마! 멈춰라! 소원이라니 오늘 내가 널 죽여주마!"

*　　　*　　　*

화무산을 뒤흔드는 사자후에 전장의 무인들이 자신도 모르게 싸움을 멈췄다.

두두두!

싸움을 멈춘 사람들 눈에 질풍처럼 말을 몰아오는 일곱 명의 무인이 보였다.

그리고 그중 가장 앞에서 달리던 사내가 한순간 말 등을 차고 올라 허공을 날았다.

파파팟!

말에서 날아올라 사오 장을 이동해 땅에 내려선 사내가 무서운 속도로 땅을 박차고 달리기 시작했다. 그는 거침없이 전장에 뛰어들더니, 그대로 백우양을 향해 달려들었다.

그 모습을 보고 이가검문의 수뇌들이 사내의 정체를 알아챘다.

"시월! 어떻게 자네가……."

이장춘의 입에서 놀란 음성이 흘러나왔다. 그는 중원에 있어야 할 시월이 나타난 것에 무척 놀란 듯 보였다,

하지만 이장춘보다 더 놀란 사람은 당연히 화중마 백우양이었다.

이장한의 목을 베어 지난번 비무에서 시월에게 패한 분풀이를 하려는 순간, 자신에게 패배의 쓰라림을 안겨 주었던 시월이 눈앞에 거짓말처럼 다시 나타나자 백우양은 한순간 공황 상태에 빠졌다.

"네놈이 어떻게……?"

백우양이 믿을 수 없다는 듯 당혹스러운 음성으로 말을 흘렸

다. 순간 시월이 자신의 등장에 석상처럼 굳어 버린 백우양을 향해 벼락처럼 비도를 날렸다.

팟!

시월의 손을 떠난 비도가 무서운 속도로 백우양의 미간을 향해 날아갔다.

그의 비도가 단번에 백우양의 머리를 꿰뚫을 것 같았다. 하지만 비록 백우양이 갑작스러운 시월의 등장에 공황 상태에 빠졌다 해도, 그는 수십 년 동안 강호의 일대거마로 군림해온 인물이었다.

그래서 그의 몸이 머리보다 먼저 위험을 감지하고 본능적으로 옆으로 이동했다.

팟!

시월의 비도가 아슬아슬하게 백우양의 뺨을 스치고 지나갔다.

잘생긴 것을 넘어 아름답기까지 하다는 백우양의 얼굴에 한순간 붉은 혈선이 그어졌다.

순간 백우양이 퍼뜩 정신을 차렸다.

"놈!"

얼굴에 상처를 입고 나서야 정신을 차린 백우양이 새삼스레 묻어 두었던 시월에 대한 분노를 터뜨렸다.

백우양이 시월을 향해 날아오르며 마주 검을 뻗었다.

차르릉!

백우양의 애검인 연검이 그의 진기를 견디지 못하고 날카로운 파공음을 일으키며 검기를 뿜어냈다.

파파팟!

백우양의 검에서 뻗어 나온 검기들이 시월을 향해 화살처럼 날아갔다.

순간 시월 역시 백우양을 향해 벼락처럼 서너 번 검을 휘둘렀다. 그러자 시월의 검에서 여러 줄기의 검기들이 일어났다.

콰아아!

시월의 검에서 일어난 검기의 조각들이 백우양을 향해 뻗어나가더니 거침없이 백우양의 검기와 충돌했다.

카카캉!

순식간에 장내에 사람들의 고막을 어지럽히는 날카로운 충돌이 사방으로 퍼져나갔다. 유성처럼 떨어지는 시월의 검기가 화살처럼 날아오르는 백우양의 검기를 허공에서 모두 흩어버린 것이다.

그런데 그것이 전부가 아니었다.

백우양의 검기들을 막아낸 시월이 몸이 한순간 흐릿해지나 싶더니 다음 순간 검기들의 잔영을 스쳐 지나 불쑥 백우양 앞에 나타났다.

"흡!"

마치 공간을 뛰어넘듯 자신 앞에 나타난 시월의 움직임에 놀란 백우양이 다급한 음성을 흘리며 뒤로 물러나려 했다.

그 순간 시월의 발이 백우양의 다리를 걸어찼다.

쾅!

"억!"

도검을 든 고수라면 좀처럼 사용하지 않은 시월의 각법에 종아리를 걸어차인 백우양이 마치 처음 무공을 수련하는 어린애처럼 벌렁 뒤로 넘겨졌다.

하지만 고수는 고수여서 뒤로 넘어지는 상황에서도 백우양은 자신의 등이 땅에 닿기 전 재빨리 몸을 회전해 땅에 나뒹구는 것을 모면한 후 손과 발로 기듯이 움직여 이삼 장 뒤로 물러났다.

그런데 그가 막 시월의 손에서 벗어났다고 생각하는 순간, 다시 한 자루 비도가 그의 다리를 향해 날아들었다. 그러고는 사정없이 백우양의 허벅지를 뚫고 들어갔다.

퍽!

"큭!!"

허벅지를 파고든 비도의 충격에 백우양이 자신도 모르게 한쪽 무릎을 꿇었다.

그러고는 본능적으로 허벅지에 박힌 비도를 빼내려고 비도에 손을 댔다. 그런데 그 순간, 쉴 틈을 주지 않고 시월이 백우양을 향해 검에 휘둘렀다.

백우양이 시월의 공격에 놀라 옆으로 몸을 날려 땅 위를 굴렀다.

퍼퍼펙!

백우양이 몸을 구르는 방향을 따라 시월의 검기들이 거칠게 박혀 들었다.

그렇게 몇 차례를 굴러가며 검기를 피했지만 결국 백우양의 한쪽 어깨에 시월의 검기가 박혔다.

퍽!

"욱!"

다리에 비도가 박히고, 어깨는 검에 뚫려 버리자 백우양은 더 이상 도주할 힘을 잃고 그 자리에 주저앉았다.

"이… 이놈!"

백우양이 더 이상 대항할 수 없다는 절망감에 시월을 노려보며 욕설을 내뱉었다.

땅을 구르느라 더럽혀진 옷과 비도가 박힌 다리. 그리고 검을 제대로 들 수 없을 만큼 깊게 찔린 어깨는 백우양을 이전과 전혀 다른 사람으로 만들어 버렸다.

천하의 모든 여인들을 유혹할 수 있다는 그의 요기로운 아름다움은 더 이상 존재하지 않았다.

초로의 나이임에도 불구하고 그가 아름다운 외모를 가지고 있었던 것은 그의 강력한 공력 때문이었다. 그는 진기를 이용해 노화를 막고 있었는데, 시월과의 대결에서 대거 공력을 상실하자 한순간 그의 얼굴이 수십 년은 늙은 것처럼 변했다.

시월이 그런 백우양 앞에 다가오더니 망설이지 않고 검을 휘둘렀다.

캉!

시월이 휘두른 검에 백우양의 검이 그의 손에서 멀리 떨어져 나갔다.

시월이 백우양을 검을 튕겨 버리고는 한 손으로 백우양의 목덜미 옷자락을 잡아 들더니 그대로 백우양을 이장한 앞으로 던졌다.

쿵!

"악!"

백우양의 입에서 대마인답지 않게 처절한 비명이 터져 나왔다.

백우양이 자신 앞에 나뒹굴자 이장한이 시월을 바라봤다.

"그자가 감히 숙부님의 다리를 베었으니, 그 빚은 숙부께서 직접 받으시지요."

"음! 알겠네."

이장한이 시월을 뜻을 알아차리고는 검을 든 채 백우양 앞으로 절뚝이며 다가갔다.

그러고는 거침없이 백우양을 향해 검을 치켜들며 말했다.

"본문은 비록 적이라 해도 고통을 주거나 모욕하지 않는다. 네 목숨으로 이가검문에 도전한 대가를 치러라. 잘 가거라!"

번쩍!

이장한의 검이 거침없이 허공을 갈랐다.

서걱!

백우양이 뭐라고 변명하거나 목숨을 구걸할 사이도 없이 이장한의 검이 백우양의 목을 베고 지나갔다.

쿵!

비명도 없었다.

백우양은 한순간에 숨이 끊어져 이장한 앞에 쓰러졌다.

갑자기 전장이 조용해졌다.

시월이 나타난 이후 백우양이 죽을 때까지 걸린 시간은 채 일각이 되지 않았다.

그 시간 동안 적아를 막론하고 시월과 백우양의 싸움을 지켜보느라 싸움은 소강상태였는데, 백우양이 허무하게 죽임을 당하자 아예 싸움이 멈춰버린 것이었다.

그러나 그 침묵은 그리 오래가지 않았다.

"이가검문의 문도들은 들어라! 감히 본문을 침범한 마졸들을 단 한 놈도 살려 보내지 말라!"

이장춘의 입에서 사자후가 터져 나왔다.

백우양이 죽음은 곧 이 싸움에서 이가검문이 승리할 수 있는 전환점이 되었다.

시월 등의 등장과 백우양의 죽음으로 한껏 사기가 오른 이가검문의 무인들이 환무산을 뒤흔드는 고함을 질러대며 이장춘의 명령에 호응했다.

"와아아!"

"마졸 놈들! 모두 죽여주마!"

강렬한 투지가 이가검문의 문도들에게서 터져 나왔다. 전의가 상승한 이가검문의 무인들이 사방에서 태풍처럼 일월문의 마인들을 공격하기 시작했다.

*　　　　　　*　　　　　　*

"숙부님 잠깐만 기다려 보시죠. 검문의 무사들이 반격을 하고 있습니다!"

장원으로 돌아와 숨어 있던 아녀자들과 아이들을 데리고 장원을 떠날 준비를 하던 이장종에게 이장춘의 둘째 아들 이봉검이 달려와 말했다.

"뭐라고? 본문이 반격을 한다고?"

"그렇습니다. 아무래도 본문이 승기를 잡은 것 같습니다."

"…어떻게 말이냐?"

이장종이 이해할 수 없다는 표정으로 물었다.

이장춘의 명을 받고 피눈물을 흘리며 장원으로 돌아올 때의 전황은 이가검문에게 절망적이었다. 이가검문의 전력으로는 도저히 일월문의 마인들을 당해낼 수 없었다.

그래서 이장종이 이장춘의 명을 받아 눈물을 머금고 장원으로 돌아와 후일을 위해 식솔들을 피신시키려 했던 것이었다.

그런데 전황이 갑자기 이가검문에 유리하게 변했다니 쉽게 믿을 수 없는 일이었다.

"북왕산에 가셨던 첫째 숙부님과 형님이 돌아오셨답니다."

"아! 형님께서!"

이장종이 탄성을 흘렸다.

하지만 금세 그의 표정이 다시 어두워졌다.

"하지만 형님과 해검이 돌아왔다고 전세가 크게 변하기는 어려울 텐데?"

단 두 사람의 복귀로 기울었던 전황이 유리하게 변했다는 것을 이장종은 믿을 수 없었다.

그러자 이봉검이 고개를 저으며 말했다.

"두 분만 온 것이 아닙니다. 두 분과 함께 화검과 시월 매제가 왔답니다. 시월 매제가 싸움에 뛰어들어 화중마 백우양을 쓰러뜨렸습니다. 쓰러진 그를 장한 숙부께서 목을 벴답니다. 그래서 본문 문도들의 사기가 크게 오르고, 반면 일월문 마인들은 전의를 상실한 듯합니다. 전세는 완전히 역전되었습니다!"

"오! 조카사위가 왔다고? 그리고 백우양을 베었어?"

그제야 모든 상황이 이해가 간다는 듯 이장종이 탄성을 질렀다. 시월이라면 충분히 백우양을 벨 수 있다는 사실을 이장종은 알고 있었다. 이미 구하변 비무에서 백우양을 꺾었던 시월이 아닌가.

"숙부님! 그러니까 이제 저도 출전할 수 있게 허락해 주십시오!"

이봉검이 출전의 허락을 구했다.

그러자 이장종이 급히 고개를 저었다.

"안 될 말! 문주께 너희들이 받은 명이 있지 않느냐? 장원을 방어하면서 식솔들의 목숨을 지키라는! 문주님의 명이 있기 전에는 장원을 지켜라!"

"그 일은… 광검이 있지 않습니까? 지금 전장에는 한 사람이라도 더 필요한 상황일 겁니다. 승기를 잡은 지금 몰아붙이지 않으면 언제 다시 전세가 역전될지 모르지 않습니까?"

이봉검이 고집을 부렸다.

그러자 이장종이 잠시 생각에 잠겼다가 고개를 끄떡였다.

"하긴 네 말도 일리가 있다. 애초에 너와 광검 둘이 장원을 지켰는데 나까지 와 있으니까 한 사람 정도는 나가 싸울 수 있겠지. 하지만 그럴 거면 내가 다시 나가 싸우겠다."

이장종이 갑자기 전의를 일으켰다.

그러자 이봉검이 이장종 앞에 재빨리 고개를 숙이며 말했다.

"숙주님! 부디 이 조카가 적들과 싸울 기회를 주십시오. 첫째 형님이 돌아오셨다고는 하나 문주의 아들들이 싸움에 참여하지 않고 장원에 남아 있었다는 소문이 무림에 돌면 우리 형제들은 사람들의 손가락질을 받게 될 것입니다."

이봉검이 간절하게 부탁하자 이장종의 표정이 변했다.

"정말 그렇게 싸우고 싶으냐?"

"그렇습니다."

이봉검이 망설이지 않고 대답했다.

그러자 이장종이 결국 고개를 끄떡였다.

"좋다. 그럼 나가 싸워라! 그리고 일단 싸움에 뛰어들면 절대 몸을 사려서는 안 된다. 이가검문 무인으로서의 명예를 꼭 지키거라."

"예. 숙부님! 명심하겠습니다! 감사합니다!"

이봉검이 감격한 표정으로 고개를 숙여 보인 후 급히 몸을 돌려 장원의 입구 쪽을 향해 달리기 시작했다.

"후… 그래도 제발 몸조심하거라. 전장은 언제나 위험한 곳이니."

이장종이 차마 하지 못한 말을 조용히 뇌까렸다.

제6장
—
위대한 전쟁

급변한 전장 상황에 가장 당황한 사람은 일월문주 혼천마 모용이었다.

그는 이 싸움의 승리를 한 번도 의심치 않았다. 일월문의 수하들 전부가 죽어도 결국 이가검문주의 목을 베고 이가검문을 차지할 사람은 자신일 거라는 확신을 가지고 있었던 모용이었다.

그런데 단 한 사람, 칠선문의 애송이가 나타나는 순간 모든 것이 변했다.

애송이 손에 백우양이 죽자 일월문의 마인들은 급격하게 전의를 상실했다. 전의를 상실한 일월문의 마인들은 급기야 그가 있는 곳까지 밀려나고 있었다.

"이대로는 힘들 것 같습니다만……."

그를 돕기 위해 온 마검림의 마인 중 우두머리 검객이 조심스럽게 말했다.

그러자 모용이 살짝 눈살을 찌푸렸다. 상황이 영 마음에 들지 않았다. 하지만 지금은 자신이 나서거나, 혹은 마검림 검객들의 도움이 없이는 결코 전황을 되돌릴 수 없었다.

"그렇군. 가급적 자네들의 손을 빌리고 싶지 않았는데, 어쩔 수 없이 도와주셔야겠네."

"맡겨 주십시오."

모용이 드디어 마검림의 검객들의 출전을 부탁하자 열 명의 마검림 검객이 강렬한 살기를 뿜어내며 전장을 향해 달려가기 시작했다.

시월은 백우양을 꺾은 이후에는 잠시 뒤에 쳐져 싸움의 양상을 관망하고 있었다.

싸움을 회피하는 것은 아니었다. 다만 그는 일월문의 마인들과 싸우고 있는 이화검을 자신의 시야에서 놓치고 싶지 않았을 뿐이다.

이화검은 일월문의 마인들을 향해 거침없이 검을 휘두르고 있었다.

시월과 함께 칠선문으로 간 이후, 비무를 제외하고는 제대로 검을 써 본 적이 없는 이화검이었다.

그런 이화검은 이가검문을 공격하는 일월문 마인들을 목격하는 순간 그동안 잠시 봉인해 두었던 이가검문 최고의 여검사로서의 투지가 되살아난 것이다.

시월은 그런 이화검을 말리지 않았다. 다만 그녀에게 위험이 닥치면 언제든 돕기 위해 일정한 거리를 두고 그녀를 지켜보고 있을 뿐이었다.

그런데 그런 시월의 눈에 전장으로 달려드는 열 명의 마검객들이 보였다.

그들의 기도는 지금까지 싸움을 벌이던 일월문의 마인들과 확연히 달랐다. 살수라고는 할 수 없지만, 뿜어져 나오는 기세는 살수의 그것만큼 살벌하고 위험해 보였다.

시월의 우려대로 전장에 뛰어든 마검림의 검객들은 기울어져 가던 전세를 다시 한번 반전시켰다.

"욱!"

"컥!"

마검림 검객들의 검에 선두에서 적을 공격하던 이가검문의 문도들 십여 명이 한순간에 쓰러졌다.

순간 위기를 깨달은 이장춘이 급히 명을 내렸다.

"물러나 전열을 정비하라!"

이장춘의 명이 떨어지자 적진 깊숙이 파고들었던 이가검문의 문도들이 황급히 뒤로 물러나 이장춘 앞쪽에서 반원형의 진형을 형성하기 시작했다.

마검림이 검객들은 이가검문의 문도들이 진형을 갖추는 것을 지켜보고만 있지 않았다.

그들은 거침없이 이가검문의 문도들 사이로 뛰어들어 이가검문의 전열을 흩뜨리려고 했다. 그리고 그중 한 명이 이화검을 공격했다.

카캉!

"흡!"

갑자기 나타나 자신을 공격하는 마검림 마인의 검을 막아낸 이화검이 다급히 숨을 들이쉬며 서너 걸음 물러났다. 그러고는 두

손으로 검을 콱 움켜쥐었다.

그만큼 상대의 검에 실린 공력이 강해서 자칫 손에 든 검을 놓칠 뻔한 이화검이었다.

"계집! 검을 버리면 살려준다! 물론 내 노예가 되어야겠지만!"

이화검을 물러나게 만든 마검림의 마인이 싸늘한 살기를 뿜으며 협박했다.

그런데 그의 말이 채 끝나기도 전에 갑자기 이화검의 뒤쪽에서 한 줄기 빛이 뻗어 나오는가 싶더니 그대로 마검림 마인의 가슴을 사선으로 가르며 지나갔다.

다음 순간 모두가 믿지 못할 일이 벌어졌다.

스르르!

이화검을 공격하던 마검림 마인의 가슴에서 빛줄기가 지나간 자리를 따라 옷이 흘러내렸고, 뒤를 이어 갑자기 피 분수가 터져 나왔다.

"왁!"

뒤늦게 마검림 마인이 격한 비명을 피와 함께 토했다.

그리고 눈을 들어 자신을 공격한 자를 찾다가 한순간 동공에 힘을 잃고 허물어졌다.

쿵!

마검림의 마인이 통나무처럼 전장에 쓰러졌다. 마검림의 마인이 쓰러지는 순간 시월이 이화검 앞을 가로막았다.

"아버님 곁으로 가요. 가서 아버님을 지켜드려요."

시월이 말했다.

그러자 이화검이 고개를 저었다.

"아뇨. 여기서 싸우겠어요."

이화검이 표정은 전의로 들끓고 있었다. 위험은 그녀에게 어떤 두려움도 주지 않는 듯싶었다.

그러자 시월이 차분하게 이화검에게 말했다.

"이 싸움을 이렇게 계속 끌고 갈 수는 없어요. 그럼 문도들의 피해가 너무 커요."

"어떻게 하려고요?"

이화검이 물었다.

"검옹 어르신을 도와서 저 인간을 잡아 볼게요."

시월의 시선으로 가마에 앉아 있는 혼천마 모용을 가리키며 말했다.

그러자 이화검이 걱정스러운 표정으로 물었다.

"그게… 가능해요?"

"나 혼자라면 접근하기 힘들겠지만, 검옹 어르신과 함께라면 길을 열고 저자를 벨 수 있을 것 같아요. 그러니까 아버님 곁으로 가서 문도들과 함께 아버님을 지켜요. 이 마검객 무리는 아버님을 노리는 것 같으니까."

시월이 땅에 쓰러진 마검림의 마인을 가리키며 말했다.

그러고 보니 마검림의 마검객들이 향하는 방향에는 이장춘이 있었다.

"알았어요. 조심해요."

이화검이 이장춘을 지키는 일이 급선무라는 것을 깨닫고 더 이상 고집을 부리지 않았다.

대답을 한 이화검이 이장춘에게로 달려갔다.

이화검이 이장춘 쪽으로 달려가자 시월이 빠른 속도로 검웅 천복을 향해 다가갔다.

"어르신!"

"어서 오게. 온 것을 보고도 인사 나눌 여유가 없었군! 이 자들이 오늘은 제법 준비를 단단히 하고 온 것 같아."

선두에서 거의 혼자만의 힘으로 적의 전진을 막고 있던 검웅 천복이 검을 휘둘러 달려드는 마인들을 막아내며 소리쳤다.

그러자 시월이 조금 더 천복 옆으로 다가가 나직하게 말했다.

"혼천마를 잡죠. 제가 길을 만들겠습니다."

"음… 가능하겠나?"

검웅 천복이 눈빛을 반짝였다. 그도 혼천마를 벨 수만 있다면 뭐든 할 기세였다.

"저 이상한 검객들이 혼천마 옆에 있을 때는 어려웠을 수도 있지만. 지금이라면 그의 곁을 지키는 자들은 뚫을 수 있을 겁니다."

시월이 마검객들을 가리키며 말했다.

"그렇군. 놈들이 싸우러 나온 것이 오히려 기회를 주는군. 좋아 그럼 우리 둘이 한 번 같이 해보세!"

검웅 천복이 흔쾌히 대답했다.

그러자 시월이 마주 고개를 끄덕인 후 검웅 천복에 앞서 적을 향해 다가서기 시작했다.

*   *   *

번쩍!

시월의 검이 써늘한 검광을 흩뿌렸다.

순간 그의 앞을 막던 두 명의 마인이 짚단처럼 쓰러졌다.

쾅!

시월이 쓰러진 두 마인 뒤에 있던 자를 강하게 걷어찼다.

"악!"

시월의 발길질에 당한 마인이 이삼 장 뒤로 날아가 땅 위에 널브러졌다.

그러자 시월이 검을 좌우로 그어냈다.

콰아!

그의 검에서 만들어진 강력한 검기가 적들을 향해 뻗어나갔다.

"피햇!"

언제나 본능은 이성을 압도한다.

물러나면 나중에 혼천마 모용에게 큰 벌을 받을 거라는 걸 알면서도 혼천마의 가마 앞을 막아서던 마인들이 일시적으로 좌우로 흩어졌다.

그러자 드디어 길이 열렸다. 길이 만들어진 이상 시월로서는 망설일 것이 없었다.

시월이 혼천마 모용을 향해 열린 길을 따라 가마를 향해 돌진하기 시작했다.

"물러나지 마라! 물러나는 자는 죽는다!"

혼천마가 자신을 향해 폭주하는 시월을 보며 물러나는 부하들을 협박했다.

그러자 잠시 시월의 기세에 밀려 뒤로 물러났던 일월문의 마인들이 물이 차듯 다시금 시월의 앞쪽을 막아섰다.

그러자 시월도 평소의 그답지 않게 강력한 사자후를 터뜨렸다.

"막는 자는 죽는다! 혼천마는 반드시 오늘 죽는다. 살고 싶은 자는 당장 검을 버리고 이곳을 떠나라!"

환무산을 밀어버릴 것 같은 사자후가 터져 나오자 혼천마의 협박에 시월을 막아서던 일월문의 마인들은 주춤거렸다.

"이놈들 정말 죽고 싶은 것이냐?"

혼천마가 망설이는 마인들에게 욕설을 퍼부었다.

그 순간 시월의 검이 허공에 눈부신 검기를 뿌렸다. 그러자 검기에 베인 일월문의 마인 서넛이 짚단처럼 쓰러졌다.

시월의 기세에 질린 일월문의 마인들이 혼천마의 협박에도 불구하고 다시 뒤로 물러났다.

그러자 혼천마가 오랫동안 그를 호위해 온 호위무사들이자 가마꾼이기도 한 심복들을 향해 소리쳤다.

"안 되겠다! 너희들이 나서라!"

"예, 혼천마님!"

혼천마에게 영혼까지 굴복된 호위무사들이 대답을 한 후 시월을 향해 달려들었다.

스슥!

시월은 자신을 향해 달려드는 팔 인의 호위무사들을 상대도 대여섯 걸음 뒤로 물러났다.

그러자 마인들이 시월이 자신들을 두려워한다고 생각했는지 더욱 흉성을 드러내며 시월을 덮쳤다.

"네놈의 사지를 베어 혼천마님께 무례하게 군 벌을 내리겠다."

혼천마의 호위무사 여덟 명이 만들어내는 검진의 위력은 대단했다.

그들은 마치 회오리바람을 일으키듯 끊임없이 회전하며 시월을 덮쳤다. 한순간에 시월이 마인 여덟 명의 검진 속에 갇혀 버렸다.

＊　　　　＊　　　　＊

"흐흐흐, 빌어먹을 놈. 그 아이들이 얼마나 무서운지 네놈은 상상도 못했을 거다. 그 아이들은 어려서부터 날 지키기 위해 길러진 아이들이야. 날 위해선 죽음도 두려워 않지. 그 아이들의 합공을 견뎌낼 자가 무림엔 없다. 애송이 놈, 오늘이 네놈 제삿날이다. 살점 한 조각 남기지 않을 것이다!"

오랜 심복들에게 포위된 시월을 보며 혼천마 모용이 득의한 웃음을 흘렸다.

그런데 그때였다.

갑자기 좌측면에서 서늘한 기운이 느껴지더니 한순간 검은 그림자가 그의 가마를 향해 무서운 속도로 다가왔다.

순간 위험을 직감한 혼천마가 급히 외쳤다.

"막앗!"

혼천마의 명에 마지막까지 남아 있던 두 명의 호위무사가 급히 가마의 좌측으로 이동했다.

하지만 그들은 다가오는 검을 향해 검을 휘두르기도 전에 노 검객이 만들어낸 두 갈래의 검기에 그대로 피를 뿌리며 쓰러졌다.

"퀵!"

"윽!"

두 마디 신음과 함께 혼천마의 호위무사들이 쓰러지자 노 검객이 허공으로 도약하더니 들도 있던 검을 혼천마의 가마를 향해 일직선으로 내리그었다.

번쩍!

쩌저적!

혼천마의 가마가 검이 지나간 길을 따라 정확하게 반으로 갈라졌다.

쿵!

반으로 갈라진 가마가 좌우로 쪼개져 땅 위에 허물어졌다.

"이 빌어먹을 늙은이!"

가마가 갈라지는 순간 가마에서 몸을 피한 혼천마 모용은 무너진 가마 위에 서서 자신을 바라보는 검옹 천복을 보며 이를 갈았다.

"마두인지는 알았지만 자신의 약속조차 지키지 않는 소인배일 줄은 몰랐군. 그 대가로 오늘, 네 목이 잘리는 것이다. 네 목을 베어 이가검문 선조들의 영전에 제를 올리겠다!"

검옹 천복이 혼천마 모용을 향해 검을 겨누며 말했다.

"이 빌어먹을 늙은이! 너 따위에게 내가 당할 것 같으냐?"

창!

혼천마가 양 소매 속에서 금륜을 꺼내 들며 소리쳤다.

"네가 내 검을 막을 수 없다는 것은 이미 구하변에서 증명되지 않았느냐? 아쉽게도 오늘은 그때처럼 도주할 기회조차 없을 것이다. 오늘은 절대 널 살려 보내지 않을 테니까."

콰직!

검옹 천복이 부서진 가마를 발로 짓이기며 혼천마 모용을 향해 다가서기 시작했다.

*   *   *

지잉!

혼천마 모용의 금륜이 기괴한 굉음을 일으키며 검옹 천복을 향해 날아갔다.

순간 검옹 천복이 살짝 무릎을 굽히더니 사선으로 검을 그어 올렸다.

번쩍!

카캉!

검옹의 검이 만들어 낸 검기가 채찍처럼 일어나 혼천마의 금륜을 강타했다.

그그긍!

검옹의 검기에 막힌 혼천마의 금륜이 허공으로 튕겨 나가지 않고 그 자리에서 맹렬하게 회전하며 버텨냈다. 금륜에 실린 공력과 회전력이 얼마나 강한지 고스란히 드러나는 광경이었다.

혼천마 모용은 자신의 금륜이 허공에 잠시 정지한 상태로 머물자 다시 소매를 떨쳐 두 개의 금륜을 꺼내 들었다. 그러고는 지체하지 않고 검옹 천복을 향해 다시 두 개의 금륜을 날렸다.

콰아아!

혼천마의 손을 떠난 금륜이 검옹 천복의 허리를 잘라갔다.

순간 천복이 미끄러지듯 우측으로 이동했다.

팡!

허공에서 잠시 멈췄던 혼천마의 금륜이 검옹 천복이 움직이자 그제야 파공음을 일으키며 빈 허공으로 날아갔다.

반면 혼천마가 나중에 던진 금륜 두 개는 여전히 무서운 속도로 검옹 천복을 따라붙었다.

혼천마 모융의 륜법은 허공을 격하고 강력한 진기로 금륜의 움직임을 미세하게 조종하는 경지에 이르러 있었다.

이기어검의 경지에 이른 전설적인 검객들에 대한 이야기는 종종 있었지만, 이렇게 금륜을 허공에서 진기로 조종하는 고수는 흔치 않았다.

하지만 그렇다고 모융이 이기어검의 고수와 같은 경지에 오른 절대 고수는 아니었다. 그 역시 자신의 손을 떠난 금륜을 완벽하게 자유자재로 조종할 수는 없었다. 그가 할 수 있는 것은 허공에서 금륜의 방향을 한두 번 바꾸는 것 정도였다.

지잉!

혼신의 힘을 다해 방향을 튼 혼천마의 금륜이 무서운 속도로 검옹 천복을 향해 닥쳐들었다.

검옹 천복이 재빨리 검을 몸 앞에 세웠다. 그리고 진기를 주입하는 순간 두 개의 금륜이 검과 충돌했다.

그그긍!

다시 한번 소름 끼치는 굉음이 일어났다. 검과 금륜의 마찰음이 사람들의 심장을 긁는 듯하다.

검옹 천복의 얼굴이 붉게 달아올랐다. 그건 그가 모든 내공을 자신의 검에 싣고 있다는 의미였다.

그렇게 혼천마의 금륜을 강한 내공으로 막아서던 천복이 어느 순간 갑자기 노성이 터뜨렸다.

"핫! 돌아가라!"

팽!

한순간 천복의 검에 막혀 있던 혼천마의의 금륜이 튕겨 나가듯 뒤로 밀려나더니 그대로 혼천마 모웅을 향해 되짚어 날아갔다.

천복이 강력한 진기의 힘으로 금륜을 주인 모웅에게 되돌려 보낸 것이다.

"이 괴물 같은 늙은이!"

자신을 향해 돌아오는 금륜을 향해 손을 내밀면서 모웅이 욕설을 내뱉었다.

금륜은 모웅의 강력한 내공을 머금은 채 회전하고 있어 아무리 고수라도 이렇게 되돌려 보내기가 거의 불가능한 병기였다.

그런데 그 일을 검옹 천복이 해냈다. 모웅으로서는 천복의 놀라운 무공에 등골이 서늘해질 수밖에 없었다.

그런데 문제는 단지 금륜이 돌아오고 있는 것만이 아니었다. 금륜의 뒤를 따라 검옹 천복이 검을 앞으로 뻗어내며 무서운 속도로 모웅을 향해 달려들고 있었던 것이다.

"이젠 그만 죽어 줘야겠다!"

금륜을 따라온 검옹 천복이 모웅을 향해 검을 내리그으며 소리쳤다.

콰아아!

강력한 검기가 공기를 파도 가르듯 갈랐다.

모융은 밀려드는 검웅 천복의 검기에 되돌아온 금륜을 회수할 엄두도 내지 못하고 뒤로 몸을 날렸다.

콰쾅!

태산 같은 힘을 가진 천복의 검기가 모융이 타고 있던 가마를 강타했다.

콰아아!

부서진 가마의 잔재들이 허공으로 치솟았다.

그 속에서 천복이 다시 한번 도약했다. 그러고는 독수리처럼 날아가 물러나는 모융을 단번에 따라잡았다.

*   *   *

"그놈은 그냥 두고 이리 와서 이 늙은이를 막아라!"

모융이 시월과 싸우고 있는 여덟 명의 호위를 다급하게 불렀다.

지난번 구하변 비무에서 패하기는 했어도, 호락호락 검웅 천복에게 당하지 않을 거란 자신감은 이미 사라지고 없었다.

오히려 구하변 비무 때보다도 더 완벽하게 위기에 몰린 모융이었다. 모융은 그제야 당시 천복이 자신의 모든 능력을 드러내지 않았음을 깨닫고 있었다.

결국 모융으로서는 수하들의 힘을 빌어 이 자리를 피하는 것이 상책이었다. 그런데 그건 그의 또 한 번의 실수였다.

스슥!

시월은 자신을 포위했던 모융의 호위무사 여덟 중 넷이 물러나자 움직이는 속도를 갑자기 높였다.

여덟 명의 적을 상대할 때도 밀리지 않았던 시월이다. 그런데 그중 넷이 물러나자 곧바로 반격할 기회가 찾아온 것이다.

파파팟!

시월이 무서운 속도로 적을 향해 달려들며 순식간에 네 번이나 검을 찔렀다. 그러자 그의 검 끝에서 일어난 검기들이 빛의 속도로 적을 향해 날아갔다.

월문에서 전수받은 성하검이, 시월의 손에서 본래의 위력을 뛰어넘는 초식으로 변해 세상에 모습을 드러내고 있었다.

차차창!

남아 있던 호위무사 넷이 어지럽게 검을 휘둘러 시월의 공격을 막아냈다. 하지만 그들의 진형은 시월의 공격에 여지없이 흐트러졌다.

한 번의 공격으로 적의 검진을 흐트러뜨린 시월이 한 발을 앞으로 내밀며 가볍게 검을 내리그었다.

그의 검에서는 고수의 검초답지 않게 검기조차 일어나지 않았다. 그렇다고 강력한 검음이 일어난 것도 아니며, 그 흔한 검풍조차 없었다.

그런데 다음 순간 놀라운 일이 벌어졌다.

"악!"

"억!"

갑자기 두 명의 상대가 비명을 지르며 그 자리에 고꾸라졌다.

쓰러진 두 마인의 가슴에서는 뒤늦게 붉은 피가 터져 나오기 시작했다.

"이… 이게 무슨……?"

남은 두 마인이 자신들의 눈앞에서 일어난 일을 도저히 믿을 수 없다는 듯 당혹한 얼굴로 죽은 동료와 시월을 번갈아 바라봤다.

"길을 열어라!"

시월이 두 마인을 향해 다가가면서 명령하듯 말했다.

그러자 평생 혼천마 모용의 명에 복종하며, 그에게 영혼까지 바쳤다는 두 마인이 자신들도 모르게 좌우로 물러났다. 생존에 대한 본능이 모용에 대한 복종심을 이겨낸 것이다.

두 사람이 물러나자 시월이 그들 사이를 지나 혼천마 모용을 향해 다가갔다.

그런 시월을 보면서도 두 마인은 마치 혼백이 빠져나간 사람들처럼 아무런 행동도 하지 못했다. 시월을 막지도 못했고, 그렇다고 도주하지도 못했다.

그들은 길을 잃은 어린아이처럼 검을 내리뜨리고 그 자리에 서 있을 뿐이었다.

                    *   *   *

검웅 천복이 자신을 막아서는 네 사람을 공격하며 노성을 터뜨렸다.

"물러나라!"

카카캉!

강력한 검기가 네 명의 검을 동시에 밀어냈다.

시월과 싸우던 자들 중 절반이 달려와 방해하는 바람에 모용을 벨 절호의 기회를 놓친 천복은 무척 화가 난 상태였다.

그래서 그의 손속에 자비가 없었다.

그의 검이 경고에도 불구하고 물러나지 않고 다시 천복의 앞을 막아서는 네 마인 중 한 명의 옆구리를 베고 지나갔다.

서격!

"큭!"

검옹의 검에 옆구리를 베인 마인이 그 자리에 쓰러졌다.

하지만 남은 세 명은 여전히 두렵지 않은 듯 검옹 천복을 막아섰다.

그런 세 마인을 보며 천복의 눈에서 기광이 번쩍였다.

"좋아. 원한다면 모두 죽여주마!"

검옹 천복이 크게 살심을 일으켰다. 이들을 베어야 모용을 죽을 수 있다면 망설일 이유가 없었다.

천복이 호랑이처럼 세 명의 마인을 향해 뛰어들었다.

*   *   *

"제길……!"

수하들과 검옹 천복의 싸움을 보고 있던 모용의 입에서 욕설이 흘러나왔다.

검옹 천복을 막아서는 자신의 호위무사들이 그를 오래 막을 수 없을 것 같기 때문이었다.

처음에는 호위무사들이 천복을 공격하게 하여 천복의 허점이 드러나길 기다렸다가 자신이 나서서 천복을 죽일 생각이었다.

그런데 천복은 허점을 드러내기는커녕 자신의 수하들을 몰아붙이고 있었다. 그의 수하들이 천복을 막는 것도 한순간일 뿐이라는 것은 명확해 보였다.

"어쩐다……."

모용이 시선을 돌려 이가검문의 문도들과 치열한 싸움을 벌이고 있는 일월문의 마인들을 바라봤다.

마검림의 살수들이 싸움에 관여한 이후 잠시 전황이 일월문에 유리한 듯 보였었지만, 그 자신이 검옹 천복에게 공격을 당해 가마가 부서지고 자신도 수세에 몰리자 전황은 다시금 이가검문에 유리하게 변하고 있었다.

싸움이 너무 급박하게 벌어지고 있어서 일월문의 마인들이나 마검림의 고수들이 달려와 자신을 도울 수도 없을 것 같았다.

그렇다면 역시 지금 그가 선택할 수 있는 가장 좋은 방책은 도주였다.

"모두 홍안령으로 돌아간다! 홍안령에서 보자!"

모용이 신경질적으로 소리쳤다. 그의 후퇴 명령이 전장을 뒤흔들었다.

그렇게 후퇴를 명한 모용이 자신이 먼저 몸을 돌려 달아나기 시작했다. 세 명의 호위무사가 검옹 천복을 막는 동안에 몸을 피해야 무사히 몸을 뺄 수 있다는 것을 알기 때문이었다.

그런데 모용은 채 십여 장을 달아나지 못하고 걸음을 멈췄다.

어느새 나타난 시월이 검을 들고 그의 앞을 막아섰기 때문이었다.

"갈 수 없소."

시월이 검을 내리뜨린 채 담담하게 말했다.

"요, 애송이 놈이? 감히 네놈이 날 막을 수 있을 것 같으냐?"

모용이 시월을 향해 욕설을 퍼부었다.

시월의 뛰어난 무공을 모르는 모용이 아니다. 하지만 적어도 그 자신이 시월과 겨뤄본 적은 없었다.

시월이 화중마 백우양을 베고, 자신의 호위무사 여덟 명의 합공을 버텨냈다고 해도, 검웅 천복이 아닌 이상 누구도 자신을 막을 수 없다고 생각하는 모용이었다.

탁!

모용의 두 소매를 털었다.

그런데 다음 순간 그의 얼굴에 곤혹스러운 표정이 떠올랐다. 당연히 그의 손에 잡혀야 할 금륜이 손에 들어오지 않은 것이다.

그는 평소 네 개의 금륜을 양쪽 소매 안쪽에 나누어 가지고 다닌다.

그런데 검웅 천복을 상대하면서 이미 네 개의 금륜을 다 사용한 것을 이제야 알아챈 것이다. 평소에는 금륜을 모두 사용해도 허공을 날아 돌아오는 금륜을 회수했던 그였지만, 검웅과의 싸움이 너무 치열해서 천복이 쳐낸 금륜을 자신이 회수하지 못했다는 것을 미처 깨닫지 못하고 있었던 것이다.

뒤늦게 자신이 금륜을 회수하지 못했다는 사실을 깨달은 모용으로서는 당혹스러운 일이 아닐 수 없었다.

"빌어먹을!"

금륜이 없는 이상 맨손으로는 절대 시월을 상대할 수 없다는 걸 모용은 알고 있었다. 자신도 모르게 입에서는 욕설이 흘러나오는 것은 당연한 일이었다.

그런 모용을 향해 시월이 담담하게 말했다.

"항복하시오."

"미친놈! 천하의 혼천마 모용이 너 같은 애송이에게 항복할 거라 생각하느냐?"

모용이 악을 쓰듯 소리쳤다.

그러지 시월이 담담하게 말했다.

"이미 화중마 백우양의 내 손에 죽었소. 당신이라고 죽지 않으리란 보장이 있소? 아니면… 설마 사악한 마음을 가진 당신에게도 목숨은 버려도 명예는 지키겠다는 무인의 자존심이 있는 거요? 매번 혼자 살자고 수하들을 버려두고 도주를 택했던 사람이 말이오."

"…네놈! 찢어 죽여주겠다!"

모용이 시뻘겋게 달아오른 얼굴로 자신을 모욕하는 시월을 향해 이를 갈았다.

그러자 시월이 가볍게 미소를 지으며 말했다.

"후후, 나도 당신에게 살 기회를 주고 싶소. 하지만 아쉽게도 당신은 나와 싸울 기회조차 없을 것 같구려!"

"내가 금륜이 없다고 네놈 따위를 죽일 수 없을 것 같으냐?"

"그런 말이 아니라 당신이 나와 싸우려면 검옹 어르신의 검 아래서 살아남아야 하는데… 그럴 수 없을 것 같아서 말이오."

시월이 검으로 모용의 등 뒤를 가리키며 말했다.

순간 모용이 뭔가를 깨닫고 급히 뒤를 돌아봤다. 그러자 그의 눈에 어느새 자신의 호위무사들을 모두 베어버린 검옹 천복이 자신을 향해 걸어오는 것이 보였다.

*　　　　*　　　　*

"이젠 목숨을 거두겠다!"

검옹 천복이 검을 혼천마를 향해 겨누며 무겁게 말했다. 그리고 혼천마를 향해 가볍게 검을 내리그었다.

번쩍!

검옹 천복의 일검이 눈부신 검광을 흩뿌리며 혼천마 모용을 향해 떨어졌다.

쩌저적!

추운 겨울, 북방의 얼음호수에서 얼음이 갈라지는 소리가 천복의 검을 따라 일어났다.

"젠장!"

팟!

혼천마 모용의 욕설을 내뱉으며 급히 몸을 날렸다.

콰릉!

혼천마 모용이 피한 자리에 검옹 천복의 검기가 만든 거대한 웅덩이가 생겼다.

팍!

혼천마가 검을 피하자 검옹 천복이 땅을 박차고 급하게 도약했다. 그러자 그의 몸이 직각으로 꺾이면서 혼천마 모용의 뒤를 따라잡았다.

"죽어라! 늙은이!"

혼천마 모용이 땅을 구르며 아무렇게나 집어 든 검을 따라오는 검웅 천복을 향해 다급하게 휘둘렀다.

모든 병기의 기본은 검이다. 금륜을 애용하는 혼천마 모웅이지만 그와 같은 고수가 검을 다루지 못할 리 없었다.

촤악!

혼천마 모웅이 급하게 뻗어낸 검에서 그 와중에도 검기가 일어났다.

하지만 그런 급조된 검초에 당할 검웅 천복이 아니었다.

검웅 천복의 검이 혼천마 모웅의 검에서 뻗어 나오는 검기를 깨뜨리듯 뚫고 들어가 그대로 혼천마가 들고 있는 검을 때렸다.

쩡!

"읏!"

검을 놓치지는 않았지만 검을 들고 있던 혼천마의 손이 뒤쪽으로 휙 밀려났다.

순간 검웅 천복이 재빨리 검을 세워 일직선으로 혼천마를 향해 내리그었다.

번쩍!

다시 한번 눈부신 검광이 허공에 그려졌다.

"헉!"

혼천마 모웅의 입에서 다급한 음성이 흘러나왔다.

너무 강력한 천복의 검초에 도저히 공격을 막을 수 없다고 판단한 혼천마 모웅이 본능적으로 몸을 날렸다.

서걱!

혼천마가 혼신의 힘을 다해 몸을 피했지만, 이번만큼은 검웅 천복의 공격을 온전히 피해내지 못했다.

섬뜩한 절단음이 흘러나오고 검옹 천복의 검이 그대로 혼천마의 오른쪽 허벅지를 베어냈다.

"억!"

혼천마의 입에서 억눌린 비명이 흘러나왔다.

쿡!

한쪽 다리가 힘을 잃으면서 움직임이 둔해진 혼천마가 쓰러질 듯 기우뚱하다 겨우 검으로 몸을 지탱했다. 흔들거리는 그의 다리를 따라 붉은 피가 폭포수처럼 흘러내린다.

"반항치 않는다면 고통 없이 죽여주겠다."

검옹 천복이 혼천마를 향해 다가서며 말했다.

"흐흐흐, 젠장! 이젠 정말 꼼짝없이 죽게 생겼네."

혼천마가 위기에 처했음에도 능글거리며 실소를 흘렸다. 대마인의 배포는 남아 있는 혼천마였다.

"애초에 이가검문을 탐한 것이 네 잘못이다."

천복이 훈계하듯 말했다.

"쉽지 않을 거란 생각은 했지만, 불가능하다고도 생각지 않았지. 또 어려서부터 이가검문을 꼭 내 손에 넣겠다는 욕심을 가지고 있었고. 그런데 두 가지 변수를 예상치 못했어. 바로 너희 두 놈이 검문에 있다는 걸 몰랐던 거지! 특히 넌 요동을 떠났다고 들었는데 어떻게 돌아온 거지?"

모용이 시월을 돌아보며 물었다.

사실 시월만 나타나지 않았다면 오늘 이 싸움에서 승리한 쪽은 일월문이었을 것이다.

검옹 천복이 있다고 해도 그 한 명으로는 대세를 바꿀 수는 없었기 때문이었다. 모용으로서는 시월의 등장이 아쉬울 수밖에 없었다.

"만계지마가 북왕산에 구갑진을 펼쳐 무림인들의 발목을 잡고 있다는 사실을 알게 된 순간, 당신이 이가검문을 공격할 수도 있다고 생각했지."

시월이 담담하게 모용에게 말했다.

"그것도 알아?"

모용의 놀란 표정으로 되물었다.

"세상에 비밀은 없으니까."

"네놈도 북왕산에 갔었느냐?"

모용이 물었다.

그러자 시월이 고개를 끄떡여 대답했다.

"북왕산 근처에 있었지."

"그런데 어떻게 이렇게 빨리 요동으로 올 수 있었지? 새처럼 날아온 것도 아니고."

모용은 이해가 가지 않았다.

북왕산과 이가검문의 거리는 수천 리나 떨어져 있다. 북왕산으로 천보밀동을 찾아갔던 사람이라면 이렇게 빨리 이가검문에 나타날 수는 없었다.

"좋은 배를 가지고 있으니까."

시월이 대답했다.

사실 용선이 아니면 불가능한 일이었다. 결국 오늘 이가검문과 일월문의 싸움의 승패를 결정한 것은 칠선문에 있는 용선의 존재라고도 할 수 있었다.

"아무리 좋은 배라 해도 어떻게 이렇게 빨리……."

"데리고 가서 보여줄 수도 없는 일이고, 또 이런 논쟁은 이젠 아무 의미 없는 일이기도 하니 이쯤에서 그만합시다. 어르신, 전문주님께 가보겠습니다."

시월이 천복에게 말했다.

"그렇게 하게. 이 빌어먹을 싸움, 빨리 끝내야지."

천복이 검을 든 손에 힘을 주며 말했다.

"명복을 빌겠소."

시월이 모용에게 차가운 작별 인사를 하고 몸을 돌렸다. 그리고는 이화검과 이장춘이 있는 곳으로 걸음을 옮겼다.

"살 방법은 없겠지?"

모용이 조금은 비굴하게 천복에게 물었다.

"빨리 끝내주마!"

천복이 대답을 하며 검을 머리 위로 들어 올렸다. 그리고 조금의 망설임도 없이 모용을 향해 검을 내리쳤다.

"그냥 죽지는 않겠다!"

천복의 검이 자신을 향해 떨어지는 순간 모용이 천복을 향해 마지막 발악을 하듯 마주 검을 뻗었다.

쩡!

시월은 등 뒤에서 들려오는 강렬한 검의 충돌 소리를 들었다. 그리고 뒤를 이어 나직한 신음과 함께 모용이 쓰러지는 소리도 들렸다.

'끝났군.'

시월은 드디어 이 치열한 싸움이 끝났다는 것을 느낄 수 있었다. 이제 더 이상의 싸움은 아무런 의미가 없었다.

혼천마 모융이 죽은 이상 일월문의 마인들이 이가검문과 싸울 이유는 없었다. 혼천마 모융이 도주를 결심했을 때, 그는 이미 일월문의 마인들에게 퇴각을 명했었다.

그럼에도 불구하고 일월문의 마인들 중 일부는 장내에 남아 있었는데, 그 이유는 혼천마 모융이 시월에게 막혀 전장을 떠나지 못하고 있었기 때문이었다.

하지만 그가 죽은 이상 이가검문과 목숨을 걸고 싸울 인물도, 그럴 이유도 없었다.

혼천마 모융이 철석같이 믿었던 마검림의 마인들조차 이미 적지 않은 손해를 본 후 전장에서 몸을 빼 도주한 이후였다.

하지만 그 와중에도 재수 없는 사람들이 있기 마련이다. 미처 도주하지 못하고 이가검문의 문도들에게 발목이 잡힌 자들이 그들이었다.

그렇게 전장에 남아 있던 일월문의 마인들은 결국 모두 이가검문의 문도들에게 죽임을 당했다.

일반적인 무림 문파 사이의 세력다툼이었다면 항복을 권하거나 사로잡을 수도 있었지만, 일월문과의 싸움은 한쪽이 한쪽을 완전히 전멸시키려 했던 싸움이어서 적에게 베풀 아량 같은 것은 없었다.

*   *   *

시월이 천천히 걸음을 옮겼다.

곳곳에 시신이 흩어져 있어서 시신을 피해 걸음을 옮기는 것도 쉽지 않았다. 그렇게 시월은 느리게 이화검이 있는 곳으로 이동했다.

다행히 이화검과 이장춘은 안전해 보였다.

"후……."

시월이 길게 한숨을 내쉬었다.

싸울 때야 당장 이기는 것이 목적이어서 전장의 비참함에 우울해질 여유가 없었지만, 승패가 결정된 이후의 전장은 말로 형용할수 없을 만큼 처참했다.

"서둘러 문도들의 시신을 수습하라! 적의 시신은 한데 모아 태우도록 하고!"

전장을 정리하라는 이장춘의 명이 들린다.

"예, 문주님!"

싸움을 끝내고 잠시 숨을 고르던 이가검문의 문도들이 대답하고는 다시 힘을 내 전장을 정리하기 시작했다.

그사이 시월이 이화검과 이장춘이 있는 곳에 도착했다.

"괜찮아요?"

이화검이 몇 걸음 달려와 시월의 몸을 살폈다.

"걱정 말아요. 다친 곳은 없으니까. 일단 아버님께 먼저 인사를 드릴게요."

대답한 시월이 이화검을 지나쳐 이장춘에게 다가가 공손하기 고개를 숙이며 인사를 했다.

"시월, 인사드립니다! 조금 늦었습니다. 죄송합니다."

"어서 오게! 사위! 절대 늦지 않았네. 전혀 죄송할 것도 없어, 자네야말로 우리 이가검문에게 하늘이 보내준 선물일세. 벌써 몇 번째 본문을 위기에서 구해주었으니까. 정말 고맙네!"

"저도 이가검문의 식구인데 당연히 해야 할 일을 한 것입니다."

"하하! 그런가? 그렇군! 사위도 자식인데. 하하하!"

이장춘이 호탕한 웃음을 터뜨렸다.

"이게 다 내 덕분인 거 아시죠?"

이화검이 이장춘에게 물었다.

"물론 딸을 잘 두어 생긴 일이긴 하지."

이장춘이 미소를 지으며 이화검의 머리를 가볍게 쓰다듬었다.

"셋째 숙부님, 괜찮으십니까?"

시월이 문득 미소를 지으며 자신들을 바라보고 있는 이장한에게 물었다.

백우양의 검게 허벅지를 깊게 잘리는 부상을 입은 이장한이기 때문이었다.

"걱정 말게. 이 정도 부상이야 한 두 번 당한 것도 아니야."

이장한이 천으로 대충 지혈한 다리를 가리키며 말했다. 말은 그렇게 했지만 상처를 두른 천은 이미 피에 절어 검붉게 물들어 있었다.

"제게 좋은 금창약이 있습니다. 이걸 쓰시지요."

시월이 얼른 품속에서 화노가 준비해 준 금창약을 꺼냈다.

그러자 이화검이 얼른 시월의 손에서 금창약을 받아들고 이장한에게 다가갔다.

"어디 봐요."

"괜찮다니까."

"괜찮긴 뭐가 괜찮아요! 아직도 피가 흐르는데. 일단 앉으세요. 이 금창약은 무척 귀한 거예요. 다른 약들과는 많이 다르다고요."

이화검이 이장한을 끌어 앉혔다.

"허 참! 이 녀석이 괜찮다니까. 더 심하게 다친 문도들도 많은데, 남세스럽게."

이장한이 겸연쩍은 듯 말하면서도 이화검에게 이끌려 털썩 주저앉았다.

그러자 이화검이 이장한의 상처를 동여맸던 천을 풀고 상처를 치료하기 시작했다.

"그런데 어떻게 이렇게 빨리 올 수 있었던 것인가? 아우와 해검이 동행한 것을 보면 북왕산 인근에서 만났을 텐데."

앞서 혼천마 모융이 가졌던 의문을 이장춘도 드러냈다.

황하 하구 근처에 있는 북왕산과 이가검문까지의 거리는 바닷길이나 육로 모두 수천 리에 달하기 때문이었다.

"본문에 특별한 배와 그 배를 몰 수 있는 뛰어난 장로님이 계십니다. 덕분에 산동을 떠난 지 열흘 만에 요동 포구에 도착했습니다. 도착한 후 포구에서 일월문의 공격 소식을 듣고 쉬지 않고 말을 달렸습니다."

"아, 그게 가능한가?"

이장춘이 놀란 표정을 지었다. 듣고도 믿기 힘든 이야기이기 때문이었다.

"저도 그 배를 타지 않았다면 믿지 못했을 겁니다."

시월이 가볍게 미소를 지으며 대답했다.

"그것참, 그런 기이한 배가 있다니 어떤 밴지 궁금하군. 아! 그런데 사형제들은 모두 잘 지내고 있는가?"

이장춘이 뒤늦게 칠선문 식구들의 안부를 물었다.

"예, 모두 잘 지내고 있습니다. 화노 어르신께서 좋은 장소를 알려주셔서 칠선문의 거처도 새로 마련했습니다."

"잘 되었군. 자네 사형제들에게 무엇보다 필요한 것이 안전하게 쉴 수 있는 거처였을 테니까."

"모든 게 아버님께서 염려해 주신 덕분입니다."

"사실 조금은 걱정하고 있었다네. 하지만 역시 그 걱정은 이 늙은이의 기우였어. 삼십육마 중 두 명을 순식간에 꺾어 버린 자네 무공을 두고 무슨 걱정을 하겠는가! 후후후!"

이장춘이 시월의 어깨를 툭툭 치며 기분 좋은 웃음을 흘렸다.

제 7장
—
북방에 부는 바람

이장춘은 삼 일간 술과 고기를 금했다.

그는 그 삼 일 동안 무거운 침묵 속에 묵묵히 일월문과의 싸움에서 죽은 문도들을 추모했다.

제단이 만들어지고 죽은 문도들의 이름이 하나하나 위패에 쓰였다.

문주 이장춘이 직접 제주로 나서서 삼 일 동안 아홉 번 제를 올렸다.

승리를 했지만 이가검문이 일월문과의 싸움에서 입은 손실은 만만치 않았다.

일월문과의 싸움에서 죽은 정예 무인들의 숫자가 오십을 훌쩍 넘었다.

수백 년 역사 동안 있던 싸움 중 단 한 번의 싸움으로 잃은 문도로는 최다일 거라고 이가검문의 노고수들이 말할 정도였다.

그래도 다행인 것은 이 정도 손실이 있긴 했어도 일월문을 물리쳤다는 것이었다.

만약 시월 등이 제때 도착하지 않았다면 싸움의 승패를 떠나 그 결과는 참혹하기 이를 데 없었을 것이다.

그렇게 되었다면 문파의 피해를 복구하기 위한 수년간의 봉문을 피할 수 없었을 것이고, 혹은 다른 세력들의 공격을 피해 환무산 장원을 떠나야 했을 수도 있었다.

다행히 시월의 등장으로 오십여 명의 희생만으로 일월문을 완전히 패퇴시킬 수 있었던 것은 이가검문에 큰 축복이었다.

그러나 그럼에도 불구하고 죽은 자들을 생각하면 마냥 기뻐할 수만은 없는 승리였다

삼 일간 이어진 죽은 자들에 대한 추모가 끝난 후에는 잔치가 벌어졌다.

삼십육마인 혼천마 모용이 이끄는 일월문을 상대로 완벽한 승리를 거둔 이가검문도들의 사기는 하늘을 찌를 듯했다.

더군다나 혼천마 모용과 화중마 백우양의 목을 자른 성과는 최근 강호에서 한 문파가 마련을 상대로 거둔 최고의 승리라고 해도 과언이 아니었다.

그 위대한 승리를 축하하는 연회가 장장 십여 일 동안 지속되었다.

연회가 길어진 것은 환무산에서 수백 리 떨어진 문파에서도 축하 사절을 보냈기 때문이었다.

이가검문이 공격당했다는 소식이 전해졌을 때는 코빼기도 보이

지 않던 문파들이, 이가검문이 일월문을 상대로 압도적인 승리를 거뒀다는 소문이 퍼지자 금은보화를 싸 들고 이가검문의 승리를 축하하기 위해 환무산을 찾았다.

이장춘은 그런 손님들에게 조금도 서운한 빛을 보이지 않고 환대했다.

어려울 때 이가검문을 돕지 않은 문파들은 혹시라도 이장춘에게 문전박대를 당할까 걱정했다가, 이장춘의 정중한 환대에 감격해 진심으로 이장춘에게 사과하고 이가검문에 대한 존경심을 표했다.

그렇게 일월문을 물리친 이가검문은 자연스럽게 요동 무림 중소 문파들의 존경을 받으면 그들의 구심점이 되어 가고 있었다.

그런 존경은 십대천문 대월문과 모용세가조차 받지 못한 것이었다.

시월은 이가검문으로 몰려드는 사람들을 피해 이화검과 함께 동죽헌에 머물렀다.

하지만 그렇다고 두 사람이 조용한 시간을 보낼 수는 없었다. 이해검을 비롯해 이화검의 오빠들과 다른 이가검문의 혈족들이 종종 두 사람을 찾아왔기 때문이었다.

간혹 이가검문의 어린아이들이 어떻게든 시월의 얼굴이라도 한번 보고 싶어 일반 문도에게는 출입이 금지된 동죽헌을 몰래 찾아와 기웃거리기도 했다.

그럴 때면 시월은 아이들을 불러 이야기를 나누거나 작은 선물을 주기도 했다.

이화검은 그러면 찾아오는 아이들이 더 늘어난다고 만류했지만 시월은 어른들은 몰라도 아이들과 만나는 것은 마다하지 않았다.

그렇게 십여 일의 잔치가 이어지자 드디어 이가검문을 찾는 손님들의 숫자가 서서히 줄어들기 시작했다.

그런데 그즈음, 마치 평화로운 시간을 허락하지 않겠다는 듯 서쪽에서 무림을 뒤흔드는 소식이 전해졌다.

*   *   *

"화검! 화검, 안에 있니?"

해가 서쪽으로 한참 기울어져 동죽헌에 석양이 드리우기 시작하는 시간, 시월과 함께 저녁을 무엇으로 먹을까 고민하던 이화검을 급하게 찾는 목소리가 들렸다.

이화검을 부르며 동준헌 마당으로 급하게 들어선 사람은 이광검이었다.

"무슨 일이에요? 장원에 무슨 문제가 생겼어요?"

이화검이 문을 열고 뛰어나오며 물었다.

이광검이 이렇게 급하게 자신을 찾을 일은 이가검문에 문제가 생긴 것 말고는 없기 때문이었다.

"아니, 본문에 문제가 생긴 것은 아니고."

"아이참, 놀랐잖아요? 그럼 무슨 일인데 이렇게 급하게 굴어요?"

이화검이 잔뜩 흥분한 이광검을 타박하며 물었다.

"강호에 큰일이 벌어졌어."

"강호에요? 무슨 일인데요?"

이화검이 물었다.

그러자 이광검이 대답을 하려다 말고 이화검을 뒤따라 나온 시월을 바라봤다.

"저와 관계된 일입니까?"

시월이 물었다.

"그게… 관련이 있기도 하고, 없기도 하고……."

"무슨 말이 그래요! 있으면 있는 거고, 없으면 없는 거지. 빨리 말해봐요. 무슨 일인지."

이화검이 이광검을 재촉했다.

"그러니까 그게, 마련이 월문을 공격하고 있어."

"뭐라고요?"

"마련의 마인들 수백 명이 월문을 공격하고 있다고."

"…그게 정말이에요?"

이화검이 믿을 수 없다는 듯 되물었다.

대월문이라면 당금 강호 최강 세력 중 하나다.

십대천문이 된 이후 대월문의 기세는 전통의 십대천문의 강자 천무문과 지황문을 위협할 정도였다. 그래서 아무리 마련이라도 함부로 월문을 공격할 수는 없었다.

이가검문이 일월문을 상대하기 전까지 마련의 마인들에 대해 가장 공세적인 입장을 취했던 곳도 월문이었다.

"단지 소문뿐인 것이 아니야. 월문에서 전서가 왔어. 본문의 문도들을 보내달라고."

"…구원을 청했다고요?"

"응."

이광검이 고개를 끄떡였다.

"정말인가 봐요?"

이화검이 시월을 돌아봤다.

그러자 시월이 입을 열었다.

"북왕산의 일은 결국 이가검문이 아니라 월문을 공격하기 위한 미끼였던 모양이군요."

"그런가 봐요. 그런데 이상하네. 모용세가나 의천무맹에 구원대를 보내달라고 하면 될 것을 왜 우리 이가검문에까지 사람을 보낸 거지?"

생각해 보면 이상한 일이 아닐 수 없었다.

거리도 멀거니와, 이제 갓 일월문과의 큰 싸움을 끝낸 이가검문에 월문을 구원할 여력이 충분히 않기 때문이었다.

그 사정을 모를 리 없는 월문주의 구원 요청은 확실히 이해하기 힘든 일이었다.

"둘 중 하나죠. 월문이 다른 십대천문에 손을 내밀기 싫어서이거나, 혹은 그들의 도움이 부족하기 때문이겠죠."

"의천무맹의 구원대로도 부족할 수 있을까요?"

의천무맹은 마련의 등장 이후에는 강호 최강의 세력이었다. 그런 의천무맹의 구원대라면 충분히 월문을 구할 수 있을 거란 이화검의 생각이었다.

"그들이 전력을 다해 월문을 도울 거라고 생각해요?"

시월이 반문했다.

"설마 그들이 제대로 된 구원대를 보내지 않을 거란 건가요?"

"맹 내부적으로 월문은 지난 몇 년간 다른 십대천문에게 무척 위협적인 행보를 하던 존재였어요. 그런 월문을 전력을 다해 도울 마음이 다른 천문들에게는 없을 거예요. 그리고 실질적으로도 그들의 전력 중 상당수가 북왕산에 잡혀 있잖아요. 이런 상황에선 무엇보다 자파의 안전이 우선이죠."

"…듣고 보니 그럴 수도 있겠네요."

이화검이 고개를 끄떡였다. 시월의 말대로 다른 십대천문이 전력을 다해 월문을 도울 상황이 아니었던 것이다.

"문주께서는 구원대를 보내신답니까?"

시월이 이광검에게 물었다.

"고민하시는 것 같네. 하지만 완전히 외면할 수는 없을 거야. 일월문의 일차 도발 때 월문에서 구원대를 보내긴 했으니까."

"그렇군요."

시월이 고개를 끄떡였다.

"자넨 본문이 월문을 돕는 걸 원치 않겠지?"

시월과 그 사형제들이 월문과 불편한 관계라는 것을 알고 있는 이광검이 조심스럽게 물었다.

"아닙니다. 그렇지 않습니다."

"어? 그럼 구원대를 보내는 것에 찬성하는 거예요?"

이화검도 의외라는 듯 물었다.

"우리 사형제를 이용한 사람은 월문주와 그 수뇌들이지 월문의 문도들은 아니니까요. 월문이 패하면 그 식솔들은 마련의 노예로 전락할 텐데 그것까지 외면할 순 없죠. 그리고……."

시월이 말꼬리를 흐렸다.

그러자 이화검이 시월의 마음을 알겠다는 듯 입을 열었다.

"역시 그분 때문이군요?"

"…마음에 걸리네요. 형님! 혹 아버님께서 월문에 구원대를 보내겠다고 하시면 저도 함께 가겠다고 말씀드려 주십시오."

시월이 이광검에게 말했다.

"정말인가? 정말 월문을 돕기 위해 가겠다는 건가?"

이광검이 믿을 수 없다는 표정으로 되물었다.

"정말 위급하다면 꼭 구해야 할 사람이 있습니다."

"음… 이건 정말 의외군. 자네가 가겠다고 할 줄은 몰랐는데."

이광검이 아직도 믿기지 않는다는 듯 고개를 저었다.

"제가 가면 칠선문에도 적지 않은 도움이 될 겁니다. 강호에 제가 월문을 도왔다는 소문이 퍼지면 향후 월문주도 사람들의 눈이 무서워 쉽사리 우리 사형제를 적대시하지는 못할 테니까요."

"음… 하긴 그런 면도 있긴 하지."

"하지만 어쨌든 일차적인 목적은 구할 사람이 있어서입니다."

시월은 사실 월문의 존망에는 관심이 없었다. 그가 걱정하는 것은 설우담의 안위뿐이었다.

"그런데 우리 이가검문도 일월문과의 싸움을 끝낸 지 얼마 되지 않아서 구원대를 보낼 여력이 없잖아요?"

이화검이 화제를 돌렸다.

그녀의 말대로 일월문과의 싸움에서 입은 이가검문의 피해도 적지 않아서 구원대를 꾸릴 무인이 부족한 상황이었다.

"아버님께서는 요동의 중소 문파들과 힘을 모아 구원대를 구성하실 생각이신 듯하더라. 마침 본문의 승전을 축하하기 위해 거의 모든 문파에서 사람이 와 있으니까."

"그런 방법이 있었군요. 하긴 그렇게 하면 본문도 최소한의 전력으로 구원대를 꾸릴 수 있겠어요."

이화검이 고개를 끄떡였다.

그러자 이광검이 말했다.

"너와 매제가 구원대로 합류한다면 구원대의 전력을 걱정할 필요는 없지. 아버님도 한결 부담이 덜하실 거다. 물론 매제가 월문에 가는 것은 걱정하실 테지만……."

"제 걱정을 하실 필요는 없습니다. 구원대를 따라간다 해도 전면에 나서지는 않을 테니까요."

"알겠네. 일단 아버님께 자네의 뜻을 전하겠네."

마련의 월문 공격 소식을 가져온 이광검은 이후로도 이런저런 이야기를 하다가 반 시진은 지나고 나서야 동죽헌을 떠났다.

그날로 축제의 시간은 끝이 났다.

흥겨웠던 연회도 막을 내렸다. 대신 이가검문의 승전을 축하하기 위해 환무산으로 모여들었던 요동 중소 문파의 사람들은 완전히 다른 이유로 이가검문에 머물렀다.

마련의 공격을 받고 있는 월문에 대한 구원대를 구성하기 위한 논의가 즉시 시작되었기 때문이다.

*   *   *

월문에 보낼 구원대를 조직하기 시작한 날부터 이화검은 종종 동죽헌을 비웠다.

본가로 가서 일이 어떻게 되어가나 알아보기 위해서였다.

이가검문주 이장춘은 모든 일을 빠르게 진행했다.

구원대는 전력도 중요하지만 그 속도가 무엇보다 중요하다는 것을 알고 있기 때문이었다.

그래서 그는 구원대 참여를 망설이는 문파에 대해서는 설득을 하거나 구원대 참여를 강요하지 않았다.

원치 않는 문파를 설득하는 데 시간을 쓸 여유가 없다고 생각했기 때문이었다.

그래서인지 최종적으로 구원대의 구성이 끝났을 때, 구원대에 참여하는 무림인의 숫자는 그렇게 많지 않았다.

삼십 명의 문도를 참여시킨 이가검문의 무인들을 제외하면, 다른 문파의 무인은 겨우 오십여 명 정도가 전부였다.

하지만 구원대에 참여하기로 한 문파의 무인들은 하나같이 스스로 자청해서 구원대에 참여했을 정도로 그 실력과 전의가 강했다.

그렇게 구원대 구성을 마친 이장춘은 구원대를 이끌 대주로 첫째 아우 이장룡을 지목했다.

또한 삼남 이광검이 이장룡을 도와 월문으로 가는 것으로 결정되었다.

과감한 이장춘의 추진력 덕분에 구원대가 완성된 것은 월문에서 구원을 요청하는 전서가 온 지 겨우 삼 일이 지난 후였다.

그리고 그 즉시 이장춘은 구원대를 출발시켰다.

팔십 인의 무인들이 움직이려면 적지 않은 준비가 필요했지만, 이장춘은 원정에 필요한 보급을 월문으로 이동하는 동안 보충하라는 명을 내리고 서둘러 구원대를 출발시켰다.

시월과 이화검도 구원대의 일원이 되어 동죽헌을 떠났다.

그렇게 시월은 오래전 떠난 월문을 향해 뜻밖의 여행을 시작했다.

*　　　*　　　*

하늘에서는 급기야 눈발이 날리기 시작했다.

"끙……!"

근 십 년래 강호에서 가장 주목받는 인물인 월문주 백문보의 입에서 신음 소리가 흘러나왔다.

예전에는 없던, 높다란 방책이 신검산 월문 장원의 동남서 세 방향으로 절벽처럼 둘러서 있고, 정문 옆에는 근방의 상황을 한눈에 살필 수 있는 높은 망루가 세워져 있었다.

월문주 백문보는 그 망루 위에 올라 흩날리기 시작하는 눈발을 바라보고 있었다.

"눈이 오면 놈들도 쉽게 움직일 수 없을 겁니다. 또한 북방의 추운 겨울을 야지(野地)에서 보내기도 힘들 겁니다. 나쁜 것만은 아닙니다."

그의 옆에 서 있던 대호단주 고청신이 위로하듯 말했다.

"그렇기는 하지만, 맹의 구원대가 오기도 힘들지. 더군다나 만계지마에 의해 본문으로 오는 길목은 모두 막혔네. 거기에 눈이라면… 맹의 구원대도 적의 포위망을 뚫고 본문으로 오는 것을 망설일 걸세."

백문보가 어두운 얼굴로 말했다.

"그렇긴 하지만, 어쨌든 놈들도 전면전을 벌이긴 힘들 겁니다.

본문에는 수년이라도 버틸 물자가 있으니 이 겨울은 놈들보다 본문에 유리할 것입니다."

"그가 그걸 몰랐을까?"

"……?"

"상대는 만계지마 중산이야. 그가 계절을 읽지 못했을 것 같으냐 말일세."

"그야……."

"당연히 아니지. 그는 공격을 서두르지 않으면, 북방의 겨울을 견뎌야 한다는 것을 충분히 예상했을 걸세. 그러니 그들도 이 포위망을 유지한 채 겨울을 날 준비를 했을 거야. 아니면… 그 안에 승부를 볼 계책을 가지고 있던지."

"일단 본문이 장원에서 수성전을 벌이기로 한 이상 아무리 만계지마라 해도 본문을 무너뜨릴 수는 없습니다."

고청신이 다부진 표정으로 말했다.

"그가 데리고 있는 전력을 아직 정확하게 파악하지 못했어. 어쩌면… 전면전을 벌일 만큼의 저력을 숨기고 있을 수도 있다는 생각일세."

"설마 그 정도 전력을……."

"너무 느긋해. 마치 겨울이 오기를 기다리는 사람처럼. 북왕산에 무림인들이 잡혀 있는 동안 승부를 내려면 서둘러야 할 놈이 말이야."

백문보가 뭔가 불길한 느낌이 드는지 눈을 가늘게 뜨며 중얼거렸다.

"그래도 신검산은 천혜의 요지입니다. 마련 전체를 데려오지 않는 한 본문이 놈들에게 당할 가능성은 없습니다."

고청신이 신검산의 지형과 대월문의 저력에 대한 자부심을 드러냈다.

"나 역시 본가의 저력을 믿네. 하지만… 아무튼 이렇게 신검산에 갇혀서 겨울을 나는 것도 십대천문의 일문으로서는 수치스러운 일이지. 유검에게선 아직 소식이 없나?"

"아직 없습니다."

고청신이 대답했다.

"이놈이 대체 뭘 하고 있는 거야. 그 실력이면 어떤 함정이든 빠져나올 수 있을 텐데. 유검만 있다면 이 싸움을 좀 더 수월하게 이끌 수 있을 텐데 말이야!"

백문보가 북왕산에 들어간 후 돌아오고 있지 않은 백유검을 원망했다.

그런데 그때 갑자기 중년의 무인 한 명이 망루로 달려 올라왔다.

"문주님! 이가검문에서 소식이 왔습니다."

달려온 자는 초대 의룡단주였던 국자량이 과거 잠룡동에서 시월에게 팔이 잘린 후, 그 뒤를 이어 의룡단의 단주가 된 정천보다.

"이가검문에서? 뭐라는가?"

별 기대하지 않는 듯한 표정으로 백문보가 물었다.

"일월문과의 싸움에서 적지 않은 피해를 입어 많은 수의 문도를 보낼 수는 없으나, 검문의 문도 삼십과 요동 중소 문파의 무인 오십을 더한 구원대를 신검산으로 보내겠다는 전갈입니다."

"그래? 예상외군. 일월문과의 싸움이 끝난 직후라는 평계를 대고 사람을 보내지 않을 거라 생각했는데……."

세상 모든 일을 자신의 기준으로 생각하는 백문보로서는 이가검문주 이장춘의 결정을 쉽게 이해할 수 없는 모양이었다.

"이가검문은 일월문을 멸절시켰으니 숫자는 작아도 그들이 오면 본문의 문도들 사기가 크게 오를 겁니다. 또한 구원대를 보낼지 말지 눈치를 보고 있는 다른 문파들에게도 영향을 줄 것입니다."

고청신이 반색을 하며 말했다.

"그렇군. 그들의 전력이 중요한 게 아니라 그들로 인해 눈치 보던 문파들이 움직일 수밖에 없게 해 줬다는 점에서 호재군. 특히 모용세가는 이가검문보다 늦게 오면 강호의 비난을 면치 못할 테니 알아서 달려오겠지."

백문보가 이제 좀 숨통이 트인다는 표정으로 말했다.

"그리고……."

정천보가 뭔가를 말하려다말고 망설였다.

"말하게."

"장로님들께서 뵙기를 청하십니다."

"장로들이?"

백문보가 반문했다.

"그렇습니다. 마련의 공격에 대해 걱정들이 많으신 모양입니다."

"음… 알겠네. 조만간 부른다고 하게."

"알겠습니다."

정천보가 대답을 하고는 서둘러 망루를 내려갔다.

그러자 백문보가 살짝 눈살을 찌푸리며 말했다.

"할 말이 있으면 찾아오면 될 일이지 왜 사람을 시켜 말을 전하는 건지… 참 내……."

"그동안 장로님들이 본문의 일에서 거의 손을 떼고 계셨기 때문이 아니겠습니까."

"그야 지난 세월 날 돕느라 너무 많은 고생을 했기에 이젠 좀 쉬라는 의미였지. 문도들이 뭐라 하겠는가. 내가 본문의 오랜 공신들을 배척한다고 하지 않겠느냔 말이야."

"설마, 그런 오해를 하는 사람은 없을 겁니다."

고청신이 얼른 고개를 저었다.

"아무튼… 세 장로를 더는 고생시키지 않으려 했는데, 이번에는 어쩔 수 없이 그들의 손을 좀 빌려야겠어. 마련과 싸우려면 없는 힘도 긁어 써야 할 상황이니."

백문보가 뭔가 못마땅한 표정으로 중얼거렸다.

*　　　*　　　*

"마님! 항이입니다."

"들어와라."

설우담이 읽고 있던 서책에서 눈을 떼고 고개를 들어 방문을 바라봤다.

그러자 방문이 열리면서 이십 대 중반의 여인이 방 안으로 들어왔다. 동별당에서 설우담의 시중을 드는 시녀 항이다.

"어서 와. 소식은 좀 들었니?"

"월문신룡께서는 여전히 북왕산에 계시는 모양이에요. 월문으로 오신다는 소문은 아직 없습니다."

"그렇구나."

설우담이 표정의 변화 없이 고개를 끄떡였다.

"그런데 좋은 소식도 있어요."

"좋은 소식?"

"네. 이가검문에서 요동의 중소 문파들과 함께 구원대를 보낸다고 합니다. 숫자는 많지 않지만 일단 이가검문의 구원대가 오면 의천무맹의 다른 문파들도 구원대를 보내지 않을 수 없을 거라고들 말하더라고요."

"이가검문… 역시 그들은 구원대를 보내는군. 강호에서 보기 드문 호방함을 가진 문파지."

설우담이 고개를 끄떡였다.

그러다가 문득 이화검이 목소리를 낮춰 물었다.

"한 대인께선 아직이냐?"

"예, 아무래도 마련의 마인들이 신검산 주변 수십 리에 걸쳐 길목을 지키고 있으니 한 대인께서 오시기는 힘들 것 같습니다."

"그래도 내가 기다리고 있다는 것을 알면 어떤 수를 써서 든 오실 거다."

설우담이 한 대인이라는 사람에 대해 강한 신뢰감을 보였다.

"하긴, 그분이 가장 어려운 시기일 때, 마님의 아버님께서 도와주셔서 목숨을 건지고 또 그 덕에 연경의 대상으로 성공까지 하셨으니 마님을 돕기 위해 어떻게든 오시겠지요."

시녀 항이가 힘을 내라는 듯 말했다.

"한 대인이 오지 않으시면 만약의 경우 우리의 안전을 장담할수 없어. 혹시라도 마련이 장원까지 들어오면 문주께선 결코 날지키려 하지 않으실 거다. 오히려 내가 죽기를 바라겠지."

"설마요!"

항이가 놀란 듯 소리쳤다.

"조용!"

설우담이 얼른 손가락으로 입을 가렸다.

"죄, 죄송해요. 너무 놀라서 그만!"

항이가 급히 머리를 숙였다.

"넌 아직도 문주님을 모르는구나. 내가 그이와 혼인을 한 이후문주께서는 늘 날 월문 성장의 방해물로 생각하셨다. 그이가 월문신룡으로 불리며 명성을 쌓아갈수록 내가 그이의 정략혼에 방해가 되었기 때문이지. 아마 마련이 아니라 문주 당신께서 직접 날제거하시려 할 수도 있어."

"…너무 무서운 말씀이세요. 마님! 아무리 문주님이라고 해도설마……"

"가끔은 설마 하는 일이 정말 일어나곤 하지. 그러니까 항상 조심해야 해. 문파 내 소식을 열심히 들어야 하고. 지금 내게 문 내의 소식을 전해주는 사람이 없으니까."

"…알았습니다, 마님!"

"항아."

"예, 마님!"

"넌 나랑 지내는 게 두렵지 않니?"

설우담이 쓸쓸한 표정으로 물었다.

"두렵다니요?"

"월문의 모든 사람이 날 무시하잖아. 그럼 너도 무시당할 거고. 위험한 일이 생길 수도 있는데……."

"그런 거야 뭐… 전 원래 늘 사람들에게 무시만 당하면서 살았는걸요. 그나마 마님을 모시고 난 이후에 사람대접을 받았어요. 그래서 전 마님을 모시는 게 좋아요. 그리고 앞으로도 마님 곁에 있을 거예요. 모두가 마님을 떠나도요."

"고맙구나. 너 한 사람이라도 날 믿는 사람이 있어서 정말 다행이다."

설우담이 손을 뻗어 항이의 손을 잡았다.

"마님… 마님처럼 좋은 사람이 왜 이런 대접을 받는지 정말 모르겠어요."

항이가 화가 난 표정으로 말했다.

"후후, 자업자득이지."

설우담이 씁쓸한 웃음을 흘렸다.

"그… 칠랑 분들 때문에요?"

"응, 그들은 내게 가장 가까운 사람들이었는데 내가 배신을 했거든. 그 벌을 받은 거야. 지금 내가."

"하지만 그건 어쩔 수 없는 일이었잖아요. 마님이 그분들을 구할 수는 없었으니까."

"물론 그렇긴 하지만. 내가 그이와 혼인을 한 것은 그들에게 대한 배신이 맞아."

설우담이 말했다.

"…후회하세요?"

항이가 물었다.

"후회? 음… 그래. 난 그이와 혼인을 하는 그 순간부터 늘 후회했어. 지금도 후회하지. 하지만 부인할 수 없는 일이 있어. 다시 그때로 돌아가도 난 똑같은 선택을 할 거라는 사실… 너도 알다시피 난 욕심이 많은 사람이니까."

"…마님만 욕심이 있나요? 세상 사람 모두 그렇죠."

항이가 설우담 대신 그녀를 변명했다.

"맞아. 하지만 그렇지 않은 사람도 있단다. 칠랑들 같은… 아무튼 그들 말고는 난 빚진 사람이 없어. 특히 이 월문에서는! 그래서 끝까지 살아남을 거고. 결국 월문을 내 손에 넣을 거야. 반드시!"

설우담이 갑자기 강렬한 야심을 내보였다.

항이는 그런 설우담이 무서워 감히 그녀와 시선을 마주치지 못했다.

그래서 설우담의 몸에서 흘러나오는 강렬한 진기의 아우라 역시 볼 수 없었다.

*   *   *

팔십 명의 무인들, 하지만 끌고 가는 말의 숫자는 일백여 마리가 넘었다.

이가검문의 구원대는 검문을 떠난 후, 쉬지 않고 말을 달렸다. 다행히 요동 곳곳에 산재한 문파들에게서 보급을 받을 수 있어서 이장춘의 말대로 제대로 된 준비 없이 급하게 떠난 것이 문제가 되지는 않았다.

그런데 신검산에 다가갈수록 전진 속도가 느려지기 시작했다.

마련의 마인들이 신검산을 향하는 길목 곳곳에 방책을 세우거나, 은신해 있다가 기습을 가하는 통에 벌써 십여 명의 무인이 다치거나 죽었다.

당연히 구원대를 이끄는 이장룡으로서는 전진 속도를 늦출 수밖에 없었다.

월문을 구원하는 것도 중요하지만, 구원대에 속한 무인들의 안위를 돌보는 일이 이장룡에게는 더 중요하기 때문이었다.

이가검문의 문도들도 문도들이지만, 그를 믿고 사람을 내준 다른 문파 사람들의 목숨을 지키는 것 역시 이장룡에게는 큰 부담이었다.

그런 면에서 시월의 동행은 큰 힘이 되었다.

사형 부리에 미치지 못하지만 칠랑 시절 기른 뛰어난 감각들은 숨어 있는 적을 발견하고, 기습을 대비하는 데 큰 도움이 되었던 것이다.

덕분에 시월이 선봉에 선 이후에는 적의 기습을 효과적으로 막으며 전진할 수 있었다.

그렇게 다시 이십 리를 전진한 끝에 이가검문의 구원대는 드디어 멀리 신검산 자락이 보이는 구서령 고개 정상에 도착했다.

*　　　　　*　　　　　*

"더 이상의 전진은 무리입니다."

구서령 정상에서 이광검이 말했다.

구서령까지 오는 동안 적의 기습으로 인해 죽고 부상당한 무인의 숫자가 십여 명이다.

구원대의 전력을 생각하면 절대 적은 숫자가 아니었다.

그런데 구서령에서부터 신검산 월문 장원까지는 더 위험한 함정들이 도사리고 있을 것이 분명했다.

월문에서 마중을 나오지 않은 이상 이가검문의 구원대 단독으로 마련의 포위망을 뚫고 월문까지 가는 것은 너무 위험한 일이었다.

"어찌 한다……."

이장룡이 난감한 표정을 지었다.

그러자 시월이 말했다.

"아예 이곳에 장기적으로 머물 숙영지를 구축하는 것이 어떨까요."

"월문으로 가지 않고 말인가?"

"월문으로 가는 일을 서둘 필요 없을 것 같습니다. 무리하게 가다가는 손실이 클 겁니다."

"하지만 월문주는 우리가 장원으로 오길 기다릴 텐데……."

"포위망을 뚫고 가다가는 전력의 손실이 커서 구원대가 장원으로 들어간다 해도 큰 도움이 되지 않을 거라 전하면 이해할 겁니다. 오히려 이 구서령에 숙영지를 구축하면, 월문이 공격받을 때 적의 후방을 공격할 수 있으니 마련에 큰 부담이 될 겁니다. 계책에 능한 월문주니 분명 동의할 겁니다."

시월의 말에 이장룡이 고개를 끄떡였다.

듣고 보니 시월의 판단이 옳은 것 같기 때문이었다. 하지만 그렇다고 구서령에 숙영지를 구축하는 것이 간단한 일은 아니었다.

"문제는 적의 공격 아니겠나. 자네 말대로 우리가 이곳에 숙영지를 구축해 적의 후방을 노린다면 만계지마가 우릴 먼저 제거하려 할 수도 있지 않겠나?"

이광검이 물었다.

"그러고 싶어도 쉽게 할 수는 없을 겁니다. 제가 굳이 구원대를 이 구서령으로 이끌고 온 것은 이곳 지형이 천험의 요새여서 한 사람이 백 명을 상대할 수 있기 때문입니다. 그리고……"

시월이 말꼬리를 흐렸다.

"또 다른 대비책이 있는가?"

이장룡이 물었다.

"그들에게 제가 왔음을 알리는 것도 도움이 될 것입니다."

"그렇군! 화중마와 혼천마의 죽음은 마련의 마인들에게도 알려졌을 테고, 그들을 제거한 사람이 자네란 것도 소문이 났을 테니 말이야. 자네 존재만으로도 놈들이 쉽게 우릴 공격하지 못할 거야."

이장룡이 반색을 했다.

"며칠만 지나면 모용세가나 의천무맹의 구원대도 도착할 겁니다. 그럼 더더욱 우릴 신경 쓸 여유가 없을 겁니다. 세력으로 보면 맹의 구원대가 훨씬 강할 테니까요."

"알겠네. 자네 말대로 하세. 이곳에 숙영지를 구축하기로 하지. 오는 동안 식량은 충분히 확보했으니까. 광검!"

"예, 숙부님!"

"구원대에게 전해 저기 우측 바위 봉우리 아래에 숙영지를 구축하도록 해라. 저곳이면 외부의 침입을 막을 수 있으면서 신검산 주변에서 일어나는 일들을 빠짐없이 볼 수 있을 테니."

"알겠습니다."

이광검이 대답하고는 휴식을 취하고 있는 구원대를 향해 달려갔다.

이광검이 물러나자 시월이 다시 입을 열었다.

"그리고… 월문에 가서 우리가 도착했음을 알리는 일은 제가 하겠습니다."

"자네가?"

이장룡이 놀란 얼굴로 시월을 바라봤다. 시월과 월문의 관계를 생각하면 전령으로 가는 것은 무척 껄끄러운 일일 것이기 때문이었다.

"월문으로 가는 길 곳곳에 마련의 마인들이 숨어 있을 겁니다. 필요하면 검을 써야 할 수도 있지요. 다른 사람을 보내는 것은 너무 위험합니다."

"그렇긴 하지만… 괜찮겠나?"

이장룡이 걱정스러운 표정을 물었다.

아무리 생각해도 백문보를 만나는 것은 시월에게 불편한 일일 것 같기 때문이었다.

"걱정 마십시오. 가서 꼭 만날 사람도 있어서……."

시월이 말꼬리를 흐렸다.

"그분을 만나려고요?"

듣고 있던 이화검이 물었다.

"어떻게 지내고 있는지, 마련의 공격이 시작되면 어떻게 할지 알아봐야겠어요."

"알았어요. 그럼 다녀와요."

이장룡 대신 이화검이 시원하게 허락했다.

"조심해야 하네."

이장룡이 여전히 걱정되는지 주의를 줬다.

"걱정 마십시오. 마련이든 월문주든 누구도 절 해칠 수는 없습니다. 그리고… 그들이 전혀 예상치 못한 방법으로 갈 거라서. 아마 절 공격할 기회도 얻지 못할 겁니다."

"예상치 못한 방법이라뇨? 어떻게 가려고요?"

이화검이 물었다.

"두고 보면 알아요. 아주 단순하지만 그래서 제일 괜찮은 방법이죠."

시월이 빙그레 미소를 지으며 말했다.

*   *   *

시월은 당장 구서령을 떠나 월문으로 가지는 않았다. 적어도 이가검문 구원대의 숙영지가 완성될 때까지는 구서령에 머물러야 하기 때문이었다.

만약 만계지마 중산이 이가검문 구원대를 공격하려고 한다면 숙영지를 구축하는 와중에 공격할 것이 분명했다.

그래서 시월은 구서령에 도착한 이후 삼 일 동안은 구원대의 무인들과 함께 숙영지를 구축하며 시간을 보냈다.

다행히 만계지마 중산은 구원대를 공격하지 않았다.

간혹 몇몇 마인들이 구서령 중턱까지 올라와 이가검문 구원대의 전력을 살피고 돌아가기는 했지만, 공격은 없었다.

구서령은 높지는 않지만 워낙 험한 바위 고개여서 이곳을 공격하는 것은 마련의 마인들에게도 큰 부담이 되는 일이었다.

구서령을 공격하는 와중에 월문주가 장원을 나와 마련을 기습할 위험도 있었다.

이런저런 이유로 마련은 이가검문의 구원대가 구서령에 난공불락의 숙영지를 구축하는 것을 지켜만 보고 있었다.

구서령의 햇살은 안개에 막혀 늦게 찾아온다. 하지만 오히려 그렇기 때문에 구원대의 아침은 일찍 시작되는 편이었다.

안개에 몸을 숨기고 마련의 마인들이 공격해 올 수도 있기 때문이었다.

분주하지는 않지만 곳곳에 깨어 있는 이가검문 무인들이 숨어 있었다.

시월은 고요 속에 숨어 있는 이가검문 무인들의 기운을 느끼면서 천천히 숙영지 주변을 걸었다.

"정말 말을 타고 갈 거예요?"

시월의 뒤를 따라 걸으면서 이화검이 똑같은 질문을 세 번째 했다.

"그렇다니까요."

시월이 이화검을 보며 대답했다.

"정말 그 방법이 가장 안전하다고 생각하는 거예요? 당신 능력이면 마련의 마인들을 피해 조용히 월문에 다녀올 수도 있잖아요?"

"물론 그럴 수도 있지만, 이 방법만큼 안전하지 않아요. 그리고 굳이 월문까지 가는데 아무런 성과도 없이 다녀올 수는 없잖아요."

"성과라뇨? 말을 타고 백주 대낮에 월문으로 가는 데 무슨 성과가 있어요?"

"음… 적어도 두 가지 이득은 있죠. 하나는 이곳에 내가 있다는 것, 그리고 내가 마련의 마인들을 전혀 두려워하지 않는다는 것을 저들에게 보여줄 수 있죠. 내가 저들이 잠복해 있는 곳을 말을 타고 유유히 지나가면 마련의 마인들의 사기는 크게 꺾일 거에요."

"두 번째는요?"

이화검이 물었다.

"월문을 구원하러 내가 왔다는 사실을 월문의 문도들, 그리고 강호 무림에 확실히 알릴 수 있겠죠. 혹시 월문주가 제가 온 것을 어떻게든 숨기려 해도 말이에요."

"…그렇긴 하네요. 칠선문과 월문의 관계를 아는 강호인들에게는 신선한 충격일 거에요. 당신이 월문을 돕기 위해 왔다는 사실 자체가… 그런데 정말 마련이 당신을 공격하지 않을까요?"

"거의… 확실해요. 만계지마처럼 의심이 많은 자는 내가 홀로 말을 타고 월문으로 가는 것을 보면 분명 어떤 속임수가 감춰져 있다고 생각할 거에요. 그래서 나 하나 잡는 것보다 숨겨져 있을지도 모르는 그 위험을 피하는 쪽을 택할 거에요."

"당신 말대로 되면 좋긴 하겠지만……."

이화검이 말꼬리를 흐렸다. 그녀는 여전히 시월이 말을 타고 자신을 무방비로 노출한 채 월문으로 가는 것이 불안한 모양이었다.

"나 믿죠?"

불안해하는 이화검에게 시월이 물었다.

그러자 이화검이 고개를 끄떡였다.

"당연히 믿죠."

이화검이 대답했다.

"그럼 불안해하지 마요. 산책하듯 다녀올 테니까."

"마련의 진영 앞을 산책하겠다는 사람은 무림에 당신밖에 없을 거예요."

"원래 워낙 잘난 낭군이잖아요."

"하하! 그렇긴 하죠. 알았어요. 걱정하지 않을 테니 아침이나 먹고 가요."

"그럴까요? 안개가 걷힌 후에 가야 하니까."

안개는 해가 뜬지 반 시진이 지나자 걷혔다. 안개가 걷히자 맑고 시린 초겨울 하늘이 드러났다.

천지가 투명한 햇빛 아래 반짝였다. 월문과 마련의 대치만 아니라면 세상 어느 곳보다 아름다운 신검산 주변의 초겨울 풍경이었다.

"조심하게!"

"조심해요!"

이장룡과 이화검이 말에 오르는 시월에게 당부했다.

"걱정들 마세요!"

말에 오른 시월이 두 사람을 보며 말했다.

"오늘 중에 돌아올 수 있겠나?"

이광검이 물었다.

"그렇게 해야죠."

"알겠네. 혹 위험한 일이 생기면 반드시 효시(嚆矢)를 쏘게. 바로 달려갈 테니."

"알겠습니다. 하지만 뭐 그럴 일은 없을 겁니다."

"그래도 조심해서 다녀오게."

"알겠습니다. 그럼!"

시월이 자신을 지켜보는 이가검문의 무인들에게 가볍게 고개를 숙여 보이고는 천천히 말을 몰아 구서령을 내려가기 시작했다.

"후… 대담한 건지, 무모한 건지……."

시월의 뒷모습을 보며 이광검이 고개를 저었다.

그러자 이화검이 말했다.

"대담하지도 무모하지도 않은 사람이에요. 저 사람은 어려서부터 철저하게 살아남는 것을 최대의 목표로 살아온 사람이니까요. 저렇게 혼자 가는 것은 저 사람의 본능이 이 길이 가장 안전하다고 말해주고 있기 때문일 거예요. 모든 게 계산된 행동이라는 거죠."

"그런가? 그렇다면 다행인데……."

이광검이 대답을 하면서도 뭔가 찜찜한지 고개를 갸웃했다.

"일단 지켜봐요. 정말 저 사람의 말처럼 아무 일 없이 산책하듯 월문의 장원에 다녀온다면 마련 마인들 사기가 크게 떨어질 거예요."

"그렇겠지. 자신들 앞마당을 유유히 지나가는데 공격조차 하지 못한다면……."

이광검이 고개를 끄떡였다.

그때 이장룡이 주위의 이가검문 무인들에게 명을 내렸다.

"모두 출전 준비를 하게. 만약의 경우 시월이 공격을 당하면 바로 달려가야 하니까."

"알겠습니다!"

이가검문의 무인들이 대답을 하고는 서둘러 말들을 끌어내 구서령 아래로 언제든 달려 내려갈 준비를 하기 시작했다.

그사이 시월은 어느새 구서령 중턱을 지나 완만한 비탈을 따라 마련의 마인들이 곳곳에 산재해 있는 지역으로 들어서고 있었다.

제 8장

적진(敵陣) 산책

히힝!

짐승은 사람보다 먼저 적의를 가진 자들의 기운을 감지한다.

"괜찮아."

시월이 말의 목덜미를 부드럽게 쓰다듬었다. 주인의 안정된 손길을 느끼자 말도 긴장을 풀었다.

뚜걱뚜걱!

말발굽 소리가 조용한 송림에 울려 퍼졌다.

그렇게 일각 여를 걷자 송림이 끝나면서 광활한 평지가 모습을 드러냈다.

시월이 드디어 구서령을 벗어나 신검산의 권역으로 들어서고 있었다.

신검산은 대산이다. 북동쪽으로는 깎아지르는 절벽과 석봉들을 거느리고 남쪽으로는 완만한 경사를 이루는 산비탈이 이어진다.

그 비탈 중턱에 거대한 월문 장원이 웅크리고 있었다.

더 남쪽으로 내려오면 제법 큰 강이 신검산을 감싸듯 북동쪽에서 서남쪽으로 흘러나간다.

강은 백여 리를 흘러 요하 중류와 합류하는데 월문이 외부로부터 물자를 실어 나르는 주요한 교통로였다.

강에는 마차가 두어 대는 다닐만한 넓이의 단단한 석교가 있었다.

그 다리를 건너 반대편으로 오면 강변을 따라 형성된 너른 평야가 이어진다.

그 평야 군데군데 마을을 형성되어 있었는데, 그 마을에 사는 사람들은 대대로 농사를 지어 월문에 식량을 공급하거나, 대월문을 구경하기 위해 찾아오는 여행객들을 상대로 객잔이나 반점을 하며 살아가는 사람들이었다.

마을 주변으로 형성된 너른 농토는 월문이 척박한 북방에서도 식량 부족 없이 거대한 세력을 형성할 수 있는 기반이 되고 있었다.

하지만 지금 그 농지와 마을은 텅 비어 있었다.

겨울 초입, 추수야 이미 오래전에 끝이 났지만, 사람들이 마을을 떠난 것은 농사가 끝나서가 아니다.

갑작스러운 마련의 공격, 그들이 신검산 주변의 길목을 모두 막고 월문을 포위하자 월문에 기대어 살아가던 농사꾼과 장사꾼들은 급히 강을 통해 외부로 떠났다.

그래서 지금 신검산 주변 마을은 유령이 나올 것처럼 황량했다.

시월은 그중 한 마을로 접어들었다.

뚜걱뚜걱!

시월을 태운 말이 더 이상 흥분하지 않고 일정한 말발굽 소리를 냈다.

시월은 말 위에 앉아서 가끔 콧노래를 흥얼거리기도 하면서 주변의 경치를 구경했다.

그에게선 어떤 경계심이나 긴장감도 느껴지지 않았다.

그는 마치 지금 신검산 주변에서 벌어지고 있는 월문과 마련의 치열한 대치를 모르는 여행자 같았다.

"사방에서 우릴 구경하는구나. 기왕에 이렇게 된 것 제대로 산책을 즐겨볼까? 강으로 가자."

시월이 친구에게 말하듯 말을 하고는 작은 마을을 관통해 말머리를 신검산 앞쪽으로 흐르는 강으로 돌렸다.

추수가 끝난 밭을 지나자 누렇게 마른 강변의 초지가 나타났다.

아주 오랫동안 떠나 있었지만 익숙한 지형이다.

물론 칠랑으로 살던 시절에도 신검산에 오래 머물렀던 것은 아니다.

잠룡동에서 수련이 끝난 후 잔마 추격전 와중에 잠시 머물렀던 것이 시월과 칠랑이 신검산 월문의 장원에 머물렀던 시간의 전부였다.

하지만 그때까지는 평생 살아갈 자신들의 문파라는 생각으로 바라봤던 월문이었으므로 그 기억들은 오랜 시간이 흘렀어도 바로 어제 본 것처럼 생생했다.

푸스스!

바싹 마른 풀잎들이 말발굽에 부딪혀 부서져 내렸다.

얼마 전 첫눈이 내렸던 땅이지만, 초겨울 첫눈은 반나절을 버티지 못하고 녹아버렸기에 눈의 흔적은 찾아볼 수 없었다.

하지만 이제 곧, 이 땅은 눈으로 덮일 것이고, 강에는 얼음이 얼 것이다.

살을 에는 한기가 북쪽에서 내려올 것이고, 사람들은 야지에서 지낼 수 없는 계절이 된다.

"겨울을 지낼 준비를 끝낸 것일까?"

시월이 문득 시선을 돌려 동남쪽의 야산들을 바라봤다. 신검산만큼은 아니어도 숲이 무성해서 사람이 들어가 몸을 숨길만 한 산들이었다.

그곳에 만계지마 중산이 있었다.

만계지마 중산은 수백의 마인들을 이끌고 있었다.

그중 절반은 신검산 주변 사방 수십 리의 주요 길목을 지키고 있었고, 나머지 절반은 지금 시월이 보고 있는 신검산 맞은 편 야산의 숲에 본진을 구축하고 있었다.

그런데 북방의 겨울은 숲속에서 버텨내기에는 너무 가혹했다. 아무리 단단히 숙영지를 구축했다 해도 북방의 한파를 피하는 것은 결코 쉬운 일이 아니었다.

숲의 나무를 모두 베어 땔 생각이 아니라면…….

그런 면에서 이가검문의 구원대는 사정이 나은 편이었다.

그들 역시 구서령 능선에 구축한 숙영지에서 겨울을 나야 할 수도 있었지만, 이가검문 구원대를 구성한 요동의 무인들은 북방의 추위에 익숙했다.

그들은 오랜 경험으로 추위를 피하는 법을 알고 있었고, 천막

하나 들고 한겨울 설원에 나가서도 한 달을 버틸 수 있는 사람들이었다.

"그가 이곳 기후를 모를 리가 없겠지."

시월이 고개를 저었다.

만계지마 중산 같은 사람이 이곳 기후를 염두에 두지 않았을 리 없었다.

그가 전면전을 벌이지 않고 숲에서 겨울을 맞이하는 데는 또 그 나름대로의 계책이 있을 것이 분명했다.

"문주의 머리가 아프겠구나. 자신보다 더 깊은 계책을 쓰는 자를 상대해야 하니……"

시월이 이번에는 신검산 중턱에 있는 월문으로 시선을 돌렸다.

그러자 자연스럽게 그와 사형들이 갇혀 있던 동쪽 절벽이 보인다.

그 절벽 중턱에 있는 석옥에서 뛰어내린 것이 십여 년 전이다.

그럼에도 바로 어제 그 일이 있었던 것처럼 생생했다.

절벽에서 뛰어내린 후 한동안 머물렀던 강 상류의 수중 동굴, 그리고 이곳을 떠나기 전 마지막으로 설우담을 만나러 갔던 초월루도 그 모습 그대로 존재할 것이다.

그러자 잊었던 아픔이 되살아났다.

"무뎌진 줄 알았는데. 아직도 수련이 많이 부족하구나, 시월……"

시월이 씁쓸한 미소를 흘렸다.

시월이 말에서 내려 말을 끌고 강가로 다가갔다. 초겨울에 접어든 강물을 그 어느 때보다도 맑았다.

시월이 말에게 물을 마시게 하고 자신도 강물에 손을 담갔다. 뼛속까지 차가운 냉기가 몰려든다. 그러자 잠시 흥분했던 마음이 차갑게 가라앉고, 그의 마음이 평소대로 돌아왔다.

그리고 그 순간 날카로워진 그의 감각이 누렇게 마른 강변 갈대밭에 숨어 있는 자들을 잡아냈다.

시월이 몸을 일으켰다.

그리고 갈대밭을 바라보며 입을 열었다.

"난 이가검문의 구원대와 동행한 칠선문의 연시월이다! 오늘 난 싸우러 온 것이 아니라 내 옛 고향을 방문하러 온 것이니 물러가라. 오랜만의 고향 나들이를 피로 얼룩지게 하고 싶지 않으니!"

시월의 경고에도 갈대밭은 조용하다. 마치 아무도 숨어 있지 않은 것처럼.

그러자 시월이 다시 입을 열었다.

"혹, 만계지마가 내 머리를 가져오라 했다면, 지금 손을 써라. 조금 후에는 월문으로 갈 테니까. 기회는 오직 지금뿐이다. 물론 너희들 머리를 내게 주고 가야 할 가능성이 더 크지만!"

시월이 경고에도 갈대숲에서는 별다른 움직임이 없었다. 그러자 시월이 다시 몸을 돌려 물에 손을 담갔다. 마치 공격을 유도하려는 듯 과감하게 적에게 등을 보인 시월이다.

그러자 잠시 후 갈대숲에서 검은 무복을 입은 중년 사내가 모습을 드러냈다. 그리고 시월을 향해 낮은 목소리로 입을 열었다.

"연시월! 위대하신 마정궁주이자 천하의 마도를 이끄시는 만계지마께서 너에게 전하란 말이 있다!"

"말하라!"

시월이 고개도 돌리지 않고 대답했다.

"만계지마께서 이가검문의 구원대가 회군할 기회를 주시겠다고 하셨다. 이달 보름까지! 그 안에 회군치 않으면 전멸을 면치 못할 것이라 하셨다."

"날 죽이라는 말은 없었고?"

"……."

중년 마인이 시월의 질문에 대답을 하지 않았다.

그러자 시월이 웃음을 터뜨리며 몸을 일으켰다.

"하하! 대답이 없는 걸 보니 기회가 되면 죽이라는 명을 받고 왔군. 기회가 없으면 그의 말을 전하는 것이 임무일 것이고! 실망이군. 만계지마가 내 목을 베라고 보낼 정도면 뛰어난 무공을 지니고 있을 텐데 시도조차 하지 않다니!"

시월이 중년 마인을 바라보며 말했다.

그러자 중년 마인의 얼굴이 수치심으로 검게 변했다. 하지만 그는 자신의 분노를 행동으로 표출하지 않았다.

"언젠가… 그대의 목을 벨 기회가 오겠지. 난 기다릴 줄 아는 사람이니까. 난 마정궁 호천마검대의 오라다! 내 이름을 기억해 두거라! 모두 돌아간다!"

자신의 이름을 밝힌 중년 마인이 망설임 없이 몸을 돌렸다. 마치 앞서 자신에게 등을 보인 시월에게 자신도 그 정도 배포는 있다는 것을 보여주려는 듯한 행동이다.

그를 따라 갈대밭 곳곳에 숨어 있던 마인들도 물러나기 시작했다.

시월의 육감이 깨끗해졌다. 그의 주위에 그를 위협하는 자는 더 이상 없었다.

"좀 더 걸어볼까?"

시월이 마련의 마인들이 물러나자 물을 다 마시고 강변의 마른 풀잎을 뜯고 있던 말의 고삐를 잡았다. 그러고는 말을 끌고 강변을 걷기 시작했다.

*　　　*　　　*

"시월이 확실하군요."

월문의 일장로 고태가 말했다.

예전보다 흰머리가 확연히 많아졌고, 얼굴도 한결 늙어 보였다.

하지만 그의 몸에서 흘러나오는 진기의 예기는 오히려 예전보다 더 날카로워진 것 같았다.

"삼장로가 보기엔 어떻소?"

백문보가 조금 더 뒤쪽에 서 있는 천중한에게 물었다.

천중한 역시 예전보다 확연히 늙은 모습이다.

"그 아이군요."

천중한이 짧게 대답했다.

마치 이 일이 자신과 아무런 상관이 없는 듯한 표정과 말투였다.

그러자 백문보가 살짝 눈썹을 꿈틀대며 물었다.

"아직도 서운함이 풀리지 않은 거요?"

"서운할 게 무엇이 있겠습니까?"

"후우… 내가 그동안 그대들 삼장로에게 소홀했던 것은 인정하오. 하지만, 십대천문의 반열에 오른 월문을 예전과 같은 방식으로 이끌어 갈 수는 없소. 더 많은 문도, 더 강한 세력이 필요했고, 또 새로운 시대를 이끌어갈 새로운 인재들 역시 필요했소. 결코 세 장로를 월문의 일에서 배제하려 한 것은 아니오."

삼장로를 대하는 백문보의 말투도 많이 변해 있었다.

과거에 그는 삼장로에게 이렇게 조심스러운 사람이 아니었다. 그가 명령을 하면 삼장로는 어떤 명이든 따라야 하는 수하들이었다.

그런데 지금은 마치 삼장로가 손님이라도 된 듯 정중하게 대하고 있었다.

백문보가 삼장로를 이렇게 조심스레 다루는 데는 그럴 만한 이유가 있었다.

월문이 십대천문이 되고, 월문신룡 백유검이 월문을 대표하는 고수로 강호에 명성을 날린 이후, 백문보는 월문의 조직을 새롭게 개편했다.

그런데 그 중심에는 월문을 십대천문까지 이끈 삼장로가 아니라 그가 길러낸 묵천이단, 묵천대호단과 묵천의룡단이 있었다.

또한 월문신룡 백유검의 심복들로 구성된 창천검대의 젊은 무인들도 월문의 요직에 등용되었다.

그러자 월문 내에서 삼장로의 역할은 크게 줄어들었고, 급기야는 그들이 빠진 채 월문의 주요 행보가 결정되는 일이 빈번해졌다.

그즈음부터 월문 삼장로와 백문보가 얼굴을 보는 시간이 점점 사라지기 시작했다.

급기야 최근 몇 달 사이에는 십여 일에 한 번, 그것도 사람을 보내 부탁을 해야 백문보를 만날 수 있게 된 삼장로였다.

그런데 막상 마련의 공격을 받아 신검산 월문이 만계지마의 천라지망 안에 갇히게 되자, 백문보는 다시 삼장로를 자신의 곁으로 불러낼 수밖에 없었다.

위기에 처하자 백문보는 월문의 위기를 타개하기 위해선 노련한 삼장로의 활약이 필요하다는 것을 확실하게 깨달았던 것이다.

그리고 그들의 힘을 이용하기 위해서는 지난 몇 달간 수모 아닌 수모를 당한 삼장로의 마음을 위로하는 것이 우선이라는 것 역시 잘 알고 있는 백문보였다.

그래서 삼장로를 불러내 그들을 위로하는 술자리를 가지려던 차에 갑자기 신검산 남쪽 강변에 시월로 보이는 젊은 무인이 나타났다는 보고가 들어왔다.

덕분에 술자리는 시작도 하지 못하고 끝이 났고, 백문보와 삼장로는 이렇게 망루에서 강변을 산책하는 시월을 지켜보고 있었던 것이다.

*   *   *

"어찌 대하면 좋겠소?"

백문보가 세 장로에게 물었다.

그러자 천중한이 반문했다.

"문주님 생각은 어떠신지요? 지금 본문에 저 아이의 도움이 필요하다고 생각하십니까?"

천중한의 반문에 백문보가 살짝 불쾌한 표정을 지었다. 마치 시월의 도움이 없다면 월문이 이 싸움에서 패할 거라 말하는 것처럼 느껴졌기 때문이었다.

"물론 저 아이가 돕는다면 우리 월문에 큰 힘이 될 것이오. 하지만 그렇지 않는다고 해도 본문이 이 싸움에서 패할 일은 없소."

"그렇겠지요. 하지만 본문의 피해도 막심할 것입니다. 십대천문의 지위를 유지할 수 없을 만큼 말이지요. 외람되지만 지금 맹의 구원이 이렇게 늦어지는 것 역시 의심스러운 면이 있습니다."

천중한은 백문보를 조롱하려는 것 같지는 않았다. 그는 진심으로 백문보에게 조언하려는 모습이었다.

그러자 백문보도 표정이 변했다.

천중한이 지금까지 한 말들이 자신에게 서운한 감정으로 한 말들이 아니라는 것을 깨달았기 때문이었다.

"어떤 점에서 말이오?"

"십대천문이 제대로 된 구원대를 조직하는 일은 그들의 말처럼 시간이 걸리는 일입니다. 하지만 맹의 의천대는 다르지 않습니까? 의천대라면 이미 본문에 얼마간이라도 사람을 보내왔어야 합니다. 그런데……."

"그렇구려. 의천대를 생각지 못했구려. 의천대의 고수들이라면 만계지마가 신검산 주변에 펼친 천라지망을 뚫고 들어올 수도 있고, 또 놈들의 전력을 상세하게 알아 올 수도 있을 텐데. 음……."

백문보가 생각해 보니 의천무맹 의천대의 고수들이 지금 월문에 가장 필요한 사람들이었다. 그런데 가장 먼저 달려왔어야 할 그들이 온다는 소식조차 없었다.

"분명히 의천대의 출발을 다른 십대천문에서 일부러 늦추고 있을 겁니다."

천중한이 냉정하게 말했다.

"…이 기회에 본문이 큰 타격을 입기를 바라고 있다는 뜻이구려."

"그렇습니다. 물론 그들이 결국 구원대를 보내긴 할 겁니다. 하지만… 본문의 힘이 크게 소진되기 전에는 적극적으로 도울지 확신할 수 없습니다. 그래서… 저 아이를 잘 대해주셔야 합니다."

"무슨 말인지 알겠소. 그런데… 그렇다면 이 일에는 삼장로의 도움이 필요할 것 같소."

백문보가 말했다.

"명을 내리시면 따르긴 하겠습니다만, 저 아이가 절 상대하려 할지 모르겠군요. 아마도 문주님을 뵙기를 원할 겁니다."

"만나지 않겠다는 것이 아니오. 장원 밖으로 가서 저 아이를 데려와 달라는 뜻이오. 그리고… 데려오면 일단 동죽헌으로 데려가시오."

"……?"

백문보의 의도를 모르겠다는 듯 천중한이 백문보를 바라봤다.

그러자 백문보가 말했다.

"본문에 하등 도움이 되지 않는 아인 줄 알았는데, 이럴 때는 쓸모가 있을 것 같소. 동죽헌의 그 아이가 시월이 마련과의 싸움에 적극적으로 나설 있게 우릴 도울 수 있지 않겠소?"

"그, 그건……."

천중한이 백문보의 뜻밖의 말에 당황해 제대로 대답을 하지 못했다.

"그 아이가 비록 소후를 떠나 유검에게 왔다고 해도 칠랑들에게 여전히 중요한 사람일 것이오. 남매처럼 자랐으니까. 아마 시월이 굳이 이가검문의 구원대를 따라온 것도 그 아이 때문일 것이오. 그러니 그 아이를 먼저 만나게 하는 것이 좋을 것이오. 시월을 데려오는 동안 내가 그 아이에게 따로 당부를 해놓겠소."

다시 예전처럼 천중한에게 명령을 내리듯 말한 백문보가 더 이상 할 말이 없다는 듯 몸을 돌려 망루를 내려갔다.

"후… 사람은 정말 변하지 않는군."

백문보가 망루를 내려가자 천중한이 한숨을 쉬며 말했다.

"그런들 어쩌겠나? 월문이 위기에 처했으니 일단 이 위기를 넘길 수 있게 돕는 수밖에."

고태가 말했다.

"그 이후에는 다시 뒷방 늙은이로 물러나 죽을 때를 기다려야 할 겁니다."

이장로 마건이 씁쓸한 얼굴로 말했다.

"우리가 선택한 인생 아닌가. 문주가 이런 분이란 걸 몰랐던 것도 아니고… 솔직히 지난 수십 년간 우리도 나름 괜찮은 삶을 살았으니까. 난 아쉬울 것은 없네."

고태가 천중한과 마건을 보며 말했다.

"…전 아쉽군요. 특히 저 아이들이……."

천중한이 시선을 돌려 시월을 보며 말했다.

＊　　　＊　　　＊

"역시 그놈이었군. 이가검문의 구원대를 따라 왔다는 소식을 듣고 그놈일 거라 생각했지. 아니면 저렇게 대담하게 홀로 내 앞을 산책할 인물이 없지."

보통의 키보다 약간은 작은 듯 보이는 체구, 마르지도 그렇다고 비대하지도 않은 몸집, 하지만 그의 눈은 보통 사람은 감히 마주 보지도 못할 만큼 형형하다.

가는 입술은 어떤 일도 해결할 수 있다는 도도함과 독선이 엿보였다.

만계지만 중산, 과거 삼십육마의 난 때 마도의 두뇌로 활동했고, 삼십육마가 패퇴한 이후에는 근 십여 년간 은밀히 움직이며 삼십육마의 생존자들을 규합해 지금의 마련으로 엮어낸 일대의 거마다.

무공도 뛰어나지만, 그의 두뇌가 워낙 무서워서 오히려 그의 무공이 부족하여 보인다는 인물이 바로 그였다.

그가 수하 오라에게서 강변을 산책하는 인물이 칠선문의 연시월임을 확인받고 있었다.

"대단한 자였습니다. 그가 월문을 돕는다면 월문신룡 이상의 방해물이 될 듯합니다. 명을 내리시면 월문에서 나와 구서령으로 돌아가는 중간에 놈을 제거하겠습니다."

마인 오라가 살기를 드러내며 말했다.

"가능하겠나?"

만계지마 중산이 물었다.

너무 직설적인 물음에 오라가 제대로 대답을 하지 못했다. 목숨을 걸고 싸울 수는 있지만, 시월을 제거할 수 있다는 확신은 없는 것 같았다.

그 모습을 본 만게지마 중산이 다시 입을 열었다.

"난 불확실한 일에 전력을 허비하지 않는다. 그리고… 칠선문의 젊은 놈들과 월문주 백문보 사이가 좋은 것은 아니니까 아마도 놈은 이 싸움에 적극적으로 나서지 않을 것이다."

"알겠습니다. 명이 있으시기 전에는 놈을 공격하지 않겠습니다."

마인 오라가 시월을 공격하겠다는 뜻을 거둬들였다.

"날이 추워지니 이제 때가 가까워지고 있다. 백문보… 그자의 간특한 머리가 오히려 월문을 패망으로 이끌 것이다. 의천무맹의 구원군에 대한 소식은?"

만게지마 중산이 다른 마인에게 물었다.

그러자 그의 질문을 받은 마인이 대답했다.

"이틀 전 장성을 넘었답니다."

"좋아. 남쪽 경계를 강화하라 전하라. 놈들은 반드시 천라지망 밖에 머물러야 한다."

"알겠습니다."

명을 받은 마인이 대답했다.

"마검과 흑화수 그리고 소수마녀를 초대하라. 이제 그들에게 나의 계책을 알려줄 때가 되었다."

"옛, 궁주!"

또 다른 마인이 명을 받고 장내를 벗어났다.

"신검산, 좋은 땅이야! 마정궁이 뿌리를 내리고 수천 년을 이어갈 만한… 흐음!"

만계지마 중산이 눈을 들어 건너편에 우뚝 솟아 있는 신검산을
바라보며 중얼거렸다.

*   *   *

뚜걱뚜걱!

시월은 어느새 다시 말에 올라 월문 석교를 향해 다가가고 있었
다.

언제까지 강변을 산책하고 있을 수는 없는 노릇이었다. 오늘 중
으로 다시 구서령으로 돌아가려면 월문에 머물 시간이 그리 많지
않았다.

그가 적진 앞을 산책한 효과는 이미 충분했다.

만계지마에게는 경고가 되었을 것이고, 월문주 백문보 역시 대
낮에 홀로 찾아온 자신을 해코지하지는 못할 것이다.

또한 강호에 오늘 자신의 행보가 알려지면 과거의 서운함을 뒤
로하고 월문을 도운 칠선문의 행보에 대한 칭송이 자자할 것이다.

그 명성이 향후 월문주 백문보가 칠선문의 사형제들을 상대하
는데 무척 큰 제약이 될 것은 당연한 일이었다.

"어떻게 날 상대할지 궁금하군."

시월이 석교 앞에 이르자 눈을 들어 월문의 장원을 보며 중얼거
렸다.

그런데 그때 월문 장원에서 한 사람이 말을 타고 달려 나왔다.

두두두두!

경쾌한 말발굽 소리와 함께 월문을 나선 인물이 빠른 속도로

신검산을 내려와 맞은편 석교 입구에서 말을 멈췄다.

"삼장로님……."

석교 반대편에 도착한 인물이 삼장로 천중한임을 알아본 시월이 잠시 머뭇거렸다. 하지만 이내 숨을 고르고 말을 몰아 석교를 건너기 시작했다.

천중한은 석교 끝에서 시월을 기다렸다. 말에 탄 채 묵묵히 석교를 건너오는 시월에게서 그는 한 번도 눈을 떼지 않았다.

시월 역시 마찬가지였다. 그는 천중한과 말머리를 마주할 때까지 줄곧 그에게서 시선을 거두지 않았다.

그래서 가까워질수록 부쩍 늙어 보이는 천중한의 얼굴을 세세하게 볼 수 있었다.

확실히 지난번 잠룡동에서 만났을 때와는 확연히 달라진 천중한이었다. 머리도 더 흰 것 같고, 얼굴에 주름살도 확실히 많이 늘어나 있었다.

어떻게 이렇게 급격하게 노화가 찾아왔을까 하는 생각이 들 정도로 천중한은 훌쩍 나이 많은 노인이 되어 있었다.

하지만 시월을 바라보는 그의 시선, 그 눈빛에서는 여전히 월문 최고의 맹장이었던 시절의 그 서늘함이 느껴졌다.

"장로님! 오랜만에 뵙습니다!"

시월이 말 위에 앉은 채 고개를 숙여 인사를 했다.

"그렇구나. 한… 삼 년 되었나?"

"아직 이 년이 조금 지났을 뿐입니다."

시월이 대답했다.

"그래? 그런데 왜 이렇게 오래된 것 같지? 후후, 짧은 시간인데 많이 변했구나. 무척… 편안해 보여. 다행이구나."

천중한은 시월에게서 완성된 무인의 모습을 보고 있었다. 어떤 바람에도 흔들리지 않을 단단함이 시월에서 느껴졌다. 그건 시월의 무공이 잠룡동에서 조우했을 때보다 훨씬 강해졌다는 의미일 것이다.

"저와 사형들 모두 더 이상 걱정할 일이 없어 그리 보이나 봅니다."

시월이 무공이 문제가 아니라 사형제들이 안전해진 것이 자신이 편해진 이유라고 말했다.

"음… 그럴 수도 있겠군. 그래서 모두 잘들 지내느냐?"

천중한이 뒤늦게 칠랑의 안부를 물었다.

"모두 잘 있습니다."

"몸들은?"

천중한도 칠랑이 운중오문으로 끌려간 이후 군자의 공천보에게 갖은 학대를 당한 것을 알고 있었다.

그들이 공천보에서 벗어나 시월을 만나러 잠룡동으로 갈 때, 칠랑은 절대 회복할 수 없는 몸 상태였다.

그래서 아마 지금도 그 후유증에 시달리고 있을 거라고 생각하는 천중한이었다.

그런데 시월이 천중한의 생각과 전혀 다른 대답을 했다.

"사형들 모두 괜찮습니다. 몸도 정상으로 돌아왔고, 무공도 예전보다 훨씬 강해지셨지요. 아마… 보시면 놀라실 겁니다."

"뭐? 무공이 더 강해져?"

천중한이 놀란 듯 눈을 크게 뜨며 되물었다.

"그렇습니다."

"그게… 어떻게 그럴 수가 있느냐? 그 아이들의 몸 상태로 볼 때 그건 불가능한 일인데……?"

천중한이 믿을 수 없다는 듯 물었다.

"칠선문에는 세상에 알려지지 않은 뛰어난 의원이 계십니다. 의술로 보자면 군자의 공천보다 몇 수 위의 의원이시지요. 그분이 도움을 주셨습니다. 사형들의 몸을 회복시키고 무공을 되찾게 도와주셨지요. 그래서 이제 사형들은 예전보다 훨씬 강한 무인들이 되었습니다."

"칠선문에, 아니 세상에 그런 대단한 의원이 있다니. 믿기 힘들군. 하지만 네 말이 사실이라면 너희들에게는 큰 복이구나. 나도 이곳에서 칠선문에 대한 소문을 간혹 듣기는 했다만 그런 기인이 사가 모여 있을 줄을 몰랐다."

"칠선문은 작은 문파지만, 특별한 재능을 가진 분들이 몇 분 계시지요."

"음… 그렇구나. 그런데 그건 그렇고, 네가 월문에 온 특별한 이유가 있느냐? 솔직히 난 네가 월문에 올 거라고는 생각지 못했다."

천중한이 시월이 월문에 온 목적을 물었다.

그러자 시월이 담담하게 대답했다.

"아시다시피 월문의 안위야 솔직히 이젠 저와 상관없습니다만… 우담 누이만큼은 걱정이 되더군요."

*　　　　*　　　　*

석교를 떠난 후 시월과 천중한은 어깨를 나란히 하고 신검산을
오르기 시작했다.

석교에서 월문 장원으로 이어지는 길은 마차 두 대가 교차할
정도로 넓었다. 그럼에도 불구하고 시월과 천중한 두 사람이 나란
히 걷자 길이 꽉 찬 듯 보였다.

어찌 보면 월문의 주인인 백씨 성의 무인을 제외한 타성의 무인
중 월문이 배출한 최강의 무인이 두 사람이라고 할 수 있었다.

천중한은 삼장로 중에서 막내지만, 무공에 있어서는 이미 오래전
에 일장로 고태와 이장로 마건을 능가한다는 평가를 받고 있었다.

시월 역시 칠랑 중 막내지만 지금은 칠랑들조차도 넘볼 수 없
는 무공 경지에 이르러 있었다.

"그런데… 건강이 안 좋으십니까?"

아직 월문 장원까지의 거리가 제법 남아 있을 때 시월이 갑자기
물었다.

"그렇게 보이느냐?"

천중한이 되물었다.

"부쩍… 늙으신 것 같아서요."

시월이 걱정스러운 표정으로 물었다.

"남들이 보기에도 그렇게 보이나 보군. 그렇다면 정말 늙긴 늙
은 모양이구나."

"어디 몸이 불편하신 겁니까?"

시월이 다시 천중한을 돌아보며 물었다.

그러자 천중한이 쓸쓸하게 웃으며 대답했다.

"후후, 네 녀석은 항상 그게 문제야. 마음이 너무 여려. 널 배신

한 늙은이 몸 걱정은 왜 하느냐? 그저 모른 척하면 그만이지."

"자식을 버려도 부모는 부모지요."

"흠… 자식을 버려도 부모는 부모다? 그런 부모는 없는 게 낫지."

천중한이 퉁명스럽게 말했다.

"버려서 더 잘 되는 경우도 있으니까요. 데리고 있으면서 아이를 망치는 것 보다……."

"그런 경우는 천에 하나 운이 억세게 좋은 것일 뿐, 버려진 아이들은 대부분 결국 비참한 인생을 살아가지. 그런 의미에서 내쳐서 잘 된 아이도 있다는 말은 버린 자들의 비겁한 변명일 뿐이지. 그러니 넌 절대 우리가 죽어도 슬퍼하거나 안타까워할 필요가 없다."

천중한이 단호하게 말했다.

그러자 시월이 시선을 돌려 천중한을 바라보며 물었다.

"제가 온 것이 반갑지 않으시군요?"

"…문주는 어떻게든 널 이용하려 할 것이다. 너에 대한 미안함 같은 것은 전혀 없는 사람이니까. 그걸 모르지 않을 텐데 바보처럼 다시 월문에 왔느냐"

천중한이 꾸중하듯 말했다.

그 순간 시월은 자신이 떠나 있는 사이 월문에도 많은 변화가 있었다는 것을 깨달았다.

예전의 천중한은 어떤 경우에도 문주 백문보에 대해 이런 비난의 말을 할 사람이 아니었다. 그는 칠랑이 버림받았을 때조차 월문을 위해 문주로서도 어쩔 수 없는 일이었다고 백문보를 변명해주었다.

그런데 다시 만난 천중한에게서는 백문보에 대한 충성심이나 애정이 전혀 느껴지지 않았다.

'대체 그동안 무슨 일이 있으셨던 건가?'

천중한의 변한 모습에 의문이 들었지만, 시월은 그 의문을 마음속에 묻어 두었다. 질문을 한다고 대답해 줄 천중한도 아니거니와 설우담을 만나면 좀 더 자세한 이야기를 들을 수 있을 것이기 때문이었다.

다시 잠깐의 침묵이 이어졌다. 그사이 어느덧 두 사람이 월문의 정문 앞에 다가섰다. 시월이 잠시 말을 세우고 월문의 장원을 바라봤다.

뭔가 특별한 감정이 느껴질 거라 생각했는데, 예상과 달리 아무런 감정이 느껴지지 않는다.

오히려 요동의 이가검문에 다시 왔을 때보다는 감흥이 없다.

'이제 정말 나와 아무 관계가 없는 곳이 된 건가?'

이곳에 온 이유가 오직 설우담 때문만은 아니라고 내심 생각하고 있던 자신이 당황스러울 정도로 무덤덤한 느낌이다.

그때 정문 안쪽에서 일장로 고태와 이장로 마건이 걸어 나왔다.

"시월! 어서 오너라."

고태가 말 위에 앉아 있는 시월을 보며 먼저 입을 열었다.

그러자 시월이 말에서 내렸다. 그러고는 두 장로에게 인사를 하려다 말고 다시 한번 놀라고 말았다.

사람이 변한 것은 천중한 만이 아니었다. 일장로 고태와 이장로 마건 역시 그새 급격하게 늙어 있었다.

더군다나 마건은 이가검문에서 만난 지 일 년여 정도밖에 되지 않았다. 그런데도 마건은 이가검문에서 보았던 사람이 맞나 싶을 정도로 늙어 있었다.

'정말 무슨 일이 있었구나.'

아무런 이유 없이 사람이 단시간이 이렇게 늙을 수는 없는 일이다.

시월이 두 사람의 변한 모습에 입을 열지 못하고 있자 고태가 다시 말했다.

"놀란 모양이구나. 우리가 조금 변했지?"

"건강이 좋지 않으신 겁니까?"

시월이 걱정스러운 표정으로 물었다.

사실 천중한과 달리 고태와 마건에 대해선 조금의 정이나 미련이 남아 있지 않은 시월이었다. 천중한은 월문이 칠랑에 한 일에 대해 미안한 감정을 가지고 있었지만, 두 사람은 그 일에 대해 어떤 안타까움도 보이지 않았었기 때문이었다.

하지만 그들의 늙은 모습을 보니 자신도 모르게 측은한 마음이 생겨나는 시월이었다.

"나이가 들면 하루가 다르게 몸이 변한다. 그래도 크게 문제가 있는 것은 아니니 걱정할 필요 없다."

순간 시월이 자신이 그들의 노화를 걱정할 필요가 없다는 생각을 퍼뜩 떠올렸다. 하지만 그들이 급격한 늙은 이유는 여전히 궁금했다.

"과거의 일을 생각하면 오기 쉽지 않았을 텐데, 그래도 이렇게 와주니 고맙구나."

자신들의 노화에 놀라고 있는 시월에게 마건이 말했다. 그는 늙기는 했지만 여전히 말투에 냉정한 면이 있었다.

"이가검문 구원대의 일원으로 왔을 뿐입니다. 그런데… 문주께서는?"

시월이 물었다.

"음, 급한 일이 있어서 잠시 뒤에나 인사드릴 수 있을 것 같구나. 일단 동죽헌으로 가도록 하자."

고태가 말했다.

순간 시월이 씁쓸한 미소를 지었다. 자신이 설우담 때문에 이곳에 온 것은 사실이지만 백문보가 그 사실을 알 리 없었다. 그런데도 백문보는 자신을 만나는 일을 뒤로 미뤘다.

그건 아마도 시월에게 일말의 자존심을 세우고 싶기 때문일 것이다. 시월의 도움 따위 월문의 생존에 그리 중요한 문제가 아니라는 걸 이런 식으로 드러내고 있는 백문보였다.

'물론, 나도 문주 당신을 위해 대단한 노력을 할 생각은 없소. 난 오직 우담 누이의 안전이 중요할 뿐이니까. 월문이야 망하든 말든! 그런 면에서 이런 냉대는 오히려 내게도 좋은 일이지.'

잠시 굳었던 시월의 표정이 금세 풀렸다. 월문에 대한 일말의 의무감조차 더 이상 없는 그였다.

"잘 되었군요. 말씀드렸듯이 설 누님을 만나기 위해 온 거니까 시간 낭비할 필요가 없겠습니다. 동별당으로 가시죠."

시월이 활기찬 목소리로 천중한에게 말했다.

*   *   *

마련의 공격으로 팽팽한 긴장함이 흐르는 월문의 장원에서, 마치 이 싸움과는 아무 상관이 없는 듯, 혹은 전혀 다른 곳에 살고 있는 사람인 것처럼 살아가는 사람이 있었다.

장원 내 작은 숲, 무성한 나무들 사이에 지어진 한 채의 별당은 좋은 마음으로 보면 번잡한 세파에서 벗어나 유유자적 여유를 즐길 수 있는 조용한 장소였다.

하지만 불편한 시선으로 보면 한 사람의 인생을 그곳에 가두어 둘 수 있는 철창 없는 금옥으로 볼 수도 있었다.

시월은 동별당으로 이어지는 짧은 숲길을 걸으며 많은 생각을 했다.

어쩌면 과거 칠랑은 이런 삶을 원했을지도 모른다.

월문의 어둠 속에서 사람들의 시선을 피해 월문의 영광을 위해 살아가는 삶, 그것이 애초에 칠랑에게 주어졌던 삶이었다.

그래서 칠랑에게는 월문에서 이런 삶을 살고 있는 설우담의 생활이 부러울 수도 있었지만, 칠랑이 아닌 설우담에게는 전혀 아니었다.

'감옥이구나.'

시월이 내린 결론은 동별당은 설우담을 가두는 감옥이란 것이었다.

월문신룡 백유검이 기거할 때야 이곳은 아름다운 별원이었겠지만, 그의 발걸음이 끊긴 이후에는 설우담의 감옥이 되었을 것이다.

더군다나 설우담은 백문보의 허락이 있기 전에는 동별당을 벗어나는 일조차 불가능했다.

백문보와 그의 부인 홍은은 백유검이 동별당을 멀리한 이후 설우담의 문안조차 거부했다.

그래서 설우담은 월문의 장원은커녕 동별방 밖으로 한 걸음도 나오지 못하고 있는 상황이었다.

그러자 다시 의문이 든다.

'그런데 어떻게 살수를?'

이해할 수 없는 일이었다.

제남으로 백유검을 만나러 왔던 금가장의 영애 금송을 공격한 살수들은 분명히 월문 동별당의 청부를 받은 것이라고 했었다.

그 말을 오직 시월 혼자 들었지만, 죽어가면서 살수가 한 말은 분명히 그랬다.

그런데 이렇게 동별당에 갇혀 지내는 사람이 어떻게 그렇게 뛰어난 살수들에게 청부를 할 수 있단 말인가.

아무래 생각해도 이해할 수 없는 일이었다.

'누군가 조력자가 있다는 말인데…….'

문득 그런 생각이 들자 시월이 앞서가는 천중한에게 물었다.

"동별당에는 사람이 얼마나 있습니까?"

"설 부인하고, 시중을 드는 항이라는 시녀 한 명. 그리고 좀 전에 보았듯이 이 숲의 입구를 지키는 서너 명의 경비 무사가 전부네."

"그럼 별당 안에는 오직 두 명만 있다는 겁니까?"

시월이 별당에 머무는 사람이 너무 적은 것에 놀라서 되물었다.

"음."

"너무들 하는군요."

시월이 화가 난 목소리로 말했다.

"얼핏 보면 그렇지만 다시 생각하면 설 부인에게 나쁠 것도 없다."

어릴 때 설우담의 무공 스승 중 한 명이었던 천중한은 지금은 말할 때마다 설우담을 예전에 그녀를 부르던 우담이라는 이름 대신, 꼬박꼬박 설 부인이라고 불렀다.

물론 사람이 혼인하면 신분도 변한다지만, 그래도 한 때 그 이름을 부르며 하대했던 설우담을 설 부인이라 부르는 천중한의 말에서 시월은 설우담에 대한 월문도들의 차가움이 느껴졌다.

"사람 사는 곳에 사람이 없는데 무슨 좋은 점이 있습니까?"

시월이 따지듯 물었다.

그러자 천중한이 걸음을 멈추고 시월을 돌아보며 말했다.

"적어도! 동별당 안에서만큼은 자유로울 테니까. 감시하는 사람 없이!"

"아! 그렇군요. 미처 그걸 생각 못 했습니다."

시월이 뭔가를 깨달은 듯 고개를 끄떡였다.

"애초에 몇 있던 시녀와 호위무사를 내보내고 항이 한 명만 곁에 두겠다고 한 사람도 설 부인이었다."

"그렇군요. 무슨 말씀인지 알겠습니다."

"아무튼 네가 찾아와서 설 부인도 반가울 것이다. 평소 동별당을 찾는 사람은 거의 없으니까."

"설마 장로님들도 평소 동별당에 들르지 않으셨습니까?"

시월이 물었다.

"…음. 쉽지 않더군."

"매정하시군요."

시월이 힐난하듯 말했다.

비록 설 부인이라고 부르고 있지만, 과거 세 장로와 설우담은 수시로 잠룡동에 동행했었다.

그 시간을 보내며 설우담은 세 장로에게 무공을 배웠고, 세 장로도 설우담을 무척 아꼈었다.

그 시절을 생각하면 천중한 등이 동별당에 발걸음을 끊은 것은 매정한 일이었다.

"그렇구나. 지금 생각하니 우리도 참 매정한 사람들이었어."

천중한이 순순히 시월의 비난을 받아들였다.

그런 천중한의 모습이 또한 생경한 시월이다.

'대체 무슨 일들이 있는 건지…….'

시월이 더 이상 말을 하지 않고 고개를 저었다.

그리고 그즈음, 두 사람은 동별당 앞에 당도했다.

제 9장

—

겨울의 시작

　설우담은 동별당의 작은 대청마루에서 앉아서 시녀 향이와 차를 마시고 있었다. 마련과 대치 중인 월문의 상황과 너무 어울리지 않는 모습이었다.

　월문의 문도들이 이 광경을 보았다면 그녀에게 비난을 퍼부어도 이상할 것이 없는 모습이었다.

　그러다 문득 설우담이 찻잔을 놓고 동별당을 둘러싼 낮은 담장 가운데 난 정문 쪽으로 시선을 돌렸다.

　그곳에는 어느새 시월과 천중한이 들어와서 차를 마시고 있는 설우담을 복잡한 시선으로 바라보고 있었다.

　"왔구나."

　설우담이 찻잔을 놓고 자리에서 일어났다. 그리고 마루에서 내려와 미소 띤 얼굴로 천천히 시월에게 다가왔다.

함께 온 천중한에게는 본체만체 아무런 말도 건네지 않았다.

그러자 천중한이 먼저 입을 열었다.

"문주께서 시월을 잠시 동별당에서 대접하라 명하시어 이리로 데려왔네."

"이야기 들었어요. 문주님이 사람을 보내셨더군요."

설우담이 차분하게 대답했다.

"잘 지냈어요?"

시월이 설우담에게 물었다.

"글세… 그런 걸 묻는 것은 실례가 아닐까? 내 사정을 알고 있을 텐데?"

설우담이 되물었다. 그렇다고 기분이 상한 것 같지는 않고 그녀 나름의 농을 하는 것인 듯 보였다.

"누님도 참… 여전하시군요. 나만 보면 놀리고 장난을 치려 하셨는데."

"후후, 다른 사람은 몰라도 시월 너에겐 그냥 예전의 설우담일 뿐이야. 너 역시 내게는 예전의 시월 그대로인 거고."

"정말 그랬으면 좋겠어요."

시월이 차마 웃지 못하고 말했다.

그러자 설우담이 시월에게서 시선을 돌려 천중한에게 말했다.

"시월은 문주께서 찾으실 때까지 제가 데리고 있을게요. 문주님이 부르시면 데리러 오세요."

냉정한 축객령이다,

천중한은 두 사람과 함께 동별당에 머물고 싶었지만, 설우담의 냉정한 말에 어쩔 수 없이 물러날 수밖에 없었다.

"알겠네. 그럼 회포들 푸시게. 문주께서 찾으시면 그때 다시 오지."

천중한이 떨떠름한 표정으로 대답을 하고는 동별당을 나갔다.

그러자 설우담이 중얼거렸다.

"불쌍한 양반들, 나나 자신들이나 같은 처지인데 누가 누굴 동정하는 건지……."

"그게 무슨 말이에요? 같은 처지라뇨?"

"몰랐어? 문주가 삼장로를 뒷방으로 물러나게 한걸?"

"…그런 일이 있었어요? 어쩐지, 세 분 다 갑자기 늙어 보인다 했어요. 생기가 전혀 없는 고목처럼……."

"마련이 공격을 해오지 않았다면 아마 지금쯤 장원을 떠나 신검산 뒤쪽 깊은 숲에 거처를 마련한 후 무공이나 참구하고 있었을 거야. 문주가 더 이상 그들을 쓰려 하지 않았으니까."

"설마 그럴 리가 있나요?"

시월이 믿지 못하겠다는 듯 되물었다.

오늘날 월문이 십대천문이 된 것은 세 장로의 공이 가장 크다고 할 수 있었다.

그들은 삼십육마의 난 이전부터 백문보를 도와 월문의 야망을 현실로 만들어낸 사람들이었다.

물론 천문이 된 월문의 영광은 고스란히 백문보와 백유검이 누리겠지만, 월문의 사정에 밝은 무림인이라면 월문에서 삼장로의 중요성을 모르는 사람이 없었다.

그런 삼장로를 월문의 일에서 배제하는 것을 시월은 상상할 수 없었다.

"시월, 넌 아직도 문주를 모르니?"

설우담이 자신이 한 말을 믿지 못하는 시월에게 되물었다.

"그야……."

"그러고도 남을 사람이지. 알잖아?"

"하지만 이유가 없잖아요? 배신을 할 사람들도 아니고."

"장경오훼라는 말 알아?"

"무슨 말인데요?"

시월이 되물었다.

"관상에서 고난은 같이해도 성공은 함께 누리지 못할 사람을 가리키는 말이야. 목이 가늘고 길면서 입이 까마귀 부리처럼 튀어나온 두상을 가진 사람을 일컫는데, 문주가 바로 그런 사람이지."

"고생은 함께해도 성공은 함께 누리지 않는다……."

시월이 설우담이 한 말을 되뇌었다.

그러자 설우담이 갑자기 풀이 죽은 목소리로 말했다.

"하긴 내가 삼장로 걱정할 때가 아니지. 내 코가 석 잔데. 일단 들어가자. 내 생각에 문주는 결코 널 빨리 부르지 않을 거야. 그는 여전히 너희들에게 자신이 주인이라고 말하고 싶을 테니까."

"사람에게 주인이 어디 있어요?"

시월이 퉁명스럽게 대답했다.

"후후, 그러게 말이다. 그런데 이상하게 사람들은 마치 자신이 누군가의 주인인 것처럼 행동하지. 나 역시도 한때는 그랬던 것 같아. 들어가자. 차 한 잔 줄게."

설우담이 시월을 동별당 대청으로 이끌었다.

　　　　　*　　　　　　*　　　　　　*

"다들 잘 지내지?"

동별당 대청에 찻상을 마주하고 앉자 설우담이 물었다.

"뭐, 지금은 좋아졌죠."

따뜻한 차 한 모금을 넘긴 후 시월이 대답했다.

"…후는?"

소후에 대해 물을 때는 설우담의 목소리가 지금까지와 달리 잘게 떨렸다.

"…겉으로는 멀쩡해요."

"겉으로는……."

"늘 우울하게 사는 것도 아니고. 하지만 속은 모르겠어요. 가끔 보면 여전히 얼이 빠진 것 같은 표정으로 있을 때가 있으니까. 소후 사형은 본래 속내를 잘 감추는 사람이잖아요."

"그건 그래. 그런 사람이지."

"그래도 누님이 걱정할 필요는 없어요. 내가 볼 때 누님보다는 잘살고 있는 것 같으니까."

시월의 말에 설우담이 순간 얼굴이 굳었다. 그리고 화난 목소리로 물었다.

"날 비난하는 건 좋아. 난 분명히 후와 너희들을 배신한 것이나 마찬가지니까. 하지만 비웃지는 말아줘."

"비웃는 게 아니에요. 걱정하는 거지."

"내가… 불쌍해 보여?"

설우담이 따지듯 물었다.

"예. 불쌍해 보여요."

시월이 싸움을 하듯 절대 물러나지 않고 대답했다. 평소 시월의 유순한 성정을 생각하면 그답지 않은 행동이었다.

"…변한 거니? 아니면 정말 내가……."

"도대체 어쩔 생각이에요?"

시월이 추궁하듯 물었다.

"뭘?"

설우담이 반발하듯 되물었다.

"월문 안에서는 찾아오는 사람 하나 없는 동별당에 갇혀 있고, 소문주는 새 장가를 들겠다고 여기저기 기웃거리고 다니고. 그런 소문주의 행보를 막기 위해 누님은! 누님은……."

"내가 뭘?"

설우담이 다시 따지듯 물었다.

그러자 시월이 주위를 살핀 후 고개를 숙여 설우담의 귀에 대고 낮은 목소리로 말했다.

"꼭, 살수까지 썼어야 했어요?"

쟁!

한순간 설우담이 손에 들고 있던 찻잔을 떨어뜨렸다. 그러고는 도저히 믿을 수 없다는 눈으로 시월을 바라봤다.

"너… 네가 그걸 어떻게……?"

"그들은 실패했어요. 금송 소저는 무사하고요."

시월이 다시 말했다.

그러자 설우담의 얼굴이 파랗게 질렸다.

금송이 살아 있고, 시월이 금송을 공격한 살수들에게 청부한 사람이 자신이라는 것을 안다는 것은, 곧 금송과 금가장도 자신이 한 일을 알고 있다는 의미였다.

"걱정 말아요. 그 사실을 알고 있는 건 나와 무광 사형뿐이니 까."

시월이 질식할 것처럼 얼굴이 굳은 설우담을 안심시켰다.

그러자 설우담의 얼굴에 겨우 온기가 돌기 시작했다.

그렇게 겨우 정신을 차린 설우담이 시월에게 물었다.

"어떻게 알게 된 거니?"

"그때 사형과 나도 제남 인근에 있었어요. 노숙을 하던 중에 금송 소저가 살수들에게 쫓겨 우리가 노숙하는 곳으로 도망 왔 어요."

"그래서… 그녀를 구해줬어?"

"그럼 안 구해요? 살수들에게 쫓기는데."

"살수들은 그럼……?"

"모두 죽였어요. 사실 살아 있는 자는 죽일 생각까지는 없었는 데… 그자가 누님을 입에서 올리는 바람에 죽이지 않을 수 없었 죠. 다행인 건 그자의 말을 들은 것이 저뿐이라는 거고요."

"…정말 알 수 없구나. 세상일은… 네가 금송 그녀를 구할 줄이 야."

"금송 소저가 죽지 않아서 아쉬워하는 거예요?"

시월이 화가 난 표정으로 물었다.

"아쉽다기보다 안타까워. 그녀가 월문에 들어오면 그때는 살수 를 보내는 것보다 더한 방법을 써야 할 수도 있으니까."

설우담의 말투가 너무 차분해서 오히려 그녀의 말이 더 무섭게 느껴졌다.

"그렇게까지… 월문에 남아 있고 싶어요?"

시월이 물었다.

그러자 설우담이 씁쓸하게 미소를 지으며 말했다.

"그럼 어디로 갈까? 여길 나가서 무엇을 할까? 월문의 주인이 되겠다는 욕심을 버리면 내가 이곳을 떠나서 살 수 있을 것 같으니? 사람은 뭐든 하면서 살아야 하는데. 난 내 모든 것을 이 일에 쏟아부었거든. 내게 가장 소중한 것들을 포기하면서까지."

씁쓸하게 말했지만, 단호한 의지도 느껴진다.

시월은 설우담이 결코 월문을 떠나지 않을 거라는 걸 깨달았다. 그녀의 말대로 그녀의 인생 자체를 월문을 자신의 손에 넣는 데 쏟아부었기 때문이었다.

시월은 아무런 말도 하지 않고 식은 차를 마시며 마음을 가다듬었다. 그러고는 차분한 목소리로 말했다.

"다시 살수를 보낼 필요는 없어요."

"……?"

"금송 소저는 소문주와 혼인하지 않을 겁니다."

"그녀가 그래?"

"그렇게 보였어요."

"하지만 명문가의 혼사는 당사자가 결정할 수 없지."

"아뇨. 가끔은 어떤 상황에서도 자신의 운명을 자기 스스로 결정하는 사람도 있어요. 누님처럼."

"…그녀가 그렇게 강단이 있는 사람이라고? 듣기에는 무척 유약한 사람이라던데?"

"겉모습만 그래요. 내면은 무척… 도도하달까. 자신의 의지를 굽힐 사람이 아니에요."

시월이 다시 말했다.

"그렇구나. 그렇다면 다행이네. 나 역시 그녀와 원한이 있는 것은 아니니까."

"하지만 금가장이 거절하면 그들은 또 다른 혼처를 찾을 겁니다."

"후… 그렇겠지."

설우담이 한숨을 쉬었다.

"그때마다 소문주와 연결되는 모든 여인을 죽일 수는 없어요."

시월이 말했다.

"맞아. 그래도 금송보다는 상대하기 편한 가문의 여인일 수는 있겠지. 금가장주의 딸은… 사실 월문 안에서 상대하기가 조금 버거웠거든. 그런데 그녀가 월문에 올 생각이 없다니 얼마나 다행인지 모르겠다."

설우담은 자신이 살수를 보내 금송을 죽이려 했다는 것을 잊은 듯 말했다.

"한 가지 궁금한 게 있어요."

시월이 심각한 얼굴로 말했다.

"뭔데 그렇게 심각해?"

"어떻게 청부를 넣은 거예요?"

"응?"

"이렇게 동별당에 갇혀 사는데 어떻게 살수들에게 청부를 넣었냐고요? 제가 볼 때 그건 거의 불가능한 일인 거 같은데……."

그러자 설우담이 어이없는 표정을 지었다. 그러다가 문득 시월을 빤히 바라보며 말했다.

"시월, 넌 정말 아직도 순진하구나."

"무슨 말이에요. 그게."

"설마 내가 지난 십 년 동안 동별당에 갇혀서 아무것도 하지 않고 살았을 거라 생각하는 거니?"

"……?"

"유검이 동별당을 떠난 건 겨우 이 년 전이야. 물론 그 전부터 조금씩 밖으로 나돌기는 했지만. 적어도 이 년 전까지는 난 월문에서 제법 힘이 있었다고."

"그럼 월문 안에 누님의 사람이 있다는 건가요?"

"월문 안에도 있고, 월문 밖에도 있지."

"역시 누님이시군요. 하긴 누님이 가만히 앉아서 당하고만 있을 사람은 아니죠."

"후후, 이제야 네가 내 진면목이 기억난 모양이구나. 이 설우담이 얼마나 독한 사람인지 말이야."

설우담이 가볍게 미소를 지으며 말했다.

그러자 시월이 고개를 끄떡이다가 차분한 목소리로 말했다.

"누님, 그래도 말이에요. 어느 순간 이제 그만 하겠다 싶은 생각이 들 때가 올 거예요. 그래서 모든 걸 내려놓고 평온한 삶을 살고 싶다는 생각이 들면, 그때는 칠선문을 찾아오세요. 우리 사형제들은, 소후 사형마저도 누님을 거절하지 않을 겁니다."

*   *   *

"가끔은 하고 싶어도 할 수 없는 일도 있는 거야."

한참 침묵을 지킨 끝에 설우담이 말했다.

그래서 시월도 더 이상 그녀에게 칠선문으로 오라는 말을 하지 않았다. 그게 그녀에게 얼마나 어려운 일일지 잘 알고 있기 때문이었다.

그래서 시월은 화제를 돌렸다.

"그런데 마련과 싸움이 벌어지면 어쩔 거예요? 검을 들고 나가서 싸울 건가요?"

동별당에 고립되어 지낸다고 무공을 모르는 설우담이 아니었다. 아니 오히려 월문의 그 어떤 여인보다 강한 무공을 가지고 있을 설우담이었다.

그녀가 완벽한 월문의 안주인이 되기 위해 준비한 것은 사람만이 아닐 것이기 때문이었다.

"글쎄. 내 싸움일까 하는 생각이 있어."

"월문이 망하면 누님의 꿈도 사라지잖아요?"

"설마… 망하기야 할까?"

설우담이 월문이 망할 리 없다는 듯 실소를 흘렸다.

"모를 일이에요. 그건……"

시월이 경고했다.

그러자 설우담의 표정이 변했다.

"정말 그렇게 생각해? 월문이 패할 수도 있다고?"

"예."

시월이 망설이지 않고 대답했다.

"…맹의 구원대가 이미 장성을 넘었어. 그런데도?"

"그들은 절대 월문의 위해 목숨을 걸지 않아요. 그리고 그건 이가검문의 구원대도 마찬가지죠. 구원대들은 월문이 마련과의 싸움에서 충분히 타격을 입은 후에야 도울 거예요. 아시잖아요? 의천무맹 내부의 권력 다툼이 얼마나 치열한지."

"…그렇다 해도 패하지는 않겠지."

"그렇지가 않아요. 사실 구원대의 행보쯤은 모두가 예상하는 일이니까 특별한 변수가 아니에요. 더 무서운 것은… 저 앞산에 있는 사람이죠."

시월이 눈을 들어 동별당 담장 너머 멀리 보이는 낮은 산봉우리들을 바라봤다.

신검산 맞은편에 바라보이는 산들 사이에 만계지마 중산이 있다. 시월이 진심으로 두려워하는 인물이 바로 그였다.

"만계지마?"

"예. 그가 다른 곳도 아닌 변방의 신검산을 공격했다는 것은 월문을 반드시 무너뜨리겠다는 뜻이에요. 더군다나 그는 이곳에 온 후 벌써 한 달 가까이 움직이지 않고 있어요. 그것도 겨울이 다 가오는데… 승리를 자신하지 않으면 이 계절에 이곳에 머물 이유가 없죠. 벌써 마련의 마인들을 데리고 떠났어야죠."

"말이 참 이상하네? 모든 상황이 그에게 불리하게 돌아가는데 오히려 그가 이길 징조라고 하니."

"아마, 아주 오랫동안 계획을 짰을 거예요. 북왕산 일조차도 월문을 공격하기 위한 하나의 수단이었을 정도로……"

"그건 그래. 그런데 그래도 난 월문이 패할 거란 생각은 안 해. 피해는 크게 볼 수도 있겠지만, 결국 그가 돌아올 테니까."

"소문주요?"

"응. 다른 건 몰라도 그가 돌아오면 절대 패하진 않을 거야. 다른 건 몰라도 그의 무공은 부인할 수 없을 만큼 강하니까."

"…뭐, 도움이 되긴 하겠죠."

"후후, 넌 월문이 망했으면 하고 바라는 모양이다."

설우담이 웃으며 물었다.

그러자 시월이 고개를 저었다.

"전 월문이 망하든 말든 상관없어요. 다만 누님의 안위가 걱정인 거죠. 그래서 온 거예요. 그러니까 만약에 싸움이 벌어져서, 위급한 상황이 오면 내가 있는 곳으로 탈출하세요."

"구서령에 있다고 했지?"

"예."

"좋은 곳이지. 난공불락의 요지. 그런데 그곳으로 도망갈 일이 있을지 모르겠다."

"그러니까 만일이죠."

"알았어. 그런데 너의 그 유명한 부인도 함께 왔어?"

"화검요? 같이 왔어요."

"보고 싶다. 그녀가 유검을 거절하고 널 따라갔다는 소문을 들었을 때, 얼마나 통쾌하던지. 하하하!"

설우담이 다시 생각해도 즐거운지 크게 웃음을 터뜨렸다.

"웃음소리가 커요. 남들이 들으면 뭐라 하겠어요?"

"걱정 마. 들을 사람이 없으니까."

설우담이 말했다.

그러자 시월이 고개를 저으며 말했다.

"아뇨. 들을 사람이 있어요. 누가 오고 있어요."

$$*\qquad*\qquad*$$

시월의 말이 끝나고 잠시 후 동별당 입구 쪽이 갑자기 소란스러워졌다.

시월과 설우담이 동시에 자리에서 일어나 대청마루를 나와 마당으로 내려섰다.

그리고 그 순간 동별당으로 이어지는 작은 숲길을 걸어오는 초로의 무인이 보였다.

마른 체구지만 쇠처럼 단단해 보이는 몸, 눈은 가늘고 깊어 그 속을 짐작할 수 없다.

월문의 문주 백문보가 동별당에 모습을 드러냈다.

"아버님!"

설우담이 달리듯 동별당 정문까지 다가가 백문보에게 인사를 했다.

"음, 오랜만이구나."

싸늘함이 느껴지는 말투, 그 말투에 설우담이 살짝 몸을 떨었다. 두려움 때문인지 분노 때문인지는 알 수 없었다.

하지만 그런 설우담의 반응에 백문보는 신경도 쓰지 않았다. 아니, 아예 설우담이라는 존재를 무시하는 듯 눈길조차 주지 않았다.

그의 시선은 처음부터 시월에게만 향해 있었다.

백문보가 성큼성큼 걸음을 옮겨 시월 앞으로 다가갔다. 그러고는 마치 둘 사이에 어떤 은원도 없는 것처럼 시원한 목소리로 말했다.

"오랜만이구나. 무림에서의 네 행적은 귀가 따갑게 들었다. 그 소식을 들을 때마다 뿌듯했다. 결국 내가 키워낸 너희들이 대단하다는 것이 증명된 것이니까."

"잠룡동에서 잠시 뵙고는 처음이군요. 저 역시 월문이 십대천문이 되고, 천하의 명문들과 무림의 패권을 다투는 것을 기분 좋게 지켜보고 있었습니다. 결국, 우리 사형제들의 희생이 헛된 것이 아니었다는 생각이 들어서요."

시월의 대답에 백문보의 눈썹이 꿈틀거렸다.

백문보가 시월 등 칠랑을 키워낸 것이 월문의 공이라고 말하자, 시월 역시 십대천문으로 성장한 월문의 성세가 칠랑의 희생으로 이룩된 것이라고 말한 것이다.

"흠… 이야기가 그렇게 되는 건가? 그럼 서로 주고받을 게 없는 사이라는 거지?"

"글쎄요. 그건 서로의 생각에 따라 다르겠지요."

시월이 대답을 피했다. 그로서는 자신들이 월문에서 받아야 할 빚이 남아 있다고 생각하지만, 그 문제로 지금 백문보와 논쟁을 벌일 생각도 이유도 없었다.

"네가 온 이유는 이 아이 때문이라고?"

백문보가 화제를 돌렸다.

"기왕에 신검산 근처에 왔으니 누님을 한번 만나보고 싶었습니다."

시월이 망설이지 않고 대답했다.

"그래 회포들은 잘 풀었고?"

"회포를 풀 일이 있나요. 안부 정도나 물으면 되는 일이죠."

시월이 심드렁하게 대답했다.

그가 백문보를 대하는 태도는 평소 다른 사람을 대할 때와는 무척 달랐다.

시월은 어떤 사람을 대하든 성의껏 대화하는 편이다. 애초에 누군가를 함부로 대할 만큼 마음이 독하지 않은 사람이기 때문이었다.

그런데 백문보와의 대화에서는 그에 대한 존중심을 전혀 찾아볼 수가 없었다.

백문보를 호위하는 호위무사들 얼굴에 분노가 일 정도로. 하지만 그들의 분노 따위는 시월에게 어떤 영향도 미치지 못했다.

그리고 백문보 역시 그런 시월의 예의 없는 태도를 탓하지 않았다. 적어도 그는 시월에게는 충분히 그럴 자격이 있다는 걸 알고 있기 때문이었다.

"이 싸움, 어떻게 보느냐?"

백문보가 다시 한번 화제를 바꿨다.

그에게 당장 급한 것은 마련과의 싸움, 사실 은원을 가진 사이가 아니라면 시월만큼 월문에 도움이 되는 사람도 없을 것이다.

"감히 예측할 수가 없군요."

"예측할 수 없다……? 월문이 패할 수도 있다고 보느냐?"

무인으로서 시월의 판단은 월문에 대한 원망이나 비난이 개입된 것이 아니라는 것을 알기에 백문보가 심각한 표정으로 물었다.

"예."

시월이 역시 전혀 망설임 없이 대답했다.

"맹의 구원대가 장성을 넘어 이삼일 후면 도착한다. 그리고 겨울이 시작되었다. 엊그제는 눈까지 내렸다. 마련이 이 싸움에서 승리하려면 앞으로 이삼일 안에 월문을 공격해야 하는데 그럴 수 있을까?"

백문보가 물었다.

마치 시월이 월문의 문도인 것 같은 느낌이 들 정도로 진지했다.

"누님께도 말씀드렸지만. 이 싸움에서 양측의 전력은 변수가 아닙니다. 이미 오랜 대치로 서로의 전력을 모두 알고 있으니까요. 오직 변수는 만계지마, 그 한 명이지요. 문주께서도 그의 무서움을 아시지 않습니까?"

"오직 만계지마 한 사람과의 싸움이다?"

"그렇습니다. 그는 이 싸움을 위해 북왕산에 음모를 꾸며 무맹의 전력을 북왕산에 잡아 두었고, 이가검문을 공격해 사람들의 시선을 한 번 더 흩어 놓았지요. 그러고도 기습이 아니라 지구전을 택했습니다. 겨울로 들어서는 이 계절에 말입니다. 지구전이 지금 이 상황에서 만계지마 같은 자가 선택할 전략입니까?"

시월이 반문했다.

그러자 백문보가 고개를 저었다.

"아니, 절대 선택할 수 없는 계책이다. 겨울이 되면 산속에서 얼어 죽지 않으면 다행인데 지구전이라니……."

"그럼에도 지구전을 선택했다면, 그에게 분명 생각해 둔 계책이 있을 겁니다. 그러니 싸움의 승패는 결국 그의 계책이 무엇인지 알아내는 것에서 결정되겠지요. 그런데 그의 생각을 읽어내는 게 쉽겠습니까? 그는 천하의 만계지마인데……."

시월의 말에 백문보가 대답을 하는 대신 한참 동안 깊은 생각에 잠겼다.

백문보 역시 무공보다는 지략을 써서 성공을 쟁취해 온 사람이었다. 그래서 그는 잘 계획된 계책이 얼마나 무서운 힘을 발휘하는지 누구보다 잘 알고 있었다.

"어렵구나."

한참 생각하던 백문보가 고개를 저으며 말했다.

"사람을 보내보는 것도 나쁘지 않겠지요."

"적진에?"

"들어가 보면 그가 뭘 준비하는지 짐작할 수 있지 않을까요?"

"하지만……."

누가 감히 마련의 진영에 침투할 수 있단 말인가.

지금 월문에서 마련의 진영에 들어가 적의 상황을 염탐할 인재는 없었다.

아마도 그건 과거 칠랑들이나 해낼 수 있는 일이었을 것이다.

"하긴 누가 마련의 진영에 들어가 그들의 사정을 살필 수 있겠습니까? 맹의 의천단 고수들이 온다면 모를까."

백문보의 마음을 읽은 시월이 이해한다는 듯 말했다.

그러자 문득 백문보가 시월에게 물었다.

"네가 할 수 있지 않느냐? 칠랑의 시절, 이런 일에 적합한 능력들을 길렀으니."

"글쎄요. 이젠 저도 자신이 없군요. 월문을 떠난 후 그때의 능력들은 묻어 둔 지 오래라서. 그 이후에는 오직 무공에 매진했거든요."

"…한 번 배운 것은 쉽게 사라지지 않는 법이지. 특히 무인의 경우는."

백문보가 변명하지 말라는 듯 말했다.

그러자 시월이 가볍게 미소를 지으며 말했다.

"설혹 그럴 능력이 있다 해도 전 갈 수 없습니다."

"원망이 남아 돕지 않겠다면 왜 이가검문의 구원대를 따라온 거냐?"

백문보가 차갑게 물었다.

"원망 때문이 아니라 지켜야 할 사람들이 있으니까요. 구서령의 이가검문 구원대에는 제 아내도 와 있거든요."

"그래서 못하겠다?"

"그런 위험한 일은 월문의 문도가 감당해야 할 일이지요. 소문주라면 능히 할 수 있을 겁니다."

"그 아이는 지금 이곳에 없다."

"곧 돌아오지 않겠습니까? 아무리 북왕산에 펼쳐진 만계지만의 진법이 대단해도 소문주의 무공이라면 벗어나지 못할 리 없습니다. 어쩌면… 당장에라도 불쑥 이곳에 나타날 수도 있지요."

"네가 지금 날 조롱하는 것이냐?"

백문보가 드디어 분노를 드러냈다.

백유검까지 들먹이는 시월의 행동이 자신에 대한 조롱이라고 느꼈던 것이다.

그런데 그 순간 시월이 갑자기 동별당의 남쪽 지붕 위로 시선을 돌리며 소리쳤다.

"집에 돌아왔으면 문주님과 누님께 안부를 묻는 게 우선 아닌가요? 왜, 자기 집에 돌아와서 도둑고양이처럼 숨어 있는 겁니까?"

*　　　　*　　　　*

거친 마의에 얼굴을 반쯤 가릴 수 있게 내려쓴 두건, 흩날리는 머리카락은 강호를 떠도는 낭인 무사 같다.

모든 사람의 시선이 동별당 지붕으로 향했을 때 나타난 인물의 모습이었다.

다른 사람이 발견했다면 분명 월문에 침입한 마련의 간자쯤으로 생각할 수밖에 없는 행색이었다.

하지만 이미 시월이 그가 월문신룡 백유검이라 지목했기 때문에 그를 향해 검을 뽑은 사람은 없었다.

그래도 처음에는 반신반의할 수밖에 없었다. 지붕 위 인물의 모습이 평소의 월문신룡 백유검과 너무 다르기 때문이었다.

하지만 그가 머리에 쓴 두건을 걷어내는 순간 더 이상의 의심은 없었다.

월문신룡 백유검이 아무도 모르게 월문으로 귀환했던 것이다.

"역시 시월 네놈답구나. 보지 않고도 내가 왔음을 알아채다니!"

지붕 위에서 우뚝 몸을 세운 백유검이 말했다. 큰 키의 백유검이 높은 곳에서 동별당 마당을 내려다보자 태산 같은 압박감이 느껴졌다.

"대낮에 월문에 몰래 들어올 만큼 대담한 마인은 없지요. 그리고 소문주께는 특유의 기운이 있으니까. 거기에 더해 나에 대한 살기도 느껴졌고 말이죠."

시월이 담담하게 말했다.

"흥!"

휘리릭!

시월의 말에 백유검이 코웃음을 흘리더니 훌쩍 날아올라 마의 자락을 휘날리며 동별당 마당으로 내려섰다.

그러고는 시월과 설우담은 본체만체하고 백문보에게 다가가 인사를 했다.

"돌아왔습니다. 조금 늦었습니다."

"어서 와라! 늦은 것도 아니다. 네가 돌아왔으니 월문의 위기도 끝이다! 천군만마를 얻은 것 같구나."

백유검의 무공에 대해 강한 신뢰감을 가지고 있는 백문보로서는 그의 귀환이 반가울 수밖에 없었다.

아들 백유검과 함께라면 충분히 마련의 공격을 막아낼 수 있다고 생각하는 백문보였다.

아니 막아내는 것 정도가 아니라 이젠 반대로 공세를 취해 큰 승리를 노려볼 수도 있었다.

"다행히 놈들이 아직 전면적으로 공격하지는 않았군요."

백유검이 동별당 주변을 둘러보며 말했다.

방어를 위해 세운 방책들 말고는 그가 장원을 떠날 때와 달라진 것이 없었다.

"만계지마는 본문을 공격하는 것보다 길을 막아 본문을 고립시키는 것에 집중하고 있다. 지구전을 생각하는 것이지."

"어리석은 자군요. 본문에 일 년 이상 견딜 수 있는 식량이 있다는 걸 모르나 보군요."

백유검이 비웃듯 말했다.

"글세… 만계지마 정도의 인물이 그걸 몰랐을 것 같지는 않고, 다만 나름의 계획을 세우고 있겠지. 하지만 적어도 그는 네가 이렇게 빨리 귀환할 거라고는 생각지 못했을 것이다."

백문보가 득의한 표정으로 말했다.

"사실은 그래서 이런 모습으로 비밀리에 돌아온 것입니다. 대낮이어도 이런 모습을 하니 누구도 절 알아보지 못하더군요."

"그래도 낮에 온 것은 너무 조심성이 없는 행동이었다."

"저들이 절 발견한다 해도 그냥 월문과 인연이 있는 떠돌이 무사라 생각했을 겁니다."

"알겠다. 네가 돌아온 것을 저들에게 알려 저들의 사기를 꺾을지, 아니면 이 사실을 숨긴 채 놈들을 방심하게 만들고 기습을 할지는 조금 더 생각해 보자꾸나. 그리고……"

백문보가 문득 시월에게 시선을 돌렸다.

그 순간 시월은 백문보의 눈빛이 이전과는 완전히 달라졌음을 느꼈다.

백유검이 돌아온 이상 시월의 도움을 얻기 위해 노력할 필요가 없다고 생각하는 것이 분명했다.

"넌, 그만 돌아가 보거라. 마련을 상대할 계획을 좀 더 생각해 보고 이가검문의 구원대가 어찌 움직여 주면 좋을지 결정해서 사람을 보내겠다. 사실, 딱히 특별한 일을 하지 않아도 구서령에 너와 이가검문의 구원대가 있다는 것만으로도 제법 도움이 되는 일이지만."

백문보의 말투에서 냉기가 느껴진다.

방금까지 마련의 진영으로 들어가 정세를 살펴달라고 부탁하던 그의 모습을 더 이상 찾아볼 수 없었다.

"알겠습니다. 그럼 잠시 누님과 더 이야기를 나누고 돌아가겠습니다."

"그러던지! 유검, 따라와라. 할 이야기가 많다."

백문보가 더 이상 시월과 할 이야기가 없다는 듯 몸을 돌려 동별당을 떠나기 시작했다.

그러자 백유검이 시월을 보며 차갑게 말했다.

"네가 감히 월문에 발을 들이다니. 건방진 놈!"

"월문을 도우러 온 사람에게 그게 무슨 말투예요!"

설우담이 화가 난 말투로 말했다.

그러자 백유검이 차가운 눈으로 설우담을 보며 말했다.

"당신에겐 반가울지 모르지만, 이놈을 반기는 월문의 문도는 없어. 이놈이 내게 한⋯⋯."

말을 하다말고 백유검이 급히 입을 닫았다.

그는 자신이 이화검을 겁탈하려다 시월의 공격을 받아 얼굴에 자상을 입은 사실을 그 누구에게도 말하지 않았다.

또한 비무에서 시월에게 패한 사실도 월문에서는 아는 사람이 없었다.

만약 그 사실이 강호에 알려지면 그의 명성은 회복할 수 없을 만큼 땅에 떨어질 것이기 때문이었다.

그래서 그가 시월에게 갖는 열등감과 분노의 이유를 설명하는 것은 불가능했다.

"다시 월문에 올 일 없을 테니 걱정 마시지요. 문주께서도 더 이상 제 도움이 필요치 않다고 생각하시는 것 같으니."

시월이 담담하게 말했다.

"흥, 언제는 네놈 따위의 도움이 필요했을 것 같으냐?"

"후후, 그런가요? 다행이네요. 나 역시 월문을 위해 검을 들고 싶지는 않았는데, 마음이 한결 편하군요. 문주께서 기다리실 텐데 얼른 가보세요. 저도 누님에게 작별인사만 하고 돌아갈 테니."

"다신, 내 앞에 나타나지 말아라. 그때는……."

백유검이 시월을 차가운 눈으로 노려보며 경고를 한 후 서둘러 걸음을 옮겨 백문보를 따라갔다.

그런 백유검의 등에 대고 설우담이 말했다.

"아버님과의 이야기가 끝나면 동별당으로 오세요."

"기다리지 마!"

백유검이 뒤도 돌아보지 않고 차갑게 대답한 후 순식간에 동별당에서 멀어졌다.

"후우… 이해할 수가 없구나. 나에 대한 정은 오래전에 떨어졌다고 해도, 왜 네게 그렇게 화를 내는지. 문주나 저 사람이나 성정이 박한 사람들이니 너희들에게 미안한 마음까지는 바라지 않는

다만 저렇게까지 적의를 가질 이유가 없는데……."

설우담이 한숨을 쉬었다.

그녀는 백유검이 시월에게 비무에서 패하고 이화검을 겁탈하려다 얼굴에 자상을 입었다는 것을 꿈에도 생각지 못했다.

"화검이 절 선택했기 때문이겠죠."

시월이 담담하게 말했다. 마음 같아서는 백유검의 치부를 모두 말하고 싶었지만, 차마 그럴 수는 없었다.

"…그럴 수도 있겠네. 그녀가 널 선택해서 자신이 모욕당했다고 생각할 수도 있으니까. 또 네가 삼십육마 백우양을 꺾은 것도 질투할 수 있겠지. 무림에서 네 명성은 이제 저 사람을 능가하니까. 하지만 아무리 그래도… 역시 그릇이 작은 걸까?"

설우담이 자신의 남편이 아니라 다른 사람에 대해 말하듯 중얼거렸다.

"그래도 소문주가 누님에게 잘 대해주면 좋겠어요."

시월이 불쑥 말했다.

"훗, 이 지경을 보고도 그런 말이 나오니?"

"사실, 그게 소문주를 위해 좋은 일이죠. 누님은 소문주의 약점을 채워줄 수 있으니까요. 대담하고 세심한 면에 있어서 소문주는 결코 누님을 따라갈 수 없으니까요."

"…그걸 알 수 있는 사람이 아니지. 참, 어리석어. 너조차 아는 사실인데."

"제가 더 이해할 수 없는 것은 문주예요. 문주는 심성은 독하지만 계산을 빠른 사람인데, 누님이 소문주의 약점을 보완해 줄 사람이란 걸 왜 모를까요?"

"…누구든 자식 앞에서는 이성적인 판단을 못 하나 보지. 지금도 보았잖아! 저 사람이 돌아오니까 이 싸움이 끝났다고 생각하는 모습을. 내가 보기엔 전세에 큰 영향을 미칠 것 같지도 않은데……."

설우담이 걱정스럽게 말했다.

"사실 저도 그게 걱정이에요. 소문주를 믿고 무리한 싸움을 할까 봐."

"…그럴 수도 있겠지."

"만계지마 같은 사람은 절대 그런 허점을 놓치지 않을 겁니다. 혹, 일이 잘못되면 제가 말한 대로 구서령으로 오세요. 소문주가 돌아왔다고 해도 그는 누님을 지키지 않을 겁니다."

"알아. 외려 이 기회에 내가 죽기를 바라겠지. 그래야 좀 더 쉽게 새장가를 갈 수 있을 테니."

"뭘 그렇게까지……."

"아무튼, 일이 벌어지면 그쪽으로 가는 것도 고려해 볼게. 하지만… 가지 않을 수도 있어. 나도 내 나름대로 호구책을 생각하고 있으니까."

설우담이 시월을 안심시키듯 말했다.

"그래도 가능한 제가 있는 곳으로 오세요."

"…생각해 볼게."

더 이상 거절할 수 없다는 듯 설우담이 말했다.

그러자 시월이 한숨을 쉬며 말했다,

"후… 이젠 가봐야겠어요. 오늘 중으로 구서령으로 돌아가야 하니까. 그런데 이렇게 돌아가려니 좀 허무하네요. 물론 누님을 만나러 온 것이기는 하지만."

"참 어리석은 사람이지. 제 발로 찾아온 널 제대로 이용하지도 못하고 쫓아 보내려 하다니. 그놈의 자존심 때문에."

설우담이 쓸쓸한 미소를 지으며 말했다.

"그러니까 누님은 꼭 절 이용하세요. 갈게요."

"알았어! 생각해 본다니까! 너도 참 집요하다. 후후!"

설우담이 시월의 고집에 못 말리겠다는 듯 웃음을 터뜨렸다.

"그렇게 좀 웃고 살아요. 갈게요. 웃을 때 가는 게 좋겠어요. 조심해요!"

시월이 정말 설우담이 웃을 때 떠나고 싶다는 듯 갑자기 작별을 고하고 훌쩍 몸을 날려 빠르게 동별당에서 멀어졌다.

그러자 설우담이 갑작스레 떠나는 시월의 행동에 놀라 어안이 벙벙한 표정을 짓다가 이내 고개를 끄떡였다.

"그래 시월, 내가 웃을 때 가고 싶겠지. 넌 마음이 여린 아이니까. 아마도 내가 어두운 표정을 짓고 있으면 차마 발걸음을 돌리지 못했을 거야. 그래서 망설여져. 정말 월문이 패하면 널 찾아가야 하나 하고. 그럼 넌 목숨을 걸고 날 지키려 하겠지. 어리석게도 내가 지난날 너희들과 소후를 배신한 사실조차 잊어버리고. 과연 내가 그렇게까지 뻔뻔해질 수 있을까?"

설우담이 멍한 시선으로 시월이 달려간 숲길을 오랫동안 바라보고 있었다.

＊　　　　＊　　　　＊

"가느냐?"

천중한은 월문의 정문에서 시월을 기다리고 있었다.

"예. 문주께서 이젠 제가 필요 없다 하시는군요."

"끙……!"

천중한이 못마땅한 듯 입을 굳게 다물고 신음 소리를 냈다.

"아무튼 이 싸움은 위험합니다. 그러니 조심하세요."

시월이 정색하며 당부했다.

"그 말을 들어야 할 사람이 내가 아니란 걸 알지 않느냐?"

"장로님이 문주께 충고를 하셔야죠."

"글쎄… 과연 내 말을 들으실까? 이미 우리 삼장로를 과거의 사
람으로 취급하는데."

"그래도 하셔야 할 거예요. 소문주가 돌아왔다고 방심했다가는
한순간에 위기가 찾아올 겁니다. 상대는 만계지마니까요."

"알고 있다. 일단 두 분 노형님들과 상의를 한 후 문주를 만나
봐야겠다."

천중한이 대답했다.

"그리고… 누님을 잘 보살펴 주세요."

"알겠다. 그동안은 우리도 뒷전으로 밀려난 처지라 찾지 못했는
데 이제라도 자주 찾아보마."

"그럼 갈게요."

"음. 너도 조심하거라."

"제가 조심할 게 있나요. 구서령에서 버티고 있으면 위험할 일
은 없을 겁니다."

"…알겠다."

"나중에 다시 찾아뵐게요."

시월이 천중한에게 고개를 꾸벅하고는 말에 올라 빠르게 남쪽 길로 달려 내려갔다.

"어리석구나. 그런 처참한 일을 당하고도 다시 월문을 찾아온 너나, 그렇게까지 찾아온 너를 냉대한 문주나……."

천중한이 탄식을 흘리며 중얼거렸다.

제 10장
—
폭설

"나쁘지 않군."

만계지마 중산이 월문을 나와 자신이 온 길을 따라 구서령으로 돌아가고 있는 시월을 보며 말했다.

"무슨 말씀이신지……?"

수하 오라가 만계지마 중산의 속마음을 읽지 못하고 조심스럽게 물었다.

"하루를 머문 것도 아니고, 겨우 한 시진 남짓… 더군다나 그를 전송하는 자들도 없다. 그건 곧 저 칠선문의 애송이 놈과 월문주 사이의 불편한 관계가 회복되지 않았다는 의미다. 그런 문파를 위해 목숨을 걸고 싸우지는 않겠지."

"아, 그렇군요."

오라가 그제야 만계지마의 말을 이해하고는 탄복하듯 대답했다. 상황을 읽어내는 만계지마의 능력에 새삼 감탄한 듯 보였다.

그러자 만계지마가 시선을 돌려 신검산 위 하늘을 바라봤다.

초겨울로 들어서는 북방의 하늘이 잿빛이다.

어쩌면 얼마 전 내린 첫눈과는 비교할 수 없는 큰 눈이 올 수도 있는 분위기였다.

"눈이 오려나……."

중산이 중얼거렸다,

"눈이 오면 싸움이 어려울 것입니다. 이 땅은 한 번 눈이 오면 봄까지 녹지 않아 큰 싸움을 하기 어려워지니 말입니다."

오라가 걱정스러운 표정으로 말했다.

그는 만계지마 중산의 심복이지만, 월문 앞에 진을 친 후 줄곧 대치만 하고 있는 만계지마 중산의 속내를 짐작하지 못하고 있었다.

그래서 이 상태로 겨울을 나는 것에 대해 걱정하지 않을 수 없는 오라였다.

"걱정하지 마라. 큰 눈이 오면 나에게 기회가 올 것이니."

"무슨 말씀이신지?"

오라가 다시 한번 만계지마 중산의 말을 이해하지 못하고 되물었다.

그러자 중산이 대답을 하는 대신 건조한 음성으로 명을 내렸다.

"삼문의 주인들을 불러라. 싸울 준비를 해야겠다. 또, 월문에 있는 첩자에게 일러라. 하루 한 번이던 전서를 두 번 받겠다."

"…명을 받듭니다!"

오라가 뭔가 말을 하려다가 감히 더 이상 질문을 하지 못하고 고개를 숙여 대답한 후 만계지마 중산의 앞에서 물러났다.

"먼저 움직이는 쪽이 지는 싸움이라……."

오라가 물러나자 만계지마 중산이 은은한 마기가 느껴지는 목소리로 중얼거렸다.

*　　　　*　　　　*

산길로 접어들자 우수수 낙엽들이 떨어졌다. 북방의 찬바람을 견디지 못한 나무들은 모든 잎을 잃어버리고 앙상한 벗은 몸으로 차가운 겨울을 버텨야 할 것이다.

구서령을 오르는 길에서 시월이 잠시 걸음을 멈추고 아스라이 보이는 월문을 바라봤다.

왠지 오늘은 다른 때와 달리 유독 외롭게 보이는 월문의 장원이다.

"문주의 그 오만함이 월문을 고립시킬 수 있다는 걸 왜 모를까. 잎이 다 떨어진 한겨울 나무처럼 마련의 공격을 홀로 버텨야 하는 상황이 되면 그때는 후회해도 늦을 텐데."

시월이 혼잣말을 중얼거렸다.

그를 냉대한 것에 대한 서운함은 없었다. 그보다는 월문을 돕기 위해 찾아온 자신을 대하듯 다른 문파의 구원대를 대할 것 같아 걱정이 앞섰다.

그러다가 시월이 피식 실소를 흘렸다.

"풋! 그걸 내가 왜 걱정한단 말인가. 월문의 존망은 오직 그들의 몫일 뿐, 난 그저 우담 누이가 무사하면 그뿐이지."

시월이 미련을 떨쳐버리려는 듯 강하게 말고삐를 낚아챘다.

"히힝!"

고삐가 당겨진 말이 한 차례 소리를 내지른 후, 시월이 원하는 방향으로 달리기 시작했다.

"어서 와요! 아무 일 없었어요?"

이화검은 이가검문의 구원대 진영을 훌쩍 벗어난 곳에서 시월을 기다리고 있었다.

"왜 여기까지 나왔어요. 위험한데."

시월이 말에서 뛰어 내리며 걱정했다.

혹시라도 구서령의 이가검문 구원대를 살피러 온 마련의 마인을 만날 수도 있는 장소였다.

"걱정 마요. 내 한 몸은 지킬 수 있으니까. 그런데 생각보다 일찍 돌아왔네요? 난 날이 저물어야 돌아올 줄 알았는데."

이화검이 석양이 지기 전에 돌아온 시월을 의아하게 생각했다.

"별로… 반기지 않더라고요."

"엥? 정말요?"

이화검이 믿을 수 없다는 듯 되물었다.

"그러더라고요. 정말."

"뭐야? 급히 구원대를 보내 달라고 본문에 사람까지 보내놓고… 사실은 그리 상황이 나쁘지 않은가 보죠?"

이화검이 어이없다는 듯 말했다.

"내가 볼 때는 결코 좋은 상황이 아닌데 문주는 자신 있나 봐요."

"한 달 가까이 포위되어 있는 상황인데요?"

"오늘 그가 돌아왔어요."

"그래요?"

"소문주요."

"아! 언제요?"

이화검이 놀란 표정을 물었다.

"내가 월문에 들어간 직후에 그도 은밀히 월문에 복귀했더라고요. 자신의 귀환을 마련에 알리지 않으려고 담장을 넘어서요. 그의 비밀스러운 귀환이 문주에게 자신감을 준 것 같아요. 그래서… 한순간에 난 천덕꾸러기가 된 거죠."

"아이고, 우리 낭군님이 그런 대접을 받고 돌아오셨구나. 자자, 마음 풀고 숙영지로 가요. 내가 따뜻한 밥 한 끼 해드릴 테니. 그 빌어먹을 부자는 더 이상 생각지 말자고요. 망하든 말든!"

이화검이 거친 말과 농담으로 시월을 위로했다.

"하하! 걱정 말아요. 기분이 상하기는 했지만, 좋은 면도 있으니까요. 문주가 소문주를 믿고 더 이상 이가검문의 구원대에 아쉬운 소리를 하지 않을 것 같아요. 그럼 이가검문의 형제들은 그만큼 이 싸움에서 안전해진 것이죠."

"흠… 듣고 보니 그런 좋은 점도 있군요. 그럼 우린 이 구서령에서 싸움 구경이나 하면 되는 거군요."

"뭐, 그렇게 된 거죠. 다만 걱정은 설 누님인데… 일이 생기면 구서령으로 오라고 했어요."

"오시겠대요?"

"확답을 안 해요. 그래도 정말 위급한 지경이면 올 거예요."

"후… 하여간 어려운 사람이에요. 설 언니는! 특히 당신들 사형
제들에게는."

이화검이 설우담의 태도가 못마땅한 표정으로 고개를 저었다.

"가요."

시월이 갑자기 이화검의 허리를 잡고 들어 올려 그녀를 자신이
타고 온 말에 태웠다.

"에이, 놀랐잖아요! 그리고 당신과 같이 걸어가고 싶은데! 숙영
지까지 엎어지면 코 닿을 거리고요."

이화검이 투덜거렸다.

"그래도 타고 가요."

시월이 미소를 지으며 말고삐를 잡고 이가검문의 숙영지를 향
해 걷기 시작했다.

*   *   *

급기야 눈이 내리기 시작했다.

시월이 월문을 다녀온 지 하루 사이에 천근처럼 무겁게 모여든
검은 구름이 이틀째 되던 날부터 굵은 눈송이들을 쏟아내기 시작
한 것이다.

처음에는 작은 알갱이의 싸라기눈으로 시작했지만, 반나절이 지
나면서는 굵은 함박눈으로 변했다.

그러자 삽시간에 천지가 눈으로 덮이기 시작했다.

그렇게 사람과 짐승이 모두 살기 힘겨운 북방의 겨울이 시작되
었다.

그런데 눈이 내리기 시작한 날 저녁, 뜻밖의 사람이 구서령 이가검문의 숙영지를 찾아왔다.

"월문의 이장로 마건이 대 이가검문의 이 노사께 인사드리오!"

월문의 이장로 마건이 자신의 방문에 놀란 이장룡에게 정중하게 포권을 하며 인사를 했다.

그는 흩날리는 폭설을 뚫고 구서령에 올랐는데, 하물며 그가 구서령을 찾은 시간은 자정을 바라보는 깊은 밤이었다.

"마 장로께서 찾아 주시니 반갑소이다. 그런데 이 시간에 무슨 일로? 월문에 무슨 일이라도 났소이까?"

이미 과거 수차례 이가검문을 방문했던 마건이라 이장룡과도 안면이 있었다.

하지만 지금은 반가움을 앞세울 때가 아니었다. 이렇게 깊은 밤에 폭설과 적진을 뚫고 구서령에 왔다는 것은 월문에 큰일이 벌어졌다는 의미기 때문이었다.

하지만 마건의 대답은 또 한 번 사람들의 예상을 벗어났다.

"월문은 무탈하오. 제가 이 노사를 뵈러 온 것은 문주께서 마련과 싸울 계책을 완성하셔서 그 일을 설명해 드리기 위해 온 것이오."

"음… 그런데 설마 선공을 하시려는 것이오?"

마련과 싸울 계책을 세우고 사람까지 보내 설명을 하려 한다는 것은 백문보가 그동안의 수세에서 벗어나 선공을 하겠다는 의미였다.

"그렇소이다."

짐작대로 마건이 가져온 백문보의 계책을 선공이었다.

"선공은 너무 위험한 것 아니오?"

이장룡이 반문했다.

"문주께서는 충분히 승산이 있는 계획이라고 하셨소. 물론 의천무맹 등 타 문파 지원대의 도움이 필요한 일이지만 말이오."

"대체 어떻게 적들을 공격할 생각인 것이오? 이렇게 폭설이 오는데⋯⋯."

이장룡이 이해가 가지 않는다는 듯 물었다.

그러자 마건이 대답했다.

"먼저 의천무맹의 구원대가 마련의 남쪽 진영에 선공을 하여 놈들의 주의를 끌면, 월문의 정예 무인들이 서쪽에서 적을 기습할 것이오. 적의 방어선이 무너지면 그때 이가검문 등 나머지 구원대가 신호에 따라 사방에서 놈들을 공격하면 반드시 승리를 거둘 수 있다고 하셨소."

"적진 내부의 상황을 모르는 상황에서 기습이라니. 아무래 생각해도 위험한 일인데⋯⋯."

이장룡이 말꼬리를 흐렸다.

그러자 마건이 시월을 보며 물었다.

"소문주가 돌아왔다는 말씀을 드리지 않았느냐?"

"그 일은 알고 계십니다."

시월이 대답했다.

그러자 마건이 다시 이장룡에게 말했다.

"월문신룡이 이끄는 본문의 정예라면 충분히 적진을 휘저어 놓을 수 있을 것이오. 소문주뿐 아니라 그동안 본문이 정성을 다해 키운 묵천이단과 창천검대의 고수들이 모두 동원될 것이니 이번 한 번의 싸움으로 반드시 마련의 마졸들을 신검산에서 몰아낼 수 있을 것이오. 또한 운이 좋다면 만계지마의 목도 벨 수 있을 것이오."

이미 승리를 기정사실화하는 마건의 말투에서 이장룡은 더 이상 이 계획에 반대를 해보았자 아무 의미가 없다는 것을 깨달았다.

"일단… 알겠소. 그런데 공격 시작은 언제요?"

"오늘 밤 자정을 지난 축시에 공격할 것이오."

"그렇게 빨리 말이오?"

며칠 준비도 없이 바로 오늘 밤 공격할 거란 말에 이장룡이 다시 한번 놀라 눈을 크게 뜨며 반문했다.

"문주께선 이 폭설을 이용하고 싶어 하시오. 어둠과 폭설이라면 본문이 기습을 하는 데 훨씬 유리할 것이기 때문이오. 그리고 미리 각파의 구원대에 계획을 알리면 적에게 노출될 수도 있기 때문에 이렇게 공격이 임박해서 알리러 온 것이오."

"의천무맹의 구원대에선 동의한 일이오?"

"동의했소."

마건이 짧게 대답했다.

"그렇다면… 알겠소. 모두 동의한 일이라면 우리도 그리 알고 준비하고 있겠소. 그런데 공격 신호는 무엇이오?"

이장룡이 덤덤하게 물었다.

"본문은 마련의 진영을 급습하면서 화탄을 쓸 것이오. 상대가 만계지마 중산이니 필시 그들의 진영 곳곳에 위험한 진법을 펼쳐놓았을 것이기 때문이오. 화탄이 터지면 공격이 시작된 줄 아시고, 불화살 다섯 대가 연이어 떠오르면 그때 공격해주시면 되오."

"화탄이라면……? 열화문도 왔소?"

"그들이 직접 오지는 않았지만 평소 본문과 열화문은 친분이 있어서 마련의 공격 이전에 얼마간의 화탄을 얻어 놓은 것이 있었소."

"그렇구려. 그렇다면 큰 도움이 될 것이오. 마 장로의 말처럼 화탄만큼 진법을 깨는 데 유용한 물건은 없으니까."

이장룡이 월문이 이 기습에 자신감을 갖는 이유를 알겠다는 듯 고개를 끄떡였다.

"그럼 난 이만 돌아가 보겠소. 내일 아침에 적진에서 술 한 잔 함께 마실 수 있기를 바라겠소!"

마건이 시간이 촉박한 듯 자리에서 일어났다.

그러자 이장룡이 급히 마건을 배웅했다.

"월문의 무운을 빌겠소!"

"고맙소. 오늘 밤 반드시 만계지마를 죽여 월문의 힘을 세상에 보여주게 될 것이오."

마건이 자신 있게 대답하며 슬쩍 시월을 본 후 아무런 말도 하지 않은 채 폭설 속으로 떠나갔다.

그러자 이화검이 시월에게 물었다.

"어떻게 생각해요?"

이화검의 물음에 시월이 뭔가 풀리지 않은 문제를 고민하는 듯 눈살을 찌푸리더니 심각한 목소리로 말했다.

"전쟁은 모르겠고, 비슷한 전력의 싸움에선 언제나 참지 못하고 먼저 움직이는 쪽이 불리하게 마련이죠. 위험한 밤이 될 것 같아요."

*　　　　*　　　　*

눈은 갈수록 그 위세를 더해 갔다. 그 폭설에 천하가 모두 파묻힐 것 같았다.

하지만 그런 폭설을 뚫고 세상으로 나가려는 사람들이 있었다.

다른 때라면 검은 무복을 입었겠지만 눈 내리는 밤, 자신들의 모습을 숨기기 위해 흰빛이 도는 회색빛 무복을 입은 월문의 무인들이었다.

월문이 자랑하는 묵천이단의 정예 무인들과, 월문의 미래를 책임질 거라는 창천검대의 젊은 무인들이 뒤섞인 백 명의 무인들이 백문보의 뒤쪽에 도열해 장원 밖으로 달려 나갈 준비를 하고 있었다.

백문보 곁에는 예전 삼십육마의 난 당시 그를 그림자처럼 따라다녔던 월문의 삼장로가 서 있었다.

그런 조합은 최근 들어서는 낯선 풍경이었다.

월문이 십대천문이 된 이후 백문보는 월문을 한 단계 더 도약시키기 위해 월문에 젊은 힘을 불어넣고 싶어 했다.

그래서 월문 번영의 상징과도 같았던 월문 삼장로를 뒤로 물러나게 하고, 묵천이단의 단주들과 창천검대의 젊은 고수들을 중용했었다.

하지만 마련의 공격을 받자 그는 다시 월문 삼장로를 찾을 수밖에 없었다.

도검이 난무하는 무림의 싸움에서 월문을 위해 두려움 없이 적진으로 뛰어들 무인은 그리 많지 않았다.

더군다나 젊은 무인들은 더더욱 이런 난전에는 경험이 없었다. 그런 실전 경험이 일천한 월문 문도들을 이끌 인물로는 월문 삼장로만한 사람들이 없었다.

비록 얼마간의 홀대로 약간의 서운함은 있겠지만, 백문보는 그들이 월문을 위해 자신들의 목숨을 기꺼이 바칠 거라는 걸 의심치 않았다.

"이런 기분 오랜만이군. 마치 예전 삼십육마의 난 때로 돌아간 것 같아."

천천히 폭설이 쏟아지는 장원 밖으로 나서며 백문보가 중얼거렸다.

"기분이 나쁘지 않습니다. 왠지 젊어진 것 같군요. 역시 무인은 검을 들고 적과 싸워야 살아 있다는 것을 느끼는 모양입니다."

장로 고태가 가벼운 미소를 지으며 말했다.

그의 말대로 그의 얼굴은 그동안 볼 수 없었던 생기로 가득했다. 부쩍 늙어 보이던 그의 얼굴이 오늘 밤만큼은 그 어떤 젊은 무인보다 강렬해 보였다.

"그 말을 들으니 갑자기 미안해지는구려. 아직 이렇게 투지가 강렬한데 나이를 핑계로 삼장로를 뒤로 물러나게 했으니……."

백문보가 사과를 했다.

"미안해하실 필요 없습니다. 월문의 미래를 위해 당연히 그러실 수 있습니다. 다만… 우리 세 늙은이는 죽을 때까지 무인일 수밖에 없으니 이런 전장에 나갈 때만큼은 한 명의 문도로서 꼭 불러주십시오. 이런 즐거움도 없이 쓸쓸히 늙어가고 싶지는 않습니다."

고태가 미소를 지으며 말했다.

"하하! 알겠소. 그 말을 들으니 내가 정말 실수를 했던 것 같소. 이 싸움이 끝나면 그땐 몇 명의 문도를 데리고 본문의 사절로서 천하를 주유하면서 여러 문파를 다녀보시구려. 젊을 때는 여행다운 여행도 하지 못했으니까."

"그렇게만 해주신다면 더 바랄 것이 없습니다."

고태가 가볍게 고개를 숙여 보였다.

그때 천중한이 나직하게 입을 열었다.

"남쪽에서 신호가 올라왔습니다."

천중한의 말에 사람들의 시선이 일제히 남쪽을 향했다.

폭설 속에서도 선명하게 몇 개의 불화살이 날아오르는 것이 보였다.

그러자 백문보가 몸을 돌려 장원 문 안쪽에 대기하고 있는 문도들을 보며 묵직한 음성으로 말했다.

"오늘 월문의 운명이 결정된다. 승리하면 십대천문을 넘어 무림의 태산북두로 우뚝 설 것이고, 패하면 본문의 식솔 모두 살아남기 어려울 것이다. 그러니 죽을 각오로 싸워라! 내가 늘 너희들 곁에 있을 것이다!"

백문보의 말에 월문의 무인들이 입을 열지 않고, 고개를 숙여 대답을 대신했다.

"좋아. 가자!"

백문보가 믿음직스럽게 문도들을 둘러본 후 출격의 명을 내렸다.

그러자 한쪽에서 서 있던 월문신룡 백유검이 월문의 미래라는 창천검대를 이끌고 선두로 월문의 장원을 빠져나갔다.

＊　　　＊　　　＊

"의천무맹의 구원대가 남쪽 경계에서 선공을 해왔습니다!"

"월문에 침입해 있던 미향이 돌아왔습니다. 월문주 백문보가 일백 무인을 준비시켰답니다."

두 개의 보고가 거의 동시에 만계지마에게 전해졌다.

그러자 만계지마가 만족한 듯 고개를 끄떡였다.

"역시 기다린 보람이 있군."

그의 입가에 한줄기 미소가 지어진다.

"그의 기습을 어찌 예상하셨소이까?"

검은 무복에 눈까지 가릴 수 있는 초립을 쓴 초로의 검객이 만계지마에게 물었다.

"백문보의 성정을 알기 때문이오. 그자는 자신의 힘이 약할 때는 강자의 발바닥이라도 핥으며 인내할 수 있지만, 자신이 강하다고 느낄 때는 그 힘을 드러내고 싶어 안달을 하는 자요. 의천무맹의 구원대가 도착하고, 월문신룡이 돌아왔으니 당연히 전력이 우리보다 우세하다고 생각했을 것이오. 그러니 그자가 공격을 하지 않고 견딜 수 있겠소? 더군다나 이렇게 폭설이 내려 시야를 가리니 기습하기에 최적의 날이 아니오. 후후후!"

만계지마 중산이 자신의 예상대로 백문보가 움직인 것에 쾌감을 느끼는지 나직하게 웃음을 흘렸다.

"이제 어찌 대처하시려는지요?"

다른 쪽에 앉아 있던 얼굴을 면사로 가린 여인이 물었다.

몇 년 전 시월이 사막의 반산성에서 한 번 만났던 흑화수 금사다.

"남쪽에서 공격해 오는 의천무맹 구원대의 공격을 막아내다 백문보가 구갑진을 뚫고 본진 안으로 들어오면 그때 앞서 말씀드린 동쪽 야산의 은신처로 후퇴하시면 되오."

"그 이후에는 어찌하실지……?"

이번에는 다른 여인이 물었다.

얼굴이 시체처럼 창백해 나이를 알 수 없는, 어찌 보면 강시를 보는 것 같은 여인이었다.

"은신처에서 반 시진 정도 기다리면 월문의 장원이 불탈 것이오. 그럼 백문보와 의천무맹 구원대가 당황해 전열이 흐트러질 것이오. 그때 반격을 하면 놈들을 쉽게 무너뜨릴 수 있을 것이오. 더군다나 월문의 패색이 짙어지면, 의천무맹의 구원대는 전력으로 싸우지 않고 뒤로 물러날 것이오. 애초부터 그자들은 목숨을 내놓으면서까지 월문을 구할 마음이 없는 자들이니까."

만계지마가 마치 모든 사람의 마음을 읽고 있다는 듯 자신 있게 말했다.

"그런데 월문의 장원을 어떻게 불태울 수 있습니까? 그 안에서 내통하는 사람이 있습니까?"

창백한 얼굴의 여인이 다시 물었다.

"오늘을 위해 준비해 둔 방책이 있소. 사실 그 방책을 쓰기 위해 지금까지 월문을 공격하지 않고 기다렸던 것이오. 자, 어떤 준비를 했는지는 차차 알려드리고, 일단 모두 남쪽으로 갑시다. 의천무맹 구원대의 공격은 우리 이목을 끌기 위한 것이니 놈들이나 우리나 싸우는 흉내만 내게 될 것이오."

만계지마 중산이 여인의 질문에 대한 대답을 미루고 자리에서 일어나 먼저 막사를 나갔다.

그러자 질문을 했던 여인이 흑화수 금사를 보며 말했다.

"대체 무슨 생각을 하는지 짐작할 수가 없구려. 흑화수께서는 아시겠소?"

"소수마녀께서도 모르시는 일을 제가 어찌 알겠어요."

"하긴… 만계지마가 자신의 속내를 타인에게 말하는 사람은 아니니까. 그래서 늘 믿을 수 없지만!"

죽은 자의 심장을 가지고 있다는 마도 최고의 여고수이자 삼십육마의 일인, 신녀궁주 소수마녀 적천홍이 차가운 시선으로 앞서 막사를 나가는 만계지마 중산을 바라보며 걸음을 옮기기 시작했다.

*   *   *

와아아!

먼 곳에서 무인들의 싸우는 소리와 병장기 충돌하는 소리가 아득하게 들린다.

반면 마련의 마인들이 구축한 진영의 서쪽 방책은 조용하기 이를 데 없었다.

방책을 지키는 자들도 적을뿐더러 그들 역시 모든 관심이 남쪽의 전장으로 향해 있었다.

그 서쪽 방책을 향해 백문보가 이끄는 월문의 무인들이 소리 없이 접근했다.

회색빛 무복은 폭설 속에 그들의 모습을 감추었고, 사부작거리며 쌓이는 눈은 그들이 움직이는 소리를 흡수했다.

시야를 확보하기 어려운 와중에도 월문의 무인들은 미리 계획한 경로를 따라 빠르게 야산 속에 있는 마련의 진영에 근접했다.

백문보가 걸음을 멈췄다.

그의 앞쪽에 몸을 낮춘 백유검이 이끄는 창천검대가 자신의 명을 기다리고 있었다.

한순간 백문보와 백유검의 시선이 마주쳤다. 백문보가 가볍게 고개를 끄떡였다. 그러자 백유검이 마주 고개를 끄떡이고는 창천검대를 향해 짧고 나직하게 명을 내렸다.

"화탄을!"

백유검의 명에 따라 창천검대의 젊은 무인들이 품속에서 검은 화탄을 꺼내 들었다. 뒤를 이어 화탄을 들지 않은 자들이 검은 천을 펼쳐 화탄을 든 자들의 손과 화탄을 덮었다.

탁탁!

검은 천 속에서 부싯돌 부딪히는 소리가 나더니 한순간 화탄의 심지에 불이 붙었다.

여러 번 연습을 했는지 검은 천이 덮인 상태에서도 월문의 무인들은 능숙하게 화탄에 불을 붙였다. 천에 가려져 마련의 마인들은 그 불꽃을 발견하지 못했다.

그렇게 화탄에 불을 붙자 백유검이 다시 명을 내렸다.

"가자!"

백유검의 명이 떨어지자 월문 창천검대의 젊은 고수 서른 명이 일제히 설원을 박차고 마련의 진영을 향해 달리기 시작했다.

"저, 저게 뭐지?"

"짐승인가?"

어둠 속에서 번쩍이는 불꽃들을 발견한 방책 위 마련의 마인들이 당황한 표정으로 웅성거렸다.

그러다 그 불꽃들이 짐승의 것이 아니라 사람이 만든 불꽃이라는 것을 발견한 우두머리가 다급하게 경고했다.

"적이다! 활을 쏴!"

순식간에 방책 위가 소란스러워졌다. 그리고 뒤를 이어 검은 화살들이 방책을 향해 달려드는 월문의 창천검대 위로 쏟아졌다.

파파팟!

백유검의 검이 허공에 유려한 곡선을 그리며 사방으로 검기를 뻗어냈다.

그러자 그의 검에서 뻗어 나간 검기들이 창천검대를 향해 쏟아지는 화살들을 허공에서 모두 튕겨냈다.

백유검의 놀라운 무공에 그의 뒤를 따르던 창천검대의 사기가 크게 올랐다.

사기가 오른 창천검대의 무사들이 한 손에는 심지에 불이 붙은 화탄을, 다른 손에는 검을 들고 날아오는 화살 속으로 뛰어들었다.

"화탄을 투척하라!"

놀라운 무위로 날아드는 화살들을 막아 창천검대의 진격로를 연 백유검이 사자후를 터뜨렸다.

순간 창천검대 무인들이 들고 있던 화탄을 적의 방책을 향해 던지기 시작했다.

쿠르릉! 쿠릉!

천지가 진동하는 폭발음이 일어나고, 나무로 세운 방책들이 화탄의 힘을 이기지 못하고 쓰러지기 시작했다.

"당황하지 말고 놈들을 막아! 절대 놈들이 안으로 들어오게 해서는 안 된다. 곧, 만계지마님이 오실 것이다!"

마인들의 우두머리가 무너지는 방책을 피해 뒤로 물러나는 마인들을 독려했다. 하지만 불이 붙은 채 쓰러지는 방책을 목숨을 걸고 지킬 마인들은 거의 없었다.

그런데 그 순간 갑자기 한 사람이 방책 위로 날아올랐다.

백유검이었다.

방책보다 높게 도약한 백유검이 머리 위로 들어 올린 검을 무겁게 내리그었다.

쿠오오!

백유검의 검에서 만월 같은 검기가 만들어지더니 기이한 파공음과 함께 불타는 방책 위로 떨어져 내렸다.

콰르릉!

백유검의 검기가 강렬한 파열음을 만들며 그나마 남아 있던 방책을 완전히 무너뜨려 월문의 무인들에게 길을 열어주었다.

"젠장!"

싸움을 독려하던 마련 마인들의 우두머리 입에서 욕설이 터져 나왔다.

그는 방책이 무너진 것보다 더 큰 위험이 자신에게 닥쳤음을 깨달은 것이다.

일검에 방책을 무너뜨린 백유검이 마인들의 우두머리를 향해 독수리처럼 날아내리고 있었던 것이다.

*　　　　*　　　　*

번쩍!

"악!"

단말마의 비명 소리와 함께 마인들의 우두머리가 일초도 견디지 못하고 쓰러졌다.

단번에 우두머리를 단칼에 베어버린 백유검이 창천검대를 이끌고 마련의 진영 안으로 전진했다.

그런데 한순간 월문 무인들 앞쪽에서 붉은 화염들이 치솟았다.

화르르!

"엇?"

"흡!"

갑작스러운 화염의 출현에 놀란 창천검대 무인들이 다급하게 걸음을 멈췄다.

그런데 다음 순간 그들을 놀라게 했던 화염들이 거짓말처럼 사라지더니 갑자기 사방에서 하얀 연무가 일어나 창천검대를 뒤덮기 시작했다.

"진법이다! 모두 침착해!"

백유검은 연무의 정체를 즉시 알아챘다.

오래전 칠랑이 월문의 사람이던 시절, 잔마 추격전에 나섰던 당시 청림에서 펼쳐졌던 만계지마의 구갑진과 비슷한 현상이기 때문이었다.

또 그는 얼마 전 북왕산에서도 만계지마의 괴진에 빠져 한동안 고생했었다. 그래서 백유검은 만계지마의 진법이 만들어내는 변화에 무척 익숙했다.

백유검의 경고를 들은 창천검대의 무인들이 급히 백유검 곁으로 모여들어 둥근 원진을 형성했다.

그러자 백유검이 명을 내렸다.

"다시 화탄을 쓴다. 모든 화탄을 꺼내 불을 붙여라!"

백유검의 명에 창천검대 무사들이 품속에 남아 있던 화탄들을 모두 꺼내 들었다. 그리고 부싯돌로 심지에 불을 붙인 후 백유검을 바라봤다.

백유검은 그 순간 땅을 보고 있었다.

구갑진이 발동해서 사방의 모든 풍경이 변했지만, 그가 밟고 있는 땅 이삼 장 안쪽은 그대로였다.

백유검에게는 그 정도 거리면 충분했다. 그에게 필요한 것은 화탄을 던질 방향을 알아내는 것, 만약 진법의 변화에 현혹되어 엉뚱한 방향으로 화탄을 던지면 뒤따라오던 월문 식구들 쪽으로 화탄이 날아갈 수도 있었다.

밟고 선 땅의 모양을 살펴 방향을 읽은 백유검이 한순간 검을 들어 한 방향을 가리켰다.

"이 방향으로 모든 화탄을 던져라! 최대한 멀리 던진다!"

백유검이 명이 떨어지자 창천검대의 무인들이 백유검의 검이 가리키는 방향을 향해 화탄을 던지기 시작했다.

콰릉!

콰르릉!

폭설과 연무로 앞을 볼 수 없는 방향으로 날아간 화탄들이 보이지 않은 곳에서 굉음을 일으키며 터졌다.

일거에 수십 개의 화탄을 던졌기 때문에 그 폭발음은 마치 세상의 종말이 온 것처럼 강렬했다.

스스스!

화탄을 던진 직후부터 시야를 막던 연무들이 조금씩 옅어지기 시작했다.

"좋아! 진이 깨졌다. 전진한다. 앞을 막는 놈들은 모두 죽인다. 다른 곳은 후군에게 맡기고 우린 만계지마의 막사까지 단숨에 직진한다!"

"예, 소문주님!"

화탄으로 구갑진을 깬 것에 고무된 백유검의 호기로운 명령에 창천검대의 무인들이 전의를 끌어올리며 대답했다.

"가자! 오늘 만계지마, 그 간악한 마두의 머리를 내 검으로 반드시 자르겠다!"

이미 만계지마의 머리가 자신의 손안에 들어온 것처럼 백유검이 거침없이 옅어진 연무를 뚫고 앞으로 전진하기 시작했다.

*　　　　　*　　　　　*

붉은 점들이 별처럼 눈 내리는 하늘로 떠올랐다.

눈을 쏟아내는 구름이 하늘에 가득하니 별빛일 리는 없었다. 사람이 쏘아 올린 불화살이 만든 빛이었다.

연이어 떠오른 다섯 개의 불화살이 폭설 속에서도 구서령 중턱에 내려와 있던 시월과 이가검문 문도들 시야에 들어왔다.

월문의 행동이 탐탁지 않았지만, 마련 마인들과의 싸움을 앞두자 이가검문의 무인들은 순순한 전의가 끌어 올리기 시작했다.

"신호가 올랐다. 모두 검을 뽑아라. 적의 후미를 공격할 것이다. 서둘 필요는 없다. 상대는 만계지마 중산, 그자가 마련 진영에 어떤 함정을 파놓았는지 알 수 없다. 그러니 돌다리도 두들겨 보는 심정으로 전진한다."

"예, 어르신!"

이가검문의 문도들과 구원대를 구성한 요동의 중소 문파 무인들이 일제히 대답했다.

"선두에 서주겠나?"

이장룡이 시월에게 물었다.

여전히 폭설이 내리고 있었다. 이런 상황에서 적진 속으로 전진하려면 탁월한 무공과 뛰어난 오감을 가진 사람이 선봉에 서는 것이 유리했다.

"알겠습니다."

시월이 망설임 없이 대답했다.

"좋아. 그럼 출발하세!"

이장룡의 말에 따라 시월을 선두로 팔십여 명의 구원대가 마련의 진영을 향해 전진하기 시작했다.

                    *   *   *

쾅!

월문 창천검대 무인들의 발길질에 화려하고 거대한 금장 천막이 맥없이 허물어졌다. 만계지마 중산의 막사다.

그러나 그 안에서 기어 나오는 사람은 아무도 없었다. 막사를 지키던 자들조차도 이미 도주하고 없는 것 같았다.

"쥐새끼 한 마리 없습니다."

만계지마의 막사를 부순 창천검대의 무인 서홍이 백유검에게 달려와 말했다.

"쥐새끼 같은 놈! 기습을 당해 패색이 짙어지니 싸울 생각도 않고 도망을 갔군."

백유검이 아쉬운 표정으로 말했다.

그때 뒤쪽에서 함성과 함께 백문보가 이끄는 월문 본대가 장내로 밀려 들어왔다.

하지만 그들도 곧 텅 빈 마련의 진영을 확인하고는 망연자실해 검을 내렸다.

"어떻게 된 일이냐?"

백문보가 부서진 만계지마의 막사 앞에 서 있는 백유검에게 다가서며 물었다.

"마련이 진영이 텅 비었습니다. 이자들이 방책이 무너지고 진이 깨지자 서둘러 도주한 것 같습니다."

"음… 만계지마는?"

"역시 없었습니다."

백유검이 만계지마를 놓친 것이 분한 표정으로 대답했다.

그런데 그때 남쪽에서 한 사내가 무서운 속도로 달려와 백문보 앞에 무릎을 꿇었다.

"월문 문주님을 뵙습니다. 의천단주님의 전갈을 가지고 왔습니다."

급히 달려온 자는 의천무맹 의천단의 고수였다.

"전하게."

"마련의 남쪽 경계에서 맹의 구원대와 싸우던 마인들이 문주님의 기습으로 방책이 무너지자 동쪽 산중으로 도주했습니다. 의천무맹의 구원대는 지금 도주하는 자들을 추격하고 있습니다."

"오! 그래? 그렇다면 완전히 승기를 잡았구나."

백문보가 의천단 고수의 전갈에 기뻐했다.

"만계지마의 행방은 드러났소?"

백유검이 물었다.

그러자 의천단 고수의 눈썹이 한차례 꿈틀거렸다. 백문보라면 몰라도 나이 어린 백유검에게 하대를 당할 자신이 아니기 때문이었다.

백유검이 월문의 후계자이긴 하지만 타 문파 출신인 그가 그의 신분을 상관할 바는 아니었다.

의천단 고수가 백유검의 질문에 대답을 미루고 불쾌한 표정을 짓자 눈치 빠른 백문보가 한순간에 의천단 고수의 속내를 알아챘다.

"유검! 무례하다. 이 사람은 의천단주의 수하지 너의 수하가 아니다. 예의를 갖춰라!"

백문보의 호통에 백유검이 그제야 자신의 실수를 깨달았다.

"대협께 사과드립니다. 승리가 기쁜 나머지 대협께서 의천단 고수이신 것을 잠시 잊었습니다. 용서하십시오!"

백유검이 정중하게 사과를 하자 그제야 의천단 고수의 표정이 풀렸다.

"아니오. 마련을 상대로 기록적인 승리를 거두기 일보 직전이니 누구든 흥분하지 않을 수 없었을 것이오. 만계지마는 후퇴하는 마련의 무리들에 섞여 함께 동쪽으로 도주하는 것이 목격되었소."

"그렇다면⋯ 우리도 추격을 하지요?"

백유검이 백문보를 보며 말했다.

그러자 백문보가 고개를 끄떡였다.

"그래야지. 만계지마를 죽이지 못하면 이 싸움은 이긴 것도 아니다."

백문보가 완벽한 승리에 대한 욕심을 드러냈다.

그러자 의천단의 고수가 다시 입을 열었다.

"그러잖아도 단주께서 서둘러 추격전에 동참해 달라고 전하셨습니다. 비록 마인들이 물러났지만, 그 손실이 그리 크지 않은 데다 그 무리 중에는 만계지마 외에도, 흑사회의 흑화수 금사, 신녀궁의 소수마녀 적천홍, 마검림의 마검 오립까지 포함되어 있는 것이 확인되었습니다. 자그마치 삼십육마 중 넷이나 있는 것이지요. 그래서 문주님과 월문신룡의 합류가 꼭 필요한 상황입니다."

"허! 삼십육마 넷이 모였다고? 이건 정말 놀라운 일이군. 만약 오늘 그자들을 모두 잡을 수만 있다면… 수년간 이어온 마련의 발호를 오늘 종식할 수도 있겠어!"

"의천단주께서도 좋은 기회라 하셨습니다."

의천단의 고수가 거들었다.

"좋아. 전속력으로 의천무맹 구원대와 합류한다. 그리고 세 장로께서는 다른 방향에서 마련의 숙영지로 진입하고 있을 타 문파의 구원대에게도 이 소식을 전하시오. 나머지 문도들은 모두 나를 따라 만계지마를 추격한다."

"옛! 문주님!"

기세가 오른 월문의 무사들이 우렁찬 목소리로 대답했다.

그러자 백문보가 백유검을 보며 말했다.

"유검, 네가 다시 선봉에 선다! 이번 기회에 반드시 삼십육마 중 한 명을 네 손으로 베거라!"

"알겠습니다. 창천검대는 날 따르라!"

백유검은 대답을 한 후 창천검대를 이끌고 서둘러 동쪽으로 달리기 시작했다.

그러자 백문보가 월문의 문도들에게도 명을 내렸다.

"마지막 한 놈까지 주살한다. 감히 월문을 침범한 대가를 치르게 하라. 출발한다!"

백문보의 명에 묵천이단이 중심이 된 월문의 무인들이 백유검의 창천검대가 간 방향으로 움직이기 시작했다.

*   *   *

월문의 무인들이 썰물처럼 마련 진영을 빠져나가자 마련이 진영에는 월문의 세 장로와 그들을 따르는 십여 명의 문도들만이 덩그러니 남았다.

"허! 이렇게 다시 뒤로 밀려나는군요."

이장로 마건이 씁쓸한 표정을 지으며 말했다.

"가서 마인들과 싸우고 싶으신가?"

일장로 고태가 물었다.

"몸은 늙었지만 무인의 호기는 아직 살아 있습니다. 더군다나 상대가 삼십육마의 넷이라면… 욕심나는 싸움이지요."

마건이 대답했다.

"문주는 절대 우리에게 그들을 상대할 기회를 주지 않을 겁니다. 그 기회는 문주나 소문주의 몫이니 말입니다."

천중한이 무심한 표정으로 대답했다.

"어쩌겠는가? 세월이 흐르고 나이가 들었다는 것인데. 앞 물이 뒤 물에 밀려나는 것이 세상의 이치 아니겠나."

고태가 위로하듯 말했다.

"알고는 있지만, 그래도 서운한 마음이 없지 않군요. 이번에는 그래도 문주께서 우리 세 사람의 가치를 새삼스럽게 인정한 것 같아 그간의 홀대가 위로 되었는데……."

마건이 씁쓸하게 말했다.

"승리의 기쁨에 도취하여 그러신 것일세. 돌아오시면 예전처럼 매정하게 뒤로 물러나라 명하지는 않을 걸세. 천하 유람을 할 기회를 주신다고 하지 않았나. 자, 서운함은 잠시 묻어 두고 문주님의 명대로 다른 방향에서 들어오는 타 문파의 구원대에게 소식을 전하러 가세."

고태가 두 장로를 위로하며 걸음을 옮기려는 순간 갑자기 그들과 함께 남아 있던 월문 무사 중 한 명이 의아한 표정으로 입을 열었다.

"장로님! 신검산 장원 북쪽에 횃불들이 보이는데, 혹 무슨 일인지 알고 계시는지요?"

"장원 북쪽에 횃불이?"

걸음을 옮기려던 고태가 시선을 돌려 여전히 폭설이 쏟아지고 있는 신검산의 월문 장원을 바라봤다.

그러자 정말 수십 개의 횃불의 행렬이 험준한 신검산 정상에서 월문 장원 방향으로 꿈틀대며 내려오는 것이 보였다.

"대체 저게 무슨 일이지?"

고태가 당혹스러운 목소리로 중얼거렸다.

순간 천중한이 서너 걸음 앞으로 뛰어나가더니 갑자기 다급한 목소리로 외쳤다.

"역습입니다! 만계지마에게 속았습니다. 아! 생각해 보면 결코 이렇게 쉽게 물러날 자가 아니었는데! 더군다나 삼십육마 중 넷이 포함된 전력을 가지고도 제대로 싸우지 않고 후퇴를 했을 때 당연히 의심했어야 했는데! 아! 월문을 어찌할꼬!"

천중한이 하늘이 무너진 것처럼 장탄식을 흘렸다.

"하지만 어떻게 신검산 봉우리에 놈들이 나타날 수 있단 말인

가. 장원으로 향하는 모든 길은 우리가 막고 있었는데?"

마건이 믿을 수 없다는 듯 물었다.

"신검산 북벽(北壁)을 넘은 겁니다. 워낙 험한 곳이라 방비가 소홀한 틈을 노린 거지요. 날이 밝을 때라면 이동하는 자들의 모습을 놓치지 않았겠지만! 오늘 밤, 이 폭설이 우리가 아닌 놈들에게 기회를 준 겁니다. 아! 만계지마, 정말 무서운 자로구나! 지난 한 달 동안 이런 기회가 오기를 기다리고 있었던 것이라니!"

천중한이 이미 월문의 패배를 확신한 듯 공허한 목소리로 탄식했다.

『칠마선문』 7권에 계속…